DEZ MIL SÓIS

DES
MIL
SOIS

DEZ MIL SÓIS

DE VOLTA A HIROSHIMA

RENAN CARVALHO

OUTRO Planeta

Copyright © Renan Carvalho, 2024
Copyright © Editora Planeta do Brasil, 2024
Todos os direitos reservados.

Preparação: Fernanda França
Revisão: Paula Queiroz e Laura Folgueira
Projeto gráfico e diagramação: Kalany Ballardin
Capa: Renata Spolidoro
Ilustrações de capa e miolo: Felipe Marchioni

Dados Internacionais de Catalogação na Publicação (CIP)
Angélica Ilacqua CRB-8/7057

Carvalho, Renan
   Dez mil sóis : de volta a Hiroshima / Renan Carvalho. - São Paulo : Planeta do Brasil, 2024.
   208 p. : il.

ISBN 978-85-422-2793-2

1. Ficção brasileira 2. Literatura fantástica 3. Guerra Mundial, 1939-1945 - Ficção I. Título

24-3291   CDD B869.3

Índice para catálogo sistemático:
1. Ficção brasileira

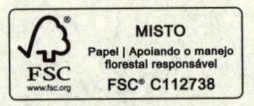

FSC MISTO — Papel | Apoiando o manejo florestal responsável — FSC® C112738

Ao escolher este livro, você está apoiando o manejo responsável das florestas do mundo.

2024
Todos os direitos desta edição reservados à
EDITORA PLANETA DO BRASIL LTDA.
Rua Bela Cintra, 986 – 4º andar
01415-002 – Consolação
São Paulo-SP
www.planetadelivros.com.br
faleconosco@editoraplaneta.com.br

AVISO AOS LEITORES

Dez Mil Sóis é uma obra de ficção e fantasia que tem como pano de fundo a Segunda Guerra Mundial no Japão. Grande parte das inspirações do autor vem dos mangás e dos animes, assim como do folclore japonês. O autor teve liberdade criativa para adaptar alguns fatos, acontecimentos, lugares, vestimentas, objetos e personagens do folclore. Caso o leitor esteja procurando por uma visão mais fiel aos fatos históricos ou à cultura japonesa, sugerimos a busca por livros de não ficção, assim como autores da comunidade nipo-brasileira.

Àqueles cuja imaginação às vezes serve de remédio para anestesiar a realidade.

ARCO 1

O LAR DOS YOUKAIS

1
O internato

Foram meros segundos, mas a imagem diante de Kazuo ficaria em sua memória, gravada como uma pintura. Uma tela que se enchia de cores quentes a cada pincelada, com o sol se desenhando e subindo ao céu azul. Aquele brilho se refletia nas pupilas arregaladas do menino, em uma mistura de medo e admiração. Ele apreciava a beleza intensa, o clarão alaranjado que se intensificou cem vezes diante de seus olhos, depois mil... dez mil vezes, como uma dezena de milhares de estrelas emanando seu poder quase infinito. Kazuo sentiu muito calor. Seu rosto ardeu com uma dor estridente. Veio o aperto firme da mão de sua mãe, cujos dedos se espremiam entrelaçados aos seus. Por fim, assistiu àquela tela se preencher outra vez com branco, tão forte e cegante que o fez fechar os olhos. O que aconteceu depois, ele pouco se lembrava.

Quando se deu conta, já estava junto aos irmãos num internato insalubre e escuro. Não tinha certeza de como haviam parado ali. Era um local úmido e o cheiro o fazia lembrar do pé do avô Hayato quando o dedão infeccionou por conta de uma unha encravada. Odor de desinfetante misturado com carne podre, o primeiro sendo usado para mascarar o cheiro do segundo, sem muito sucesso. Ao contrário do calor que sentira em Hiroshima alguns dias antes, agora Kazuo tinha frio.

O lugar que já fora referência no ensino de garotos órfãos agora padecia do mesmo mal que assolava todo o Japão: a guerra. Os suprimentos eram poucos. Faltavam comida, produtos para limpeza, e o uniforme das crianças já estava roto como os trapos de limpar o chão.

A única fonte de luz vinha da chama fraca de uma lamparina de papel, posta sobre a mesa de madeira do lado de fora. A eletricidade ainda não havia sido totalmente restaurada depois do ataque norte-americano.

Metade do rosto de Kazuo permanecia iluminado, trazendo uma expressão inquieta, enquanto a outra metade continuava coberta por esparadrapos e ataduras. Ele olhava para os três irmãos mais novos, com atenção especial ao caçula, Shiro, de apenas seis anos. Com o olhar semicerrado, Kazuo tentava acalmá-los, algo que havia aprendido com a mãe.

Ele sentia falta dos pais, queria sua casa de volta e havia prometido aos irmãos que os levaria para lá. Só que Kazuo não tinha certeza se seria possível encontrar o restante de sua família. Temia que todas as lembranças e seu passado estivessem agora irreconhecíveis entre as ruínas do que havia sobrado de Hiroshima. De qualquer forma, o garoto continuava determinado a honrar sua promessa.

O único problema era que eles estavam presos naquele internato fedido, que mais parecia um mausoléu. Era difícil entender tudo o que havia acontecido nos últimos dias. Aquela luz, aquele calor. A explosão que afetara a vida de todos trazia consigo mais consequências do que apenas destruição e morte. Era como se um portal houvesse sido aberto no mundo dos vivos, permitindo a passagem de criaturas decadentes que se aproveitavam da tragédia para se alimentar e crescer, e agora Hiroshima estava repleta de espíritos e seres maléficos. Eles caminhavam pelas ruas, invadiam as casas e também estavam ali no internato. Kazuo podia senti-los, a espinha tremendo com arrepios. A sensação também afligiu sua irmã Michiko:

— Eles estão vindo, niisan[1] — disse a pequena enquanto ajeitava os óculos redondos. As lentes estavam sujas.

---

1. O termo *niisan* é usado para se referir ao irmão mais velho, normalmente homem. *Neesan* é utilizado para a irmã mais velha.

Kazuo olhou ao redor, atento, mas a única pessoa na enfermaria além dos quatro era a senhora Akane, a diretora do internato. Uma mulher distinta, séria, que também tinha sua aparência manchada pelo que havia acontecido. Vestia um jaleco sujo, as olheiras eram profundas e, de tempos em tempos, ela tossia, mostrando que, por dentro, algo também estava errado.

— Estou com medo — Shiro reclamou, encolhido no terno surrado, quase dois números maior que seus ombros.

A senhora Akane não deu atenção ao caçula. Ela foi até a estante de vidro no canto da enfermaria, usou seu molho de chaves para abri-la e pegou um frasco.

— Vocês ainda não tomaram os remédios — falou, oferecendo algumas pílulas às crianças.

Obedientes, os quatro estenderam uma das mãos e receberam o medicamento. Em seguida, a senhora entregou canecas com água. "Os remédios eram fundamentais para todos os que foram expostos", os médicos do internato diziam.

— Engula, Kazuo-kun[2] — a diretora ordenou.

Kazuo revirou a pílula na boca e a escondeu debaixo da língua. Não queria tomar aquilo. Para ele, o remédio tinha um efeito estranho. Não o deixava raciocinar direito e parecia inibir seus pensamentos. Tentando enganar a mulher, Kazuo engoliu o líquido em um gole grande, mas manteve a pílula na boca, como já vinha fazendo há quase uma semana.

Kenji, o segundo filho da família, limpou a boca na manga do terno logo depois de tomar sua água e foi repreendido com um olhar intimidador da senhora Akane. Michiko e Shiro beberam em seguida, sem demorar.

— Vão se sentir melhor em alguns minutos — ela afirmou após um longo suspiro.

Mas Kazuo sabia que aquilo não era verdade. A diretora não tinha a intenção de curá-los. Ela queria mantê-los ali, presos. E isso era algo que ele não podia mais permitir. Estava na hora de pôr em prática o plano que havia combinado com os irmãos.

Kazuo esperou a diretora dar as costas, cuspiu a pílula no chão e pisou em cima, escondendo-a. Seu gesto foi repetido por Kenji, Michiko e Shiro. Não poderiam estar sob o efeito daquela droga para que conseguissem escapar.

— Vamos — Akane falou, parada na soleira da porta que saía da enfermaria em direção aos dormitórios.

Nenhum deles se moveu.

A diretora se voltou para os irmãos com os olhos fixos em Kazuo. Ela retirou a régua de madeira grossa do bolso e bateu contra a palma da mão.

— Vamos! — repetiu, a voz firme de autoridade.

Akane fazia o possível para manter o controle sobre os órfãos do internato, mesmo que, às vezes, apelasse para ameaças e violência. Porém, ainda que sua posição lhe conferisse poder sobre as crianças, a situação naquele momento fazia com que transparecesse fraqueza. Ela teve outra crise de tosse.

Em resposta ao gesto hostil da diretora, Kazuo puxou da cintura a pequena espada de bambu que havia ganhado do pai.

— O que está fazendo, Kazuo-kun? — Akane perguntou, entre uma tossida e outra. — Já falei que não deve brincar com isso aqui dentro.

---

2. O sufixo -*kun* é normalmente utilizado depois de nomes masculinos, quando se fala com alguém mais novo ou em uma posição hierárquica inferior.

— Nós vamos embora — ele rebateu, a espada em riste, apontada para a diretora.

— Pela décima vez, garoto, vocês e seus irmãos precisam de tratamento. Estão doentes.

— Não estamos doentes! — Kenji respondeu com um tom de voz bastante mal-educado.

— Se teimarem, chamarei os monitores para colocarem vocês em quartos separados essa noite. Não irei permitir que desobedeçam às regras. — Era possível ver a veia saltada na testa da mulher.

Kazuo permaneceu sério, não se intimidava com os gritos. Ele estava mais preocupado com outra coisa...

— Niisan — Michiko chamou a atenção de Kazuo. — Eles já estão aqui.

Kazuo sabia de quem ela falava. Sua irmã tinha uma forte conexão com o plano espiritual, ou com o mundo dos mortos, como muitos diziam. Naquele momento, ela se referia aos youkais,[3] as criaturas malignas que haviam invadido Hiroshima e que agora habitavam aquele internato.

Talvez alguma dessas criaturas tivesse possuído Akane. Isso explicaria o motivo de ela insistir tanto para que os irmãos tomassem as pílulas. Os youkais queriam incapacitá-los para que fossem presas mais fáceis. Quatro crianças longe dos pais são uma refeição deliciosa para esses demônios. Segundo o avô Hayato, eles adoram devorar crianças.

— Vamos — Akane mudou o tom. Parecia cansada. Não queria mais desgastes. — Agora que tomaram o medicamento — ela continuou —, sugiro que descansem.

Mas quando Kazuo moveu o pé, a pílula amassada se revelou. Os olhos da diretora se arregalaram, estavam fixos no chão, e sua reação foi imediata, como a de um cão raivoso.

— Kazuo-kun! — berrou. — Esses remédios são caros. Milhares de pessoas gostariam de ter a chance que vocês estão tendo.

— Não, Akane-sama,[4] não cairemos nesse truque outra vez — ele disse, ainda apontando a espada de bambu na direção dela.

---

3. *Youkais* são criaturas do folclore japonês, comumente referidas como demônios ou espíritos que vagam pelo mundo dos vivos.

4. O sufixo -*sama* é usado para se referir respeitosamente a pessoas mais velhas ou em posições hierárquicas mais elevadas.

— Solte esse brinquedo! — ela ordenou, a régua de madeira pronta para acertar a cara do garoto.

— Isto não é um brinquedo — rebateu.

O rosto de Kazuo era pura determinação. Seus cabelos, caídos sobre a testa e sobre o curativo, ondularam com uma brisa que pareceu vir do além e, em um movimento leve, o garoto balançou a pequena espada, fazendo o bambu se soltar em pedaços de casca seca. Restava em suas mãos uma brilhante catana, que crescia e ganhava um fio afiado, a ponta mirando o pescoço de Akane.

— Minha espada carrega a honra da minha família. Ela revela as intenções verdadeiras das pessoas que nos querem mal — ele afirmou. A voz se engrossava, ganhava um tom forte, adulto.

— Você está delirando, Kazuo-kun. Precisa tomar o remédio.

Akane voltou-se para a estande, assustada, mas Kenji entrou na frente.

— Saia, Kenji-kun! — ordenou. — O que está acontecendo com vocês?

— Você nos deixará ir. — Kazuo tinha sobre os ombros o peso de cuidar dos irmãos, tinha sua honra e tinha a força de seus ancestrais que, sem o efeito do medicamento, voltava a correr por seu corpo. — Esta espada — ele continuou — é capaz de partir o céu em dois, de separar o bem do mal. E você, Akane-sama, não irá nos enganar. Seja quem for que a controla, vou quebrar esse feitiço agora.

Kazuo balançou a catana, fazendo sua lâmina vibrar em sintonia com o corpo de Akane. O rosto da diretora ganhou uma expressão de agonia, seus membros se retorceram e viraram em ângulos humanamente impossíveis. Pele e roupas se esfarelaram, dando espaço para que uma terrível criatura saísse de seu casulo. A boca se abriu, rasgando o rosto pálido e deformado em um sorriso amplo, assustador, repleto de dentes afiados. Em contraste, os olhos choravam lágrimas de sangue. Das articulações saíam ossos pontiagudos que perfuraram a pele seca. Os dedos se alongaram, formando garras assustadoras. Aquela era a real forma da diretora Akane. Ela não era humana. Nunca fora. Era a Senhora dos Youkais.

O poder da espada desfez o véu não só da ilusão de Akane, mas também do internato em si. As paredes revestidas de papel bege deram lugar a rochas úmidas e vigas de madeira que sustentavam o teto. O tatame do piso virou terra encardida e, de cima, estacas de rocha desceram pontiagudas. Era um covil malcheiroso, a caverna onde os demônios viviam. Os irmãos estavam presos no lar daquelas criaturas terríveis.

A última coisa a se transformar foi o próprio corpo de Kazuo. De posse da espada, ele se esticou, cresceu, ganhou músculos e um rosto mais adulto. O terninho da instituição que usava se desdobrou até formar um quimono de mangas largas, e a faixa do curativo no rosto se alongou deixando que as duas extremidades do tecido ficassem esvoaçantes atrás de sua cabeça. Kazuo era um samurai e lutaria como um.

— Maldito Kazuo! — Akane ameaçou. Não era mais necessário jogar com eles. — Comerei sua cabeça e depois matarei seus irmãos, um a um.

Michiko, Kenji e Shiro se entreolharam apavorados, mas Kazuo estava ali para protegê-los.

O rosto de Akane aproximou-se do jovem samurai, quase beijando-o com sua boca venosa. Em resposta, ele tentou acertar a cabeça dela com a catana, porém, a criatura desviou o pescoço como se fosse uma serpente.

O samurai não podia deixar que ela o tocasse. Os youkais eram especialistas em venenos, e o de Akane, sem dúvidas, era o mais forte de todos. Caso o acertasse, seria capaz de inocular uma quantidade enorme de toxina em seu corpo, colocando-o novamente em um estado de transe, no qual não teria acesso às suas habilidades ancestrais. Depois, bastaria esperar pela morte certa.

A sorte dos garotos era que Kazuo não havia sido o único na família a despertar certos dons depois da bomba. Enquanto ele enfrentava Akane, Kenji sacou de dentro da camisa um amuleto redondo, desprendendo-o do pescoço em um movimento brusco que foi emendado em uma pose ameaçadora de combate.

— Super-Kenji! — gritou, arrancando do item um brilho forte e azulado. Kazuo observou o irmão ser engolido por um clarão e, aos poucos, ganhar uma espécie de armadura alienígena com braços, pernas, tronco e capacete reforçados, cobrindo-o por completo como uma carapaça. O grande visor frontal e o chifre davam a ele a aparência de um besouro robusto e forte. Agora, com um corpo mais resistente e força sobre-humana, Kenji pulou sobre a Senhora dos Youkais, acertando-a com um murro.

— Kazuo-san[5] — ele deu o sinal, segurando Akane contra a parede. Os braços ossudos da criatura se moviam como chicotes na tentativa de alcançar os garotos.

---

5. O sufixo -*san* também denota respeito, mas é menos formal do que *sama* e pode ser usado entre pessoas que têm o mesmo nível hierárquico ou a mesma faixa etária.

Kazuo puxou Shiro e Michiko para fora do covil da monstrenga e, ao passar pela entrada, decepou um dos braços da youkai com um golpe de espada — o sangue negro jorrou na parede. Akane urrou e se debateu com a dor, dando espaço para que Kenji também escapasse.

Os irmãos correram pelo corredor escuro até outra sala úmida. Iriam pela direita, mas Michiko não deixou.

— O que foi, imouto-san?[6]

Michiko tirou um pequeno espelho do bolso, olhou compenetrada para o próprio reflexo e seus olhos ficaram esbranquiçados. Os cabelos longos flutuavam envoltos em uma energia leitosa, quase invisível. Kazuo sabia que ela estava em contato com o plano espiritual e, através dele, sentia a presença de mais youkais.

Akane era perigosa, sem dúvida alguma, porém o maior problema ali não era a Senhora dos Youkais, mas as suas crias. Os espíritos ruins que ela evocava para se alimentar das crianças que haviam sido levadas àquele lugar horroroso. E esses monstros estavam chegando. Michiko os pressentia desde o começo.

Do outro corredor, ao lado direito, o zunido dos espíritos ruins fez os pelos do braço de Kazuo ficarem eriçados. Milhares de olhos avermelhados se destacaram na escuridão do caminho, encarando os irmãos.

— Por ali. — Michiko apontou para a esquerda assim que a horda de criaturas medonhas começou a vir na direção deles.

Shiro gritou aterrorizado, mas logo Kazuo o pegou no colo e correu para o outro lado. De tempos em tempos, ele olhava para trás, vendo os youkais ganharem formas diversas. Eram como bichos, porcos, aranhas, raposas, todos com vários olhos, línguas compridas e chifres. Também era possível ver outras criaturas grotescas, que Kazuo não conseguia identificar se eram animais ou humanos. Elas corriam e voavam, atropelavam umas às outras como em uma avalanche, trazendo um rastro de névoa negra ao seu redor.

Levitando a alguns centímetros do chão, Michiko guiou os irmãos pelos corredores escuros da caverna. Ela continuava olhando para o espelhinho enquanto os youkais se aproximavam mais e mais. Parecia saber onde era a saída, mas, se continuassem naquele ritmo, seriam alcançados antes de colocarem os pés para fora.

---

6. Usa-se o termo *imouto* quando irmãos mais velhos se referem a uma irmã mais nova. O termo *otouto* é utilizado para um irmão mais novo.

Kazuo parou próximo à parede do túnel por onde corriam e colocou Shiro no chão. O caçula chorava de medo. Assim que o irmão mais velho ficou para trás, Michiko e Kenji voltaram.

— Vá com eles, otouto-san. Você tem que ser corajoso agora — disse em um tom paternal.

O pequeno Shiro acenou com a cabeça enquanto Kazuo secava as lágrimas do menino com a manga de seu quimono.

— O que vai fazer, niisan? — Michiko perguntou a Kazuo, seus olhos recobrando a cor castanha habitual.

Mas o samurai não respondeu. Ele apenas ordenou que os irmãos continuassem e, decidido, virou-se de costas para eles, encarando a direção de onde os monstros vinham.

Kenji fez uma reverência à ordem do irmão mais velho e, com sua superforça, levantou Shiro em um dos ombros antes de correr para longe dos demônios que já estavam a poucos metros deles.

Kazuo posicionou as mãos delicadamente em sua arma: a direita na empunhadura da catana, a esquerda na bainha. Seu dedão desprendeu a lâmina, movimentando-a alguns milímetros para fora, o metal frio pronto para ser livre.

— Cuide-se, niisan — Kazuo escutou a voz doce de Michiko sobre seus ombros. Então, sentiu-a se afastar.

Confiante, o samurai continuou em posição de defesa, aguardando os monstros chegarem. E eles vieram violentos.

Sua espada era leve e rápida como o vento. Os movimentos de Kazuo foram precisos, partindo ao meio a primeira dezena de criaturas. No entanto, para cada uma que caía, três ou quatro vindas do fundo do corredor tomavam seu lugar. Eram muitas. Os youkais cercaram o samurai como uma matilha de lobos famintos. Rosnavam, uivavam.

Kazuo ainda tentou lutar bravamente. Mas seu corpo foi preso por tentáculos pegajosos, que o apertavam com uma força desumana. A catana caiu no chão quando ele foi erguido pelos monstros e, do alto, viu Akane surgir entre as criaturas amontoadas.

Ela aproximou seu rosto pálido e furioso de Kazuo, e o menino conseguiu ver o olhar sádico e as lágrimas sangrentas que haviam se coagulado nas bochechas ossudas do monstro.

— Moleque insolente — ela sussurrou. Seu pescoço esticado na direção do samurai, a língua molhando seus ouvidos. Akane finalmente saciaria sua fome.

A boca desceu depressa e cravou os dentes no pescoço do guerreiro, arrancando dele um berro de desespero. Enquanto tinha o sangue drenado pela youkai, ele sentiu o veneno adentrar seu corpo. Os braços ficaram pesados, os olhos se perderam na imensidão do corredor escuro.

Ele pensou nos irmãos mais uma vez, depois não pensou em mais nada.

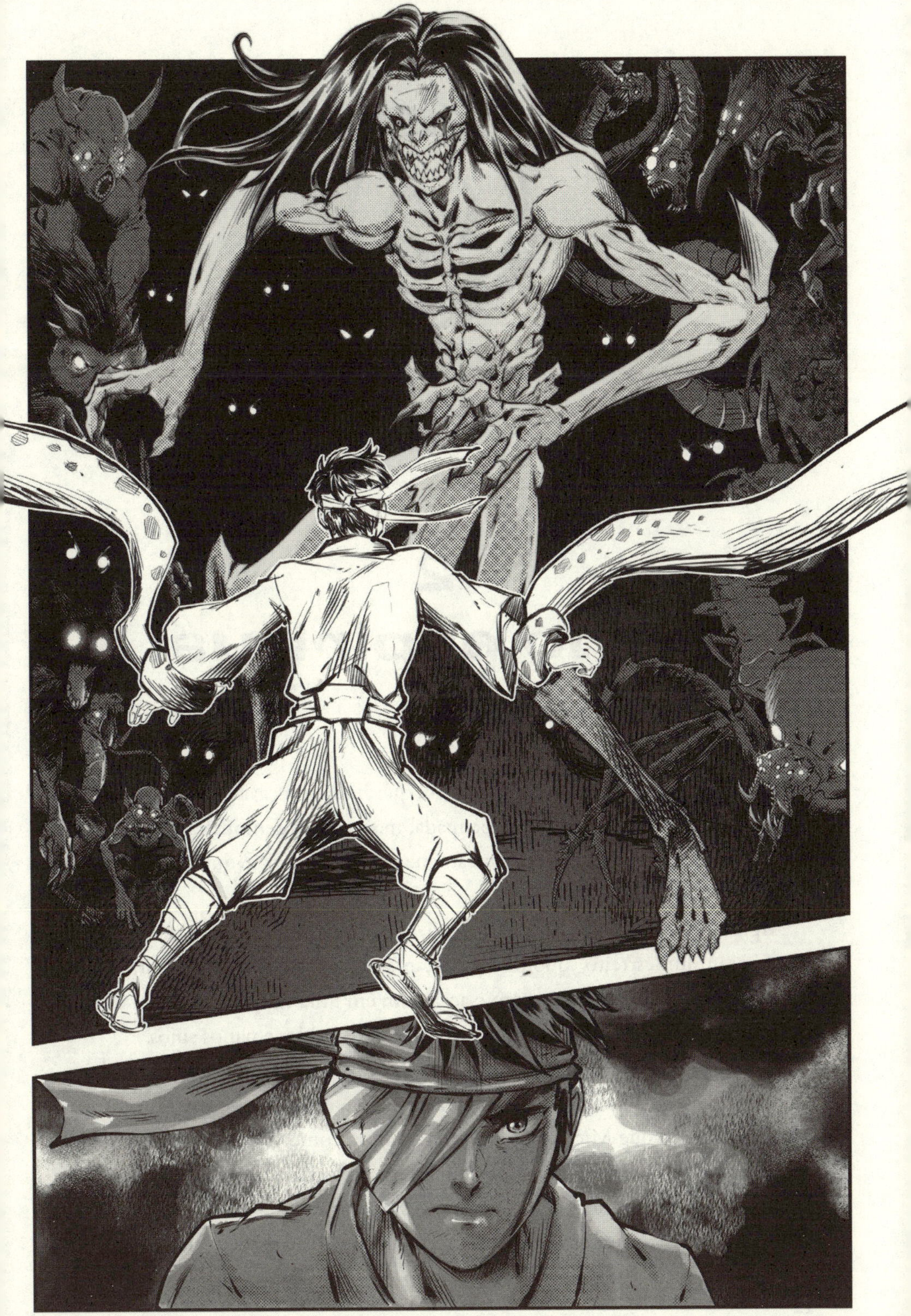

2
Plano espiritual

Sentada no chão, Michiko acalmava Shiro, que ainda soluçava pela falta do irmão mais velho. Ela também estava preocupada, mas tentava demonstrar calma. Com a voz doce, murmurou a mesma canção que ouvia de sua mãe quando era menor, e isso fez o caçula cair no sono.

Após deixarem Kazuo para trás, Kenji, Michiko e Shiro tiveram que se esconder. Usaram um estreito tubo de ventilação que a garota encontrou para saírem do corredor principal do internato e acabaram em uma saleta de material de manutenção. Agora eles descansavam entre vassouras, baldes e panos sujos.

Kenji permanecia atento à porta, com um dos ouvidos grudado na madeira. Sua forma voltara ao normal, e agora era o menino de dez anos, só dois centímetros mais alto do que Michiko. Ele a olhava aflito, como se a qualquer momento algum dos enfermeiros ou monitores do internato fosse entrar naquela sala.

— Não podemos ficar aqui — Kenji sussurrou.

— Kenji-san, Shiro está exausto, precisa dormir. Todos precisamos.

— Temos que achar uma saída. Pensar em algum plano.

— Mas e Kazuo?

— Nosso irmão se sacrificou para que nós pudéssemos fugir — Kenji respondeu, ríspido.

— Não, Kenji-san. Não sairemos sem ele — Michiko rebateu, mas ela sabia qual seria o próximo argumento de Kenji.

— Michiko-san, eu sou o segundo mais velho. Faremos o que eu disser.

Michiko baixou a cabeça e concordou.

— Deixe Shiro dormir por pelo menos algumas horas.

— Tudo bem — Kenji assentiu. — Pode dormir com esse fedelho. Ficarei na vigília.

Triste com a situação, Michiko voltou seu olhar ao pequeno Shiro, arrumou a franja do caçula que estava caída sobre sua testa e o deitou em uma posição mais confortável. Sem muitas opções, retirou os óculos, encostou a cabeça na parede e fechou os olhos.

***

A garota despertou com a sensação gostosa do cafuné que apenas sua mãe sabia fazer. Viu a expressão serena no rosto dela assim que levantou as pálpebras. Ela estava no chão, logo acima do futon onde Michiko dormia, e acariciava de forma gentil a cabeça da filha com movimentos circulares que a deixavam ainda mais relaxada.

"Acho que tive um pesadelo", Michiko pensou, mas ali, com todo aquele carinho, ela já nem se lembrava qual teria sido o sonho ruim.

— Bom dia, minha princesa.

— Bom dia, mamãe.

Ela sorria tanto que deixou Michiko até um pouco encabulada.

— Hoje é um dia muito especial — falou e se levantou empolgada.

Michiko sentou-se ainda sonolenta e observou, com certa dificuldade, o que seria um quimono preso a um cabide na moldura da porta de correr. Ela pegou os óculos sobre a mesinha de cabeceira para que pudesse apreciar a vestimenta rosa e branca, toda estampada com flores de cerejeira. Os acessórios também eram lindos, entre eles, a nova sandália zori e uma flor kanzashi.

Ao ver a mãe em pé, ao lado da roupa, Michiko entendeu do que se tratava.

Correu ao banheiro para lavar o rosto e, em poucos minutos, estava no colo da mãe para que ela lhe arrumasse os cabelos.

E como ela poderia se esquecer daquele dia se a mãe vinha falando dele há pelo menos três semanas? Era, sim, um dia especial, principalmente para as famílias apegadas às tradições, como a família Kurumoto.

Naquela data, o país comemorava o Shichigosan, um festival para celebrar a saúde das crianças. Os meninos de cinco anos e as meninas de três ou sete anos de idade deveriam se vestir e visitar o santuário onde a família mantinha suas obrigações religiosas. Michiko, que fizera sete no mês anterior, faria sua visita ao templo.

A mãe fez um lindo penteado nos cabelos de Michiko e, em sua lateral, espetou a flor kansazhi. Amarrou a faixa em volta da barriga da menina e prendeu o quimono. Em seguida, finalizou com os demais adereços da vestimenta. Antes de sair do quarto, Michiko lembrou de pegar sua sombrinha de madeira e papel que estava guardada atrás da penteadeira. E, finalmente, ficou pronta, uma linda princesinha.

Ao saírem, Michiko avistou Kazuo e Kenji brincando no jardim em frente à casa. Eles fingiam ser samurais em uma batalha feroz. Kazuo usava sua espada de bambu e Kenji improvisava com um pedaço de pau. Ela sorriu e pensou que gostaria de brincar com os irmãos, mas logo se lembrou de que aquela não era uma brincadeira para princesas, como sua mãe sempre dizia.

De mãos dadas, mãe e filha andaram pela rua do bairro onde moravam na direção do santuário. No caminho, Michiko ficou incomodada com uma sujeira nos óculos e tentou, com dificuldade, limpá-los no tecido do quimono, gesto que deixou sua mãe aborrecida.

— Não, minha filha — ela disse e sacou um lenço da bolsa. — Use isso, por favor.

Enquanto Michiko limpava as lentes, a senhora Kurumoto retirou um embrulho modesto da bolsa.

— Estava me esquecendo — ela disse, e logo desenrolou o pano que escondia um pequeno espelho de prata, preso por um cordão. — Comprei isso para você — falou ao colocar a correntinha no pescoço de Michiko, deixando o espelho pendurado no peito da menina. — Cuide bem dele, é muito valioso.

Michiko não sabia ao certo o motivo pelo qual um artefato como aquele seria tão importante, mas ficou feliz com o presente.

— Eu vou cuidar, mamãe. Obrigada, ele é muito lindo! — respondeu. Ela entregou a sombrinha à senhora Kurumoto e pegou o espelho com as duas mãos para apreciá-lo com mais cuidado. Então se assustou ao ver o reflexo de outra garota que não o dela mesma.

— Mamãe! — ela gritou.

E a senhora Kurumoto não respondeu. Ela havia sumido, restava apenas a sombrinha de madeira no chão. Michiko olhou ao redor e se viu, não mais na rua de seu bairro, mas em um túnel estreito e escuro, repleto da névoa branca que dava a tudo um tom monocromático e horripilante. Teve medo, ameaçou chorar e pedir por socorro, mas não o fez. Em vez disso, pegou a sombrinha do chão e, com a outra mão, voltou a se olhar no espelho. Talvez a resposta estivesse naquele presente.

Ao enxergar o reflexo de novo, encontrou a mesma garota de antes. Ela estava dormindo e, pela posição da cabeça, parecia, sim, o reflexo de Michiko, só que em um corpo diferente. Quem seria aquela menina? E por que aparecia ali? Por que estava tão abatida?

Foi olhando com mais atenção que Michiko entendeu. Era ela mesma na imagem, uma Michiko de outra época. Estava mais velha. Uns dois anos talvez. Seus cabelos estavam soltos e seu rosto, magro e com olheiras fundas.

Ao entender aquilo, também ficou claro onde Michiko havia ido parar. Aquele túnel era o mesmo do covil, o lugar malcheiroso onde ela e seus irmãos estavam presos... ou estariam presos no futuro. De alguma forma, a Michiko de sete anos sabia onde estava.

Ela deixou o espelhinho pendurado no pescoço e caminhou pelo labirinto de túneis. Tudo à sua volta era fantasmagórico. As paredes não pareciam sólidas, feitas de pedra ou tijolos, mas, sim, de fumaça. Michiko se aproximou de uma delas e tentou tocá-la com a ponta da sombrinha, mas a haste de madeira adentrou a espessa névoa que formava a parede. A garota recuou. Respirou fundo e, em seguida, atravessou o corpo todo de uma só vez.

Do outro lado, se viu em um espaço apertado que rapidamente se formou em meio à fumaça. Prateleiras, vassouras e baldes foram ganhando forma. E uma porta apareceu na rústica parede de pedras. Perto dela, a figura esbranquiçada de Kenji continuava com os ouvidos atentos, mas ele não notou a Michiko mais nova entrar, nem poderia. Do outro lado da salinha, a garota mais velha ainda dormia, com a cabeça do pequeno Shiro em seu colo e o espelhinho em uma das mãos.

Michiko chegou mais perto, curiosa para tocar sua versão mais velha e descobrir se ela também era feita de névoa, como as paredes. Contudo, antes que seu dedo encostasse na testa da outra menina, uma lembrança apareceu como um raio em sua mente, e Michiko parou. Ela sabia que não deveria fazer aquilo ou sua existência naquele plano estaria acabada.

Junto daquela informação vieram outras. Agora, Michiko tinha certeza de que a garota sentada e ela eram a mesma pessoa. Aquilo era uma projeção espiritual, algo que ela havia aprendido a fazer depois de entender que o espelho dado por sua mãe era uma porta entre o mundo dos vivos e o dos mortos. Com ele, Michiko podia passar de uma realidade para a outra, projetando sua própria alma para fora do corpo. O problema era que esse processo, muitas vezes, era imprevisível.

"Quando a alma deixa o corpo", o avô Hayato dizia, "ela pode se perder em lembranças e assumir formas passadas até demorar a entender seu novo propósito ou seu objetivo". Isso acontecia com todos que morriam e desencarnavam, segundo ele. Algumas almas, infelizmente, nunca se recuperavam desse trauma e acabavam se tornando youkais.

De certa forma, projetar a alma no mundo espiritual através daquele espelho era como morrer. Michiko já passara por isso algumas vezes e o resultado era diferente sempre que tentava. Às vezes, ia para o passado, como acontecera dessa vez. Outra vezes, alcançava lugares tão longínquos que demorava horas para se encontrar, mesmo viajando na velocidade sobrenatural do mundo dos espíritos. Mas o processo nunca havia falhado. Ela sempre achava o caminho correto, ainda que demorasse um pouco.

Agora que estava ciente do que de fato acontecia, Michiko se afastou de seu corpo e usou a sombrinha para abrir passagem na parede de névoa, saindo da saleta pelo outro lado. Ela havia se projetado no plano espiritual para descobrir o paradeiro de Kazuo, aproveitando o prazo que Kenji tinha dado a ela. Se achasse o irmão mais velho, talvez conseguisse convencer o outro irmão de que deveriam ajudá-lo em vez de simplesmente fugir.

Michiko sabia que Kazuo estava vivo em algum lugar daquela caverna. Os youkais o haviam aprisionado e o usariam como isca. O plano espiritual existe em todos os lugares. Ele é exatamente como o nosso mundo, mas, no lugar de pessoas, é habitado por espíritos, entre eles os youkais e, por isso, ela precisava ser silenciosa e rápida.

Desde a explosão, a linha que separava o mundo dos vivos do plano espiritual estava oscilando. Por isso, o covil e o internato se misturavam sem deixar claro o que era a realidade e o que era a magia dos demônios. A sorte era que, do plano espiritual, Michiko conseguia ver a verdade. No mundo dos mortos, ela viajava em uma forma espectral, com os cabelos acinzentados e esvoaçantes, os olhos completamente brancos e a pele clara como a de um fantasma. Podia se mover com velocidade, atravessando o que era sólido no mundo dos vivos.

Com muito cuidado, ela flutuou por mais corredores e atravessou outras paredes até encontrar três monitores do internato em um dos alojamentos. Eles procuravam pelos irmãos em todos os cantos: embaixo das camas, no banheiro, atrás de móveis. Parecia que estavam falando debaixo d'água, já que o som não atravessa os planos de forma clara. Michiko não poderia ficar ali por muito tempo, pois, por entre as carapaças leitosas e etéreas dos monitores, ela avistava uma aura escura nos corpos, que mostrava suas formas verdadeiras. Os olhos deles brilhavam em um vermelho intenso, não humano. Eram youkais disfarçados.

O primeiro deles, um homem gordo e grande, tinha a figura de um youkai javali dentro de si. Era meio humano e meio animal, com presas enormes saindo da boca. E foi exatamente ele que se virou para Michiko assim que ela atravessava o alojamento.

A menina paralisou. O youkai disfarçado apertou os olhos vermelhos tentando identificar algo, mas logo desistiu e disse alguma coisa aos companheiros. Os três deixaram o quarto em seguida. Michiko suspiraria aliviada se fosse possível respirar no mundo espiritual.

No alojamento seguinte, foi a vez de se deparar com uma mulher de meia-idade arrumando as camas. A carcaça fumacenta era de uma senhora humilde, de cabelos presos e lenço na cabeça. Ela também segurava um borrifador e espirrava uma espécie de líquido por cima dos lençóis, como se tentasse desinfetar as roupas de cama. Era um youkai, Michiko tinha certeza. Contudo, a única coisa que podia ver por baixo da carcaça esbranquiçada eram cabelos negros e rebeldes que serpenteavam atrás da mulher, como se tivessem vida. Além dos fios dançantes, um molho de chaves preso ao cinto da senhora chamou a atenção. Ela, então, gravou o rosto daquela funcionária do internato, pensando talvez que aquelas chaves pudessem ser úteis em algum momento... Antes, precisava achar Kazuo.

Após transpor mais duas paredes, Michiko chegou à enfermaria. Ali o movimento era maior e, se não tivesse cuidado, ela acabaria descoberta. Andando próxima às paredes, observou duas enfermeiras carregando mais daqueles malditos remédios. Uma delas administrava a droga em outras crianças sentadas. Michiko sentiu pena daqueles garotos, mas sabia que, se fosse para o plano deles ter sucesso, apenas os quatro irmãos poderiam escapar. Envolver outras crianças colocaria tudo em risco.

Seis biombos com macas e aparelhos médicos estavam dispostos na parede oposta a Michiko. Um deles estava com as cortinas fechadas, e a garota concluiu que Kazuo só poderia estar ali. Sorrateira, ela se agachou e cruzou a sala deslizando enquanto as enfermeiras continuavam ocupadas, uma delas organizando os frascos na prateleira, a outra examinando as crianças.

Na visão de Michiko, aquela cena era incômoda. A carapaça fumacenta da enfermeira demonstrava bondade e tratava os pequenos com carinho. Mas a criatura por dentro dela trazia maldade em seu olhar arguto. Era um youkai meio humano e meio lobo. Entre um sorriso cínico e outro, a língua comprida lambia os beiços. Ela tocava as crianças com cuidado, usando suas garras afiadas, como se escolhesse qual parte comeria primeiro. Uma perna, um braço, os olhos, talvez.

Michiko balançou a cabeça e deixou aquilo de lado. Passou pela cortina e, ainda abaixada, deu de cara com uma das pernas da maca e se levantou devagar. Kazuo estava amarrado pelas mãos e pés na estrutura de metal, desacordado.

Ela tentou tocá-lo e sua mão o trespassou. Então o chamou, repetindo seu nome algumas vezes bem próximo ao seu ouvido. Não obteve resposta. Ela sabia que seu tempo estava se esgotando, então decidiu voltar e avisar Kenji.

Quando se preparava para deixar o biombo, Michiko ouviu as palavras distorcidas dos enfermeiros. Eles vinham em sua direção. Aflita, ela se meteu debaixo da maca e esperou.

As cortinas foram abertas e três pares de sapatos entraram no cubículo. Michiko espiou pela fresta entre o colchão e o metal da maca até identificar a enfermeira que cuidava das crianças, o monitor que viu mais cedo nos alojamentos e ela, Akane em pessoa, a senhora dos youkais, disfarçada como diretora do internato.

Michiko se concentrou. Talvez se canalizasse um pouco mais de sua energia espiritual poderia abrir uma pequena fresta entre os planos para ouvir melhor o que eles falavam. Era, sem dúvida, uma manobra arriscada, porém necessária para entender os planos daqueles monstros e, assim, ter alguma forma de enganá-los ou até mesmo vencê-los.

Aos poucos, a voz da senhora Akane ficou mais estável e algumas palavras foram entendidas:

— Vocês os encontraram?

— O menor — respondeu o monitor, entre outras palavras inaudíveis.

Eles só poderiam estar se referindo a Shiro. Mas e Kenji? Teria ele abandonado os irmãos e fugido? Michiko ficou confusa. O fato era que, se os monitores haviam encontrado o caçula, também tinham encontrado o corpo de Michiko, ainda dormindo. Ela precisava voltar.

— Os outros? — Akane perguntou.

— O garoto escapou — o monitor disse, a voz humana se misturando com o som grotesco e gutural do youkai javali. Aquele barulho rasgava o tecido entre os planos.

— A menina?

A resposta demorou alguns segundos. Michiko se aproximou ainda mais do colchão, tentando ver o porquê da demora. Então o susto:

— Ela está aqui! — o javali berrou.

Michiko sentiu seu braço ser agarrado pela mão forte do youkai que atravessara a maca. Ela se debateu, tentou voltar depressa ao próprio corpo, mas tudo era em vão.

O monstro a puxou para fora, revelando-a a todos.

— Essa ratinha estava se esgueirando por aí. Bisbilhoteira! — ele acusou.

Michiko olhou para cima e a carapaça etérea de todo o lugar já não existia mais. A youkai-lobo, o monitor-javali e a senhora dos youkais voltavam às suas formas reais, monstros aterradores. E não foram apenas eles que mudaram, Michiko também. Ao olhar para baixo, se viu novamente no terninho do internato e não mais em seu quimono bonito de flores. De alguma forma, a magia dos youkais havia levado seu corpo para aquele lugar. Ela era de novo a garota de nove anos que dormira na saleta de limpeza.

Ao seu lado, Kazuo não estava preso em uma maca, mas, sim, em uma mesa de madeira, amarrado por tentáculos pegajosos. A enfermaria inteira desapareceu e deu lugar a um grande abatedouro dentro no covil dos youkais. Era ali que eles preparavam suas refeições, e Michiko gelou ao perceber que ela e seu irmão talvez fossem servidos no jantar.

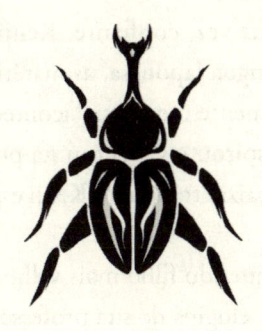

3
Segundo filho

A noite havia sido longa, e o senhor Kurumoto estava cansado. Mesmo assim, após o jantar, ele pediu que a esposa levasse Michiko e Shiro para o quarto. Queria conversar com os filhos mais velhos.

Kenji já desconfiava de qual seria o assunto. Naquela semana, as notas da escola haviam sido divulgadas, e a professora avisou que haveria uma reunião de pais para informá-los. O problema era que os estudos nunca foram o forte de Kenji.

O irmão mais velho estava tão tranquilo que isso o irritava. Ambos ficaram em pé, um ao lado do outro, e olhavam para frente enquanto o senhor Kurumoto andava pela sala abrindo alguns envelopes que retirara de dentro de sua pasta marrom. Ele ainda vestia as calças de pregas do trabalho e a camisa azul com suspensórios.

— Vocês sabem o que são essas folhas? — perguntou ao parar diante dos garotos, os braços estendidos mostrando os papéis.

Kazuo e Kenji direcionaram os olhares bem devagar para as provas e depois baixaram a cabeça assentindo.

— Acham que foram bem?

Kazuo assentiu mais uma vez, confiante. Kenji titubeou. Aquelas eram as provas de matemática e de língua japonesa, as matérias nas quais ele se saía pior.

— É, vocês sabem exatamente o que está acontecendo.

O senhor Kurumoto suspirou e se sentou na poltrona diante dos meninos. Kazuo continuou de cabeça baixa, tranquilo. Kenji espiou a expressão descontente do pai.

— Como sempre, meu querido filho mais velho, você está entre os melhores de sua sala. Recebi inúmeros elogios de sua professora e, se continuar com essas notas, poderemos nos inscrever para um colégio ainda melhor no ano que vem.

Kazuo sorriu, e Kenji arremedou em silêncio as palavras do pai, que, em seus ouvidos, soavam bajulação barata ao filho preferido.

— Agora você, Kenji-kun, você é... — Ele pausou e respirou fundo. — Kazuo, suba, por favor. Continue assim, meu filho.

Kazuo trocou um olhar rápido de pesar com o irmão, mas Kenji desviou o rosto. Não precisava da pena do irmão mais velho. Após Kazuo subir as escadas, o senhor Kurumoto foi até o canto da sala e pegou uma espada de madeira que guardava presa à parede. Aquela arma ficava ali para lembrar a todos que a casa tinha regras e que quebrá-las implicava em castigo. O único que conhecia muito bem o que aquilo significava era Kenji.

Naquela noite, ele chorou. Fora uma paulada para cada ponto que lhe faltava para se assemelhar à nota do irmão. E as notas eram muito diferentes. A surra foi tamanha que Kenji subiu as escadas com as pernas fraquejando.

Ao passar em frente ao quarto dos pais, viu sua mãe com lágrimas nos olhos.

— Vá dormir, meu filho — disse ela, triste.

Quando entrou no quarto, Kazuo, Michiko e Shiro o esperavam. Ele estava tão furioso e envergonhado que nem olhou para os irmãos. Tinha raiva deles também. Principalmente de Kazuo. Torcia para que o irmão mais velho fracassasse apenas uma vez, assim o sarrafo seria um pouco mais baixo.

Ele estava farto daquela situação. O fedelho do Shiro era o caçula e o protegido, a mimada da Michiko era a princesa da casa, a única menina. E Kazuo, maldito Kazuo... ele era o mais velho, o primogênito. O que sobrava para Kenji além dos restos dos irmãos?

Naquele momento, ele quis apenas dormir e desejou que, ao acordar no dia seguinte, sua família não existisse.

***

Já se passavam mais de vinte e quatro horas desde que Kenji havia deixado a sala de limpeza e passou a usar outra estratégia para se esconder. Ele sabia que os monitores iriam procurar ali cedo ou tarde e decidiu deixar Shiro dormindo. Não teria como levá-lo.

É verdade que a ideia de fugir e abandonar sua família passava por sua cabeça. Porém, ter seus irmãos devorados pelos youkais parecia cruel demais.

Para se manter seguro, Kenji ia observando a rotina de vigia dos monitores e, de duas em duas horas, mudava de esconderijo, se esgueirando pelos corredores e pelos tubos de ventilação do internato. Gostaria de ser ainda menor, como Michiko ou Shiro, para passar por aqueles caminhos estreitos com mais facilidade, mas ele se virava como podia.

Havia entendido que a cozinha e o armazém recebiam uma ronda periódica que, em certos intervalos, possibilitaria que fosse até lá pegar comida. Estava no terceiro ciclo de revezamento entre o banheiro da ala das meninas, o jardim de inverno e a despensa de mantimentos.

O gigantesco internato contava com algumas dezenas de cômodos; no entanto, não havia tantas crianças assim. A maioria dos aposentos estava vazio, o que facilitava as idas e vindas do garoto. Só que ele sabia que toda aquela fachada era o disfarce dos youkais para o extenso e complexo sistema de túneis do covil.

Não era possível ver tão claramente os truques dos youkais como Michiko ou Kazuo faziam. Kenji não possuía um item místico como o espelho e a espada samurai. Até nisso os irmãos eram melhores do que ele. O que restava era ser cauteloso: comia apenas aquilo que tinha certeza de não estar envenenado e se escondia em lugares onde estava certo de que os monitores não vistoriariam nas próximas horas. Mas ele não tinha um plano.

A única arma que Kenji tinha naquele momento era o amuleto do besouro que podia transformá-lo em Super-Kenji, o lutador de armadura alienígena com força e agilidade sobre-humana. Só que o artefato tinha uma fraqueza: ele precisava de algumas horas para se recarregar e, desde a luta com Akane, parecia não funcionar direito. Talvez fosse o próprio covil que enfraquecesse os poderes de Kenji.

Foi com o amuleto em mãos que Kenji se lembrou do avô. Pensou que se ele estivesse ali, saberia como lidar com a situação. O avô Hayato era especialista em youkais, sempre contava como os enfrentou e os venceu inúmeras vezes, e Kenji amava ouvir as histórias do avô. O garoto passava horas sentado com o velho no jardim, fascinado com suas peripécias. Sabia que era o neto preferido e isso o fazia feliz. Em algum lugar, ele era o melhor. O avô era o único parente de quem Kenji realmente gostava. Sentia-se amado quando estava com ele, sem o peso da comparação com Kazuo ou o dever de cuidar dos irmãos mais novos. Seu avô não exigia nada dele.

A relação dos dois fora assim desde que Kenji era bem novo. Enquanto seu pai o destratava e o comparava com o irmão, o avô Hayato dava ao menino a atenção que ele tanto queria. Talvez porque Hayato via no neto a oportunidade de criar o filho homem que não teve.

Mas não ia adiantar nada ficar pensando no passado. A crise estava no presente. Em sua nova passagem pela despensa, Kenji decidiu pegar algumas coisas além da comida habitual e, ao olhar para uma caixa de fogos de artifício pela terceira vez naquele dia, teve uma ideia. Aquele material era usado nas comemorações do Hanabi Taikai[7] que vinham acontecendo durante o verão em menor frequência devido ao ano de guerra.

Ele colocou algumas coisas na sacola que encontrou, como mais comida, dois pacotes de morteiros, um rolo de pavio, caixas de fósforo e uma bolsinha com bolinhas de gude, já que sempre gostou desse brinquedo. Era um bom começo.

Voltou à cozinha mastigando o último dos biscoitos de arroz encontrados em um pacote amarrotado. De boca cheia, preparou-se para sair da cozinha quando ouviu passos vindos do corredor. Apreensivo, correu para detrás de um armário de canto, entre a saída da cozinha e o fogão.

O monitor entrou com passos firmes, de posse de uma lamparina. Ele passou bem na frente de Kenji, que continuava mastigando o biscoito, quase impossível de engolir àquela altura. Com a apreensão de ser encontrado a qualquer momento, e a falta de saliva, a gororoba foi se transformando em uma imensa maçaroca, que Kenji foi obrigado a cuspir na palma de uma das mãos. Os olhos do garoto mal passaram pela massa de biscoito, eles continuavam firmes nos passos do monitor, que conferiu embaixo da mesa de jantar e foi para a despensa. Era a deixa de que Kenji precisava.

No entanto, o homem parou na entrada do quartinho de mantimentos e se voltou para o chão, onde o pacote de biscoitos ficou largado. Kenji arregalou os olhos pensando em como poderia ter sido tão estúpido. Além da embalagem, farelos ligavam o crime ao seu autor. Foram menos de dois segundos para que

---

7. Festival dos fogos de artifício comum no verão japonês.

monitor seguisse o rastro com o olhar e apontasse com a lamparina na direção do armário em que Kenji se escondia.

— Encontrei o ratinho — ele disse.

Kenji se levantou e correu na direção do tubo de ventilação. Teria alcançado se o braço longo e forte do monitor não o tivesse agarrado pela camisa antes.

— O que você tem aí? — o homem perguntou, arrancando a sacola de Kenji, mas o garoto se debateu, puxou-a de volta e acabou derrubando todo o conteúdo no chão. Os morteiros rolaram pela cozinha e a bolsa com bolinhas de gude se abriu, espalhando os brinquedos pequeninos por todo o assoalho.

Com raiva, o monitor agarrou Kenji e conseguiu imobilizá-lo com um abraço de urso. O garoto balançava as pernas e chutava, apoiava os pés nos móveis e nas paredes, onde fazia força para ganhar impulso e derrubar o agressor, só que nada funcionava.

"Como aquele homem podia ser tão forte?", Kenji pensava. A resposta era clara. Ele não era um homem comum. Tratava-se de um youkai disfarçado. E, nesse mesmo momento, Kenji sentiu seu peito queimar. O amuleto do besouro finalmente respondia àquela situação de perigo. A energia voltava para a peça alienígena, mesmo que em um resquício. Com ela, seria possível lutar de igual para igual.

— Super-Kenji! — ele gritou, e a luz do amuleto o cobriu, jogando o monitor para longe. A armadura reluzente do guerreiro alienígena se formou: braços, pernas, tronco e capacete, cobrindo o menino por completo. Um grande visor frontal e o chifre se formaram na cabeça, dando a ele a aparência do robusto inseto.

A energia liberada pela transformação de Kenji foi o suficiente para abalar o véu ilusório que mantinha o truque dos youkais. O internato novamente virava o terrível covil dos monstros, e o guerreiro-besouro agora estava em uma caverna malcheirosa estruturada por vigas de madeira nas paredes e no teto.

Por sua vez, o monitor, que já havia se levantado do outro lado da sala, também deixava sua carcaça humana cair. Enquanto a pele de seu rosto rachava, dando espaço para a cara feia e peluda de uma aranha repleta de olhos, patas artrópodes se projetaram das costas do homem e o ergueram do chão. Agora ele contava com dez membros, duas pernas e dois braços humanos, e seis patas asquerosas que pareciam extremamente fortes e ágeis.

Kenji não esperou o inimigo se recuperar por completo e saltou tentando um murro, porém acertou apenas o chão. O youkai pulou para longe e usou as patas para se fixar em uma das paredes de pedra. De lá, correu para o teto ressoando as passadas como agulhas na rocha.

O guerreiro-besouro puxou o punho da pequena cratera formada por seu soco e olhou para cima: o inimigo havia sumido na escuridão do covil. Kenji andou para um dos cantos enquanto ouvia passos rápidos e apertados da meia dúzia de pernas tilintando o exoesqueleto.

Andou mais um pouco e o som parou.

Silêncio.

Kenji ouvia apenas sua respiração ecoar por dentro do capacete de besouro. Ele recuou mais alguns passos e teve a sensação de que o inimigo estava atrás de si. Virou-se.

Nada.

A armadura alienígena do besouro era repleta de segredos. Ela escondia armas que nem mesmo Kenji conhecia. Mas algumas delas ele já tinha usado e sabia como funcionavam. Era o caso do visor de luz.

Os grandes olhos do besouro se acenderam, projetando um feixe luminoso que o ajudava a enxergar com mais detalhes naquela caverna. Ele continuou girando pela sala rochosa, e a aranha conseguia se manter sempre fora do campo de visão de Kenji.

Mas o inimigo não apenas se escondia, ele preparava uma armadilha. Quando Kenji deu um passo para trás, sentiu um de seus pés preso em algo pegajoso. Ao olhar para baixo, a teia de aranha já estava envolta em sua perna. O tecido nojento havia sido espalhado por toda a caverna. Ele tentou se soltar e sua mão também grudou. Quanto mais se mexia, mais preso ficava.

Foi quando o predador desceu pela parede ao lado de Kenji e passou por cima dele, revirando sua dezena de olhos até todos focarem no rosto do guerreiro-besouro, logo abaixo.

Kenji tinha as duas pernas e um dos braços grudados na teia, mas não se dava por vencido. Já a aranha, ao se aproximar, chacoalhou a cabeça e desprendeu as presas das laterais de sua boca, que se abriram afiadas e cheias veneno.

Uma só gota daquele líquido que pingava do youkai seria o suficiente para acabar com Kenji. E, com presas daquele tamanho, bastaria uma mordida para perfurar a armadura do besouro, pondo fim a qualquer chance de ele e os irmãos saírem com vida daquele covil. Mesmo assim, ele tinha esperança de que seu amuleto tivesse algum truque que ele ainda não conhecia.

Quando o bicho chegou mais perto, Kenji colocou seu braço livre entre ele e as presas do youkai na tentativa de se proteger. Para sua surpresa, outra das armas escondidas na armadura do besouro foi revelada. Ao fechar o punho, um lança-chamas saiu da parte de cima de sua mão, queimando os olhos do monstro. Enquanto o youkai se afastava emitindo um grunhido agudo, Kenji ateou fogo ao seu redor, enfraquecendo a teia até conseguir soltar as duas pernas. Mas, antes que pudesse se ver livre de todo aquele tecido grudento, o monstro aranha voltou furioso e acertou o guerreiro com uma de suas patas, lançando-o contra a parede.

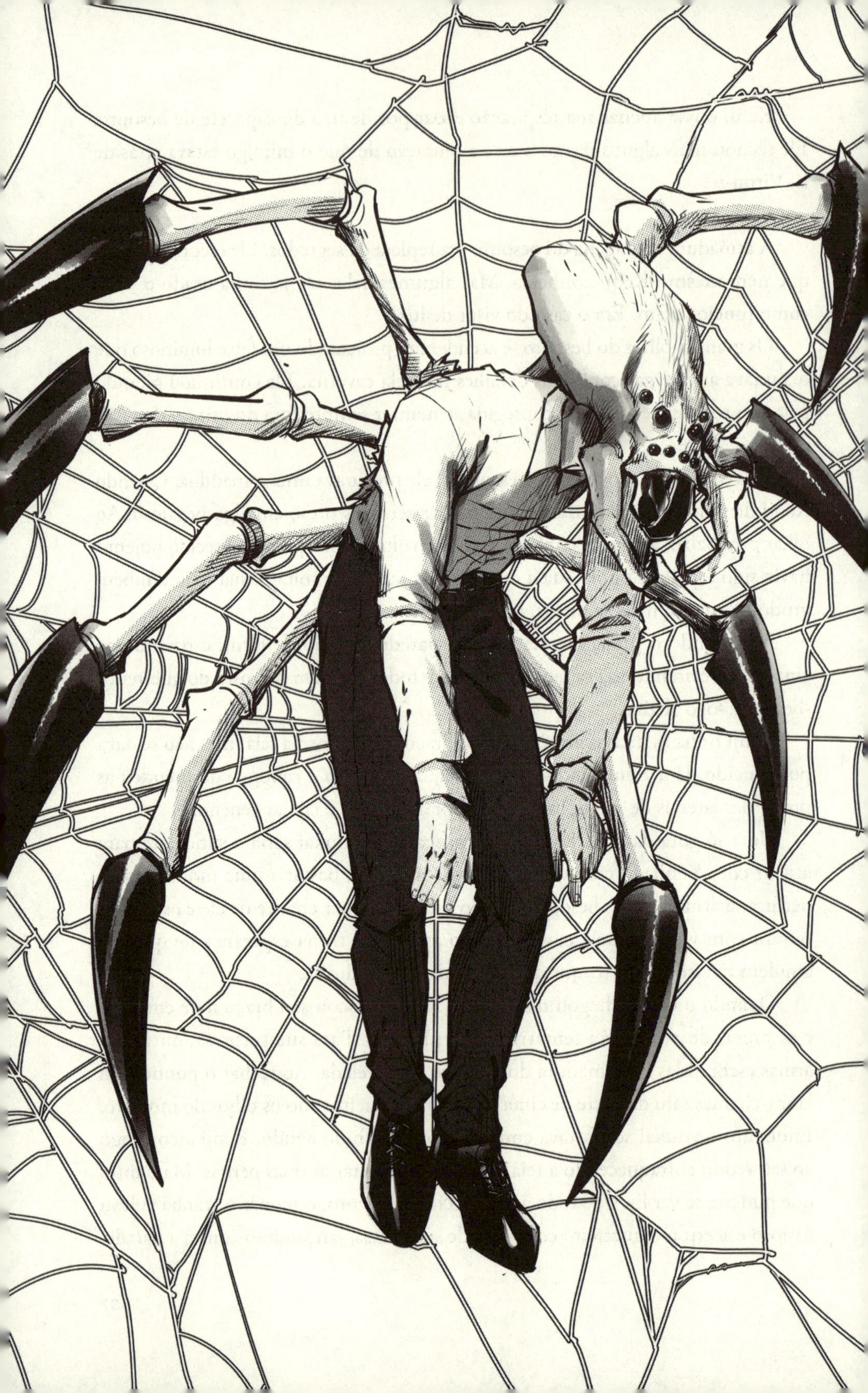

Kenji caiu de pé a tempo de se defender de mais uma investida do youkai. Em seguida, os dois se engalfinharam. Murros e chutes por parte de Kenji, patadas e ferroadas por parte do monstro. Era uma luta brutal. A aranha contra o besouro.

A batalha derrubou a parede e quebrou as pedras que serviam de mesa naquela parte do covil. Tudo ao redor deles foi sendo destruído. Mesmo a superforça de Kenji não era suficiente para subjugar a monstruosidade do youkai.

Após muitos minutos de briga, já exausto, o guerreiro pensou que a força bruta não seria a melhor tática para vencer aquele monstro. Como o avô Hayato sempre dizia, para derrotar um youkai, é preciso ser mais esperto do que ele. Era assim em quase todas as histórias. Os monstros sempre tinham fraquezas que eram descobertas e vencidas com inteligência. Qual seria o ponto fraco da aranha-youkai?

Kenji prestou atenção na forma como as pernas do monstro se moviam. Eram longas e finas. Fortes, sem dúvidas, porém só conseguiam sustentar o monstro porque trabalhavam de forma muito sincronizada. Se Kenji fosse capaz de atrapalhar essa sincronia, a aranha não poderia mais ficar de pé. Surgia ali a ideia que talvez mudasse o rumo daquela luta.

O guerreiro acertou mais um soco na carranca do youkai e saltou para trás, ganhando distância. Com uma das mãos, provocou o inimigo, convidando-o a se aproximar. Ainda mais irritado, o monstro aceitou o desafio e correu na direção de Kenji. Contudo, antes que ele chegasse perto, o guerreiro-besouro abriu dois compartimentos em seus ombros, lançando diversos espetos de metal no chão, um caminho repleto de obstáculos pontiagudos.

A aranha não teve tempo de parar ou mesmo de saltar sobre a armadilha. Quando a primeira pata pisou em um dos espetos, sua ponta se partiu e o monstro perdeu o equilíbrio, levando as demais pernas a cometerem o mesmo erro. Como em uma dança, o youkai foi trançando as patas longas e articuladas em uma tentativa vã de se manter em pé. Após alguns segundos de desespero, ele se esborrachou no chão. Bateu com a cabeça tão forte que um filete de sangue negro começou a escorrer no solo.

Kenji não desperdiçou a oportunidade. Usou a superforça para levantar uma pedra que restava inteira de uma das paredes caídas e deu o golpe final. Sangue espirrou no peito da armadura quando ele amassou a cara medonha do monstro embaixo de muitos quilos de rocha. Algumas patas sofreram com espasmos involuntários e logo ficaram imóveis.

Todo aquele esforço esgotou a energia do amuleto e a armadura do besouro se desfez, devolvendo a Kenji a forma do garoto franzino de dez anos. Sem o poder do amuleto, a ilusão do internato também se refazia. Kenji teve tempo de recolher os morteiros e os fósforos que havia pegado na despensa. Com pressa, correu para fora da cozinha satisfeito, já que havia vencido sozinho um youkai poderoso. Na briga entre a aranha e o besouro, vencia o inseto mais forte de todo o Japão.

E, na cozinha do internato, restavam algumas cadeiras quebradas, papel queimado e um monitor morto com o sangue escorrendo entre bolinhas de gude.

4
A honra da família

O cheiro de carne podre se destacava mais do que o do desinfetante. Foi com essa sensação nas narinas que Kazuo acordou. Sentia-se fraco. A cabeça doía. Então, sentiu falta dos irmãos mais novos.

Estava sozinho em um quarto pequeno, com a cama em um dos cantos e a mesinha do outro lado. Tudo era branco. Tão monótono que Kazuo pensou estar sonhando. Seu quimono samurai havia desaparecido, assim como sua espada. Mas, em vez de estar com o terninho azul, o uniforme do internato, Kazuo vestia um avental daqueles usados em hospitais.

O pescoço permanecia dolorido da mordida venenosa do youkai, ou teria sido de uma injeção? Ele não conseguia pensar em detalhes; todas as suas lembranças estavam embaralhadas e era difícil distinguir se o que acontecera havia sido real ou apenas um pesadelo. A única coisa de que estava certo era que precisava sair daquele quarto e encontrar Kenji, Michiko e Shiro.

Os youkais haviam voltado para dentro de suas cascas. Eles podiam assumir formas diferentes, como Akane fazia. Logo, dois deles, transformados em homens, entraram no quarto de Kazuo e deixaram sobre a mesa uma tigela com um lámen que mais parecia água suja.

— É melhor comer algo, Kazuo-kun.

E ele realmente estava com fome. O estômago se revirava. A sensação o fez pensar que, de algum modo, ele estivera dormindo ali por um bom tempo. Isso o deixou ainda mais preocupado com os irmãos mais novos.

Kazuo não era de contestar os mais velhos, muito menos desobedecê-los. Havia tido uma educação rígida que fizera dele um filho exemplar, um aluno exemplar, um irmão exemplar. Ser o exemplo era sua missão. Sem questionar, agarrou os hashis e sugou os fios do macarrão.

O primogênito dos Kurumoto havia sido sempre assim, obediente e fiel. Recordava-se do dia em que fez nove anos e que seu pai o chamou para uma volta no jardim após a breve comemoração de seu aniversário.

— Tudo isso aqui será seu para cuidar um dia, Kazuo-kun — ele dizia, não se referindo apenas à casa, mas também aos negócios da família: algumas lojas no centro de Hiroshima. — Quando eu estiver velho ou mesmo não estiver mais aqui, você tomará conta de sua mãe e de seus irmãos. Será o homem da família.

Aquela era uma responsabilidade e tanto. Principalmente porque o pai era um exemplo praticamente inalcançável para Kazuo. O senhor Kurumoto havia se tornado um comerciante de muito sucesso na cidade. Mesmo nos difíceis anos da guerra, ele ainda conseguia manter seu negócio funcionando bem o suficiente para prover a esposa, os filhos e o sogro.

O homem era o modelo da pessoa esforçada e empreendedora, que apontava o próprio sucesso como resultado de muito trabalho duro. Era por isso que seguia sendo um pai muitíssimo exigente.

Se era o esforço e o mérito que o senhor Kurumoto apreciava, Kazuo tinha isso de sobra para oferecer. Diferentemente de outras crianças de sua idade, o menino era autodidata. Aprendeu a ler e a escrever dois anos mais jovem que seus colegas de classe. Aos dez, tocava piano e flauta. Sabia as regras do xadrez e era imbatível no sudoku. Era um prodígio, com um futuro brilhante pela frente. Se havia algo em que o senhor Kurumoto confiava, era que o filho mais velho se tornaria um homem irrepreensível, ainda melhor do que ele próprio fora capaz de ser.

— Venha aqui, meu filho — ele levou Kazuo para dentro da casa. Passaram pela varanda e chegaram à sala, onde pararam diante de uma estante com cristaleira. Na prateleira principal, Kazuo via alguns porta-retratos, com fotos dele e dos irmãos, dos pais e dos avós, inclusive daqueles que já haviam partido e que ele nem chegara a conhecer. Nas prateleiras de cima, protegidas com portas de vidro, estavam alguns dos itens de maior estima da família, como o jogo de louças de porcelana pintada à mão, uma caixa de charutos importados e algumas garrafas caras de bebida que nunca tinham sido abertas. Por fim, no último andar do móvel, suportada por dois pedestais em formato de "Y", repousava a espada da família, em uma bainha preta com detalhes dourados.

— Essa é a Kazenone,[8] Kazuo-Kun. Ela foi usada para defender nossas terras diversas vezes. Foi passada de pai para filho desde a era feudal e será sua um dia. Nossos ancestrais vivem nessa catana.

Kazuo observou com atenção o pai puxar um banquinho para alcançar o último andar da estante e, de lá, retirar a espada. Ao ser desembainhada, a lâmina reluziu o sol que vinha da janela, fazendo Kazuo se perguntar como uma espada tão velha ainda era afiada a ponto de seu fio brilhar como uma faca recém-amolada.

— Nossos ancestrais foram samurais, pai?

— Alguns, sim, há centenas de anos.

— E por que guardamos a espada se não somos samurais?

O senhor Kurumoto retornou a lâmina para a bainha e a colocou no lugar antes de se voltar para Kazuo outra vez.

— O espírito samurai vive em cada um de nós, Kazuo-kun — ele disse, tocando o peito do filho com o dedo. — Ele representa nossa honra, nosso compromisso com a família e com nosso país. Enquanto tivermos isso, sempre seremos samurais e sempre defenderemos nossa terra.

O fardo que Kazuo tinha nas costas não era apenas o de ser um bom filho e futuro homem da casa. Ele também precisava ser um cidadão japonês exemplar. Seu pai, como a maioria dos pais daquela época, cultivavam um sentimento de nacionalismo elevado ao extremo, principalmente durante a guerra. Muitos estavam dispostos a dar a vida pelo país. O patriotismo era ensinado pelos professores nas escolas e pelos pais em casa. Era exaltado nas propagandas e nos discursos dos líderes de cada cidade.

---

8. A palavra *Kazenone* (風の音), em japonês, tem a tradução literal de "som do vento". É uma combinação das palavras *kaze* (風), que significa "vento", e *ne* (音), que significa "som".

A imagem do samurai que o senhor Kurumoto trazia era ideal para passar esse sentimento às crianças. Talvez, mais do que ver Kazuo liderando a família, o maior sonho do patriarca fosse ver seu filho lutar pelo Japão. Mas, no fundo, ele tinha certeza de que o império venceria a guerra muito antes de Kazuo ter idade para pegar em armas.

— Eu quero ser um samurai — Kazuo falou empolgado.

— Imaginei que sim — o senhor Kurumoto respondeu e pegou um embrulho comprido que estava escondido atrás da estante. Kazuo arregalou os olhos, curioso. — Este é o seu presente de aniversário, Kazuo-kun.

Depressa, o garoto arrancou o papel que envelopava o presente. Dentro, encontrou uma pequena espada de bambu, muito menor do que a catana da cristaleira e do que a arma de madeira que o pai usava para castigar Kenji. Era apenas um brinquedo, mas instigava sua imaginação.

— Agora já pode treinar para ser um samurai — o pai disse em tom de brincadeira.

Naquela tarde, diante do presente e da espada da família, Kazuo prometeu ao pai que zelaria pelo seu legado, que protegeria os irmãos e que honraria o nome dos Kurumoto.

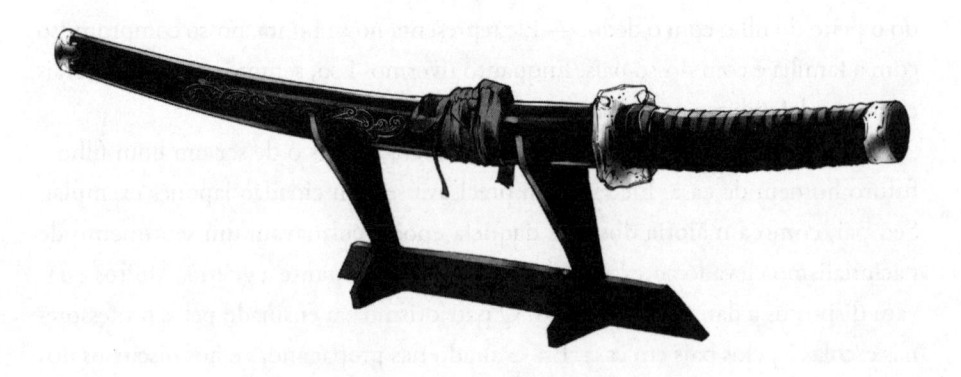

***

Agora Kazuo estava sem sua espada, mas ainda tinha o espírito samurai dentro de si. Por isso, precisava cumprir sua promessa.

Os pensamentos do garoto foram interrompidos pelos dois enfermeiros que entraram novamente no quarto. Esperaram ele terminar o lámen e lhe colocaram um termômetro em sua boca. Kazuo continuava meio zonzo, não conseguia reagir direito. Suas forças pareciam não voltar e seus pensamentos estavam embaralhados. Efeito do veneno youkai, certamente.

Os enfermeiros seguiram verificando outros sinais vitais do menino, ouviram o coração, mediram a pressão. Avaliaram boca e garganta após pedirem a Kazuo que fizesse um longo "AHHH".

Anotaram tudo em uma prancheta e deixaram a sala. A senhora Akane entrou em seguida, em sua forma humana. Ela também vestia um avental branco com algumas manchas amareladas, a ponta da régua de madeira saindo pelo bolso lateral. Logo atrás dela, vinha um senhor mais velho e baixinho, usando um tampão no olho esquerdo.

— Você se lembra do doutor Sato, Kazuo-kun?

Kazuo fez que sim com a cabeça. Ele permanecia sentado na cama e, entre um pensamento e outro, o menino imaginava qual youkai estaria escondido dentro da carcaça do médico. Seu rosto enrugado, a pele áspera, a careca achatada. Parecia uma tartaruga com um estetoscópio pendurado nos ombros.

— Posso me sentar? — o doutor pediu gentilmente. Kazuo consentiu.
— A senhora Akane me disse que você e seus irmãos estão causando problemas outra vez, é verdade?

Kazuo hesitou.

— Kazuo-kun, estamos aqui para ajudá-lo.

O menino duvidava da fala do médico, mas resolveu cooperar.

— Temos que encontrar nossos pais. Eles estão nos esperando.

O médico se virou para a senhora Akane, que balançou a cabeça em sinal de desaprovação.

— Você sabe que está doente, não sabe, Kazuo-kun?

Ele negou. Sabia que não estava doente. Estava apenas cansado. E tinha aquele veneno que injetaram em seu corpo. Esse era o motivo do mal-estar que insistia em enfraquecê-lo.

— O que aconteceu na nossa cidade afetou muita gente. Afetou vocês. Precisam de cuidados — ele ponderou, em seguida, apontou para o olho, coberto pelo curativo. — Veja, essa foi a minha sequela. Um estilhaço de madeira feriu gravemente meu olho esquerdo — disse ao desgrudar o curativo. — Eu tive sorte.

Kazuo viu uma cicatriz feia, ainda semiaberta, com a pele azulada por algum medicamento antisséptico ao redor de onde deveria haver o olho. A imagem o fez levar a mão ao próprio rosto, até as faixas que cobriam sua bochecha e seu olho esquerdo queimado.

— Pois é — Sato concluiu —, você e seus irmãos também tiveram sorte. Estão vivos. Só precisam deixar que cuidemos de vocês. Pode confiar em mim.

Kazuo ponderou. Contudo, não era a primeira vez que o faziam dormir com aqueles remédios. Como podia confiar se não o deixavam pensar direito?

— E onde estão meus irmãos? — perguntou, ameaçando se levantar, mesmo com a fraqueza. O médico fez sinal para que Kazuo se acalmasse.

— Eles estão bem. Também estão sendo tratados.

— Quero vê-los — exigiu, mudando o tom de voz.

— Isso não será possível agora — a senhora Akane se intrometeu.

O menino sabia que aquela conversa não os levaria a nada. Não queria mais responder perguntas. Não queria mais ficar trancado. Tinha alcançado o seu limite.

— Você quer nos matar! — Kazuo acusou aos berros. — Querem nos matar! — Ele se debatia, e logo os enfermeiros voltaram ao quarto e o seguraram. — Quero ver meus irmãos! — ele gritava enquanto era empurrado contra a cama pelos dois homens, quase chorando em desespero.

Kazuo sentiu uma picada no braço e sua vista ficou turva.

— Vamos ter que administrar uma dose maior — um deles falou.

— Tudo bem — o doutor Sato consentiu.

Kazuo tentou falar algo mais, mas antes que se desse conta, adormeceu.

As horas seguintes foram um borrão. Kazuo notava o entra e sai de pessoas diferentes, mas não conseguia identificar quem eram ou o que faziam. Ele passou mais tempo dormindo do que acordado e, quando abria os olhos, tinha a impressão de estar sonhando. Teve seu braço picado várias vezes. Entre enfermeiros e médicos, via também os youkais rondando sua cama, cheirando-o, mordendo-o. Às vezes, os seres que adentravam o quarto pareciam cuidar dele. Às vezes, pareciam prepará-lo para ser devorado mais tarde.

No meio dos lampejos de consciência, Kazuo lembrou-se de ter ouvido algumas sentenças soltas.

— Está evoluindo rápido demais — falou um dos enfermeiros.

— A carne ainda não está macia — balbuciou um youkai.

— Parece que a menina está respondendo melhor — era a voz da senhora Akane falando em outro momento.

— Falta um pouco de sal — outro monstro grasnou ao tocá-lo no braço.

E a frase que o deixou mais inquieto, dita pelo doutor Sato:

— Teremos que operar o mais novo.

5
Um toque de imaginação

Shiro foi colocado em um dos menores quartos de todo o internato. Não tinha janelas nas paredes claras e a única visão para o lado de fora estava na porta de metal que continha uma pequena abertura de vidro na parte superior, por onde os enfermeiros se certificavam de que o garoto estava bem. Além da cama minúscula, havia uma mesinha à qual Shiro estava sentado. O lençol branco estéril combinava com o avental que vestia. A monotonia só era quebrada pelos lápis de cera que riscavam a folha em um frenesi multicolorido.

No chão, outros desenhos quase formavam uma exposição de arte, entre paisagens, objetos e diversos personagens. O papel era o lugar seguro de Shiro. Para sua mãe, o caçula seria um pintor e tanto, já para seu pai, aquela era uma fase e logo o filho se interessaria por coisas mais produtivas.

Mas o talento de Shiro não residia apenas no traçado habilidoso para uma criança de sua idade. Sua verdadeira arma era a imaginação. Seus desenhos representavam muito mais do que apenas as coisas que ele via. Entre criaturas fantásticas e veículos futuristas, Shiro também desenhava seus amigos imaginários.

Ele nunca gostou de brinquedos tradicionais. Rejeitava as bolas, os carrinhos ou mesmo os bonecos de madeira. Em vez disso, criava sozinho coisas para brincar. Dava nome para objetos comuns que, na sua cabeça, eram personagens malucos. A vassoura e o esfregão foram seus melhores companheiros durante alguns meses.

Contudo, foi aos cinco anos de idade que Shiro deu vida à sua maior criação... em todos os sentidos. Apoderou-se de caixas velhas de papelão e peças de metal que seriam descartadas e as reformou com tinta e adesivos. Desenhou em várias partes, recortou e dobrou outras. Depois montou o que seria o corpo articulado de seu mais poderoso amigo.

— Otouto-san — Michiko chamou ao chegar na sala, mas Shiro permaneceu escondido dentro das caixas.

— Vamos, cadê você? — ela insistiu.

Uma voz pausada, imitando o que seria a fala de um robô, saiu em meio ao papelão:

— Sou o Mecha-man — Shiro respondeu. — Estou aqui para proteger Shiro.

De dentro da imaginária carapaça de metal, Shiro dirigiu um robô gigante, como os que ele havia visto nas revistas mangá e no teatrinho do Kamishibai.[9] Era como se estivesse em uma central de controle, com os botões e as alavancas modernas de uma aeronave. Pelo lado de fora, Mecha-man era robusto e forte, tinha armas acopladas aos seus ombros e braços e um núcleo de energia que o alimentava. O vidro reforçado no alto do peitoral dava visão ao interior da cabine onde Shiro se sentava.

Depois daquele dia, o Mecha-man se tornou mais do que um amontoado de caixas e lixo. Ele estava onde Shiro queria, simplesmente movido pelo poder da imaginação do garoto.

O caçula nunca soube especificar qual era o tamanho de seu amigo. Sabia apenas que ele era muito grande. Às vezes, maior do que as árvores do bosque; às vezes, mais alto do que a casa onde moravam; e, às vezes, sua cabeça passava os prédios do centro da cidade.

---

9. Teatro infantil comum nas ruas do Japão, em que o contador da história alterna folhas de papel ilustradas dentro de uma caixa de madeira.

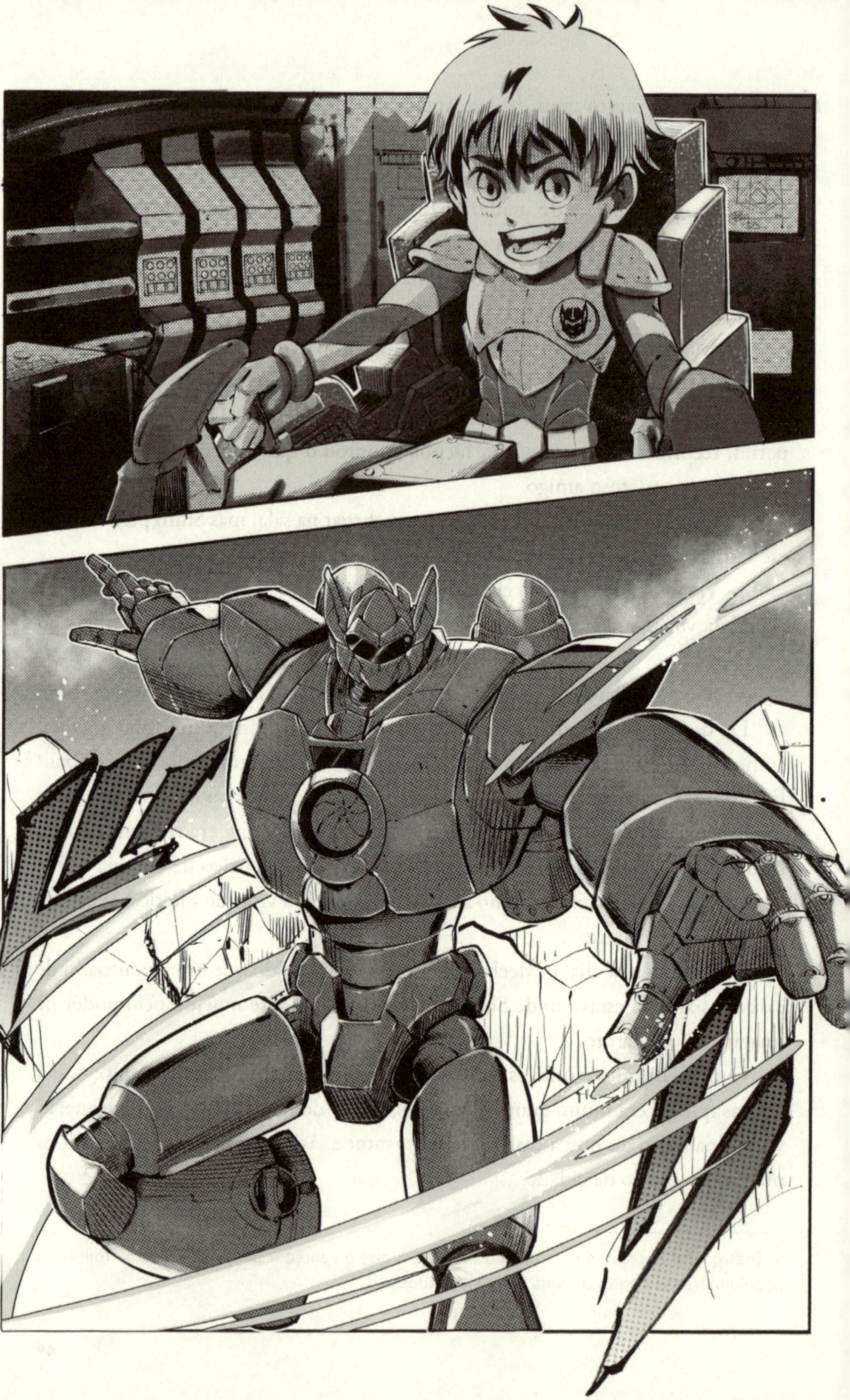

O pequeno era acompanhado pelo gigante em quase todos os lugares a que ia. Nos passeios com os pais, nas idas ao templo ou mesmo quando apenas saía para brincar na rua. Era como um guarda-costas que esperava do lado de fora. À noite, Shiro via seu amigo descansar no jardim, sentado com as costas gigantescas apoiadas no muro dos fundos da casa. Sempre que olhava pela janela, Shiro se sentia protegido.

  O único lugar onde o robô não era permitido era na escola. Uma vez, Shiro quis levar as caixas para sua aula, para mostrar o robô aos colegas, mas a senhora Kurumoto o fez desistir. Embarcando na imaginação do filho, ela disse que o Mecha-man era grande demais para caber na carteira de estudos. Shiro concordou.

***

Era uma tarde comum de quarta-feira, e o caçula estava estranhamente empolgado durante o intervalo. Ele não gostava muito de ir para a escola, principalmente porque Mecha-man nunca aparecia por lá. Contudo, naquele dia, enquanto as outras crianças brincavam no pátio, o menino falava sozinho pelos cantos.

  — Vem — ele dizia para alguém que os outros não viam. — Vem, vem! — E dava a pequena mão para trás, como quem tentasse arrastar uma pessoa.

  — Eu sei que você não gosta de sair, mas os meninos estão lá. Vamos brincar também.

  Uma pausa.

  — O quê? Claro que eles vão gostar de você, não seja bobo.

  A suposta conversa foi interrompida pela professora que saiu da sala de aula.

  — Falando com quem, Shiro-kun? — ela indagou.

  — Ah, com ninguém, sensei, com ninguém.

  Shiro já sabia que muitos de seus amigos eram invisíveis para os adultos, portanto, não fazia sentido dizer a verdade.

  — Vá brincar com seus colegas, então — a professora ordenou.

  Após acenar com a cabeça, correu abandonando quem quer que estivesse com ele antes, ali na entrada do pátio da escola.

  Nas horas seguintes, o pequeno Shiro se esqueceu do personagem que se recusava a aparecer para os coleguinhas de sala. Terminou as lições que tinha e, quando deu o horário, pegou seu material e foi para a saída da escola, onde sua mãe costumeiramente já o estaria esperando, mas aparentemente estava atrasada naquele dia.

Shiro se sentou na mureta e esperou debruçado nos próprios joelhos. De cabeça baixa, notou algo fazer sombra em sua frente. Feliz, achando que se tratava de sua mãe, Shiro subiu os olhos, mas a voz foi de decepção:

— Ah, é você — disse, desanimado.

Alguns segundos se passaram.

— Mas você não quis brincar comigo no intervalo — ele lamentou.

Mais alguns segundos.

— Agora você quer brincar? Pois eu não posso, estou esperando minha mãe.

Porém, quem quer que estivesse ali falando com o pequeno Shiro parecia insistir bastante.

— Não sei — ele retrucou. — Minha mãe sempre fala para não sair sozinho da escola.

Por mais um tempo Shiro prestou atenção aos argumentos que apenas ele ouvia.

— Você tem razão nesse ponto. Eu não estou sozinho... — ele pausou — E aonde você quer ir?

— Tá bom! — respondeu após mais alguns segundos de silêncio.

Shiro aproveitou a distração do homem que guardava o portão da escola e saiu para a rua. Virou na primeira esquina e, antes que se desse conta, estava andando entre uma multidão de pessoas.

A escolinha de Shiro ficava ao sul de Hiroshima. O lugar em si era tranquilo, porém, dois quarteirões abaixo, havia uma avenida bastante movimentada. Nas calçadas, o garotinho perdia sua atenção entre centenas de barracas e lojas vendendo comida, roupas e produtos artesanais. Da rua vinha o som dos carros e ônibus que passavam em alta velocidade. Shiro parou para observar o bonde grandalhão que transportava dezenas de pessoas, orientado pelos trilhos no meio da rua. Mais adiante, um guarda de trânsito em cima de um caixote organizava o cruzamento com o auxílio de um apito.

Era muita informação para o pequeno Shiro. Quando percebeu, viu que seu amigo já estava muito à frente e apertou o passo.

A tarde nublada já ameaçava trazer chuva e Shiro se abraçou na tentativa de conter o vento gelado que batia em seu peito.

— É por isso que sempre anda com um guarda-chuva? — perguntou ao amigo assim que o alcançou. — Entendi — ele falou logo após a suposta réplica.

Shiro caminhou mais alguns minutos e começou a pensar que talvez fosse a hora de voltar. Chamou o amigo, que não respondeu.

— Ei, você anda muito rápido, sabia? — reclamou.

O garoto parou diante da movimentada rua na qual o guarda de trânsito acabara de liberar os carros. Tentou ver por entre os veículos para achar aquele ser misterioso, mas ele já tinha atravessado.

— Me espera — gritou.

Aguardou mais alguns segundos para ter uma oportunidade de passar e correu para o outro lado da rua. Ouviu uma buzina roncar alto, depois veio o apito do guarda. Shiro se assustou. Um carro passou depressa em sua frente, fazendo-o andar para trás, e ele paralisou de medo. Até que entre os assobios do guarda e as buzinas, ouviu uma voz familiar.

— Shiro! — sua mãe entrou no meio da rua para tirar o filho de lá. Ela desviou de mais um carro, pegou-o no colo e teve tempo apenas de ouvir a freada brusca de um Toyota AA. Movida pelo instinto, abraçou o garoto e protegeu sua cabeça contra seu próprio peito. O menino apenas fechou os olhos.

O barulho seguinte foi o mais alto de todos. O metal rangeu e as lanternas se espatifaram. Quanto Shiro abriu os olhos, viu o veículo amassado a poucos centímetros de si. O guarda não demorou a chegar e isolou a área. Perguntou se ambos estavam bem, e a senhora Kurumoto, assustada, respondeu que sim.

O carro havia batido em algo antes de alcançar os dois. Outro veículo talvez, mas ao redor não havia nada danificado além da parte dianteira do Toyota. Dentro dele, o motorista havia batido a cabeça no para-brisa, e o sangue escorria pelo capô. Sem demora, o guarda correu para ajudar o pobre homem.

Ainda abraçada a Shiro, a senhora Kurumoto olhou para céu e agradeceu em voz alta, como se aquela tivesse sido uma providência divina. O menino, por sua vez, também olhava para cima, mas obviamente não era nenhum deus que ele buscava. Ele apenas sorriu ao ver o Mecha-man chacoalhar uma das mãos, tentando aliviar a forte pancada que acabara de sofrer. Em seguida, recebeu uma reverência do robô gigante, como quem dissesse estar sempre às ordens. Shiro retribuiu.

Enquanto era carregado no colo para longe da avenida, o garotinho procurou pelo seu outro amigo, o que o havia convidado para sair da escola e que, de certa forma, fora o responsável pelo acidente. Só que ele não estava mais lá. Demoraria alguns meses até que aquele ser misterioso aparecesse outra vez.

***

O doutor Sato já tinha entrado há alguns minutos no quarto, mas ficou apenas observando enquanto Shiro ainda rabiscava copiosamente as sulfites. O menino percebeu a presença do médico e não ligou. Ele também queria escapar daquele lugar e os desenhos eram sua melhor rota de fuga.

Após alguns minutos, Shiro olhou de esguelha para o doutor e o viu agachado, recolhendo alguns dos papéis espalhados pelo chão.

— Você tem muito talento, Shiro-kun — disse ao folhear os desenhos.

Shiro ignorou e continuou pintando com os lápis de cera.

— Gostaria de me dizer o que são esses aqui?

A pergunta amigável retirou Shiro da postura defensiva. Ele olhou mais uma vez para o médico, que agora já estava sentado na cama. Com um gesto, Sato convidou o menino a se sentar ao seu lado. Ainda desconfiado, Shiro obedeceu.

Não era a primeira vez que Shiro via o médico. Sato recebia todas as crianças que chegavam ao internato. Era ele quem avaliava o estado de cada uma antes de admiti-las. E Shiro não se esqueceria daquele tapa-olho que deixava o médico com uma aparência meio vilanesca.

— Vamos começar por esse? — o médico mostrou o que parecia ser um animal orelhudo.

— É o coelho do Takeshi. Ele o levou uma vez para a escola.

— Sério? — Sato demonstrou interesse. — Os coelhos são bichinhos muito inteligentes, sabia? São excelentes companheiros.

— Sabia sim, senhor.

— E você, nunca quis ter um coelho?

— Meu pai não gosta de bichos — Shiro respondeu desanimado.

— Entendo. Então nunca teve nenhum bichinho de estimação?

Shiro balançou a cabeça.

— Ah, então é por isso que acabou arranjando um robô — Sato pegou outra folha e mostrou o desenho do grandalhão Mecha-man. — Seu pai gosta de robôs?

— Meu pai não consegue vê-lo. Apenas eu e meus irmãos.

— Ele está aqui agora?

— Não, o Mecha-man não cabe aqui — disse, afinal, o internato era como a escolinha de Shiro.

— E esses, quem são? — o médico mostrou mais um dos desenhos que trazia vários personagens, cinco deles de mãos dadas em um dos cantos. Outros três, maiores e separados, do outro lado do papel. A expressão desses últimos era triste.

— Mamãe — disse Shiro, indicando o desenho de cabelos compridos entre os três que estavam separados —, papai — continuou, mostrando o segundo adulto de cabelos curtos —, e o vovô — finalizou, apontando para o personagem de cabelo cinza, levemente curvado.

— E por que estão tristes?

— Porque eles estão perdidos — Shiro falou. — Mas vamos achá-los.

— E aqui são vocês? — o médico perguntou.

— Sim — Shiro apontou um a um da esquerda para a direita — Kazuo, Kenji, Michiko e eu.

— Tem uma pessoa a mais aqui — o médico se referiu ao quinto personagem, todo vestido de preto. Ele dava a mão para Shiro.

— Ah, esse é um amigo meu — o menino falou.

— Ele parece mau — Sato instigou, afinal, a imagem trazia um homem mais alto que os meninos, com olhos ocultados pela sombra e um sorriso aparentemente malicioso. Vestia terno e segurava um guarda-chuva na outra mão.

— Ele é tímido — Shiro respondeu prontamente — Ficou muito tempo sem falar comigo... Ele voltou agora.

— Ah é? E ele está aqui no internato?

Shiro assentiu com a cabeça.

— Onde?

Com a mão pequena, o menino apontou para o outro lado da cama, indicando que aquele ser estava sentado ali o tempo todo, participando da conversa.

O doutor Sato olhou ao redor procurando por mais alguém na sala e não viu ninguém; mesmo assim, não demonstrou espanto. Apenas continuou perguntando, curioso:

— E o que ele está fazendo aqui?

— Veio me pedir desculpas.

— Ele fez algo errado?

— Não me lembro direito — Shiro coçou a cabeça —, mas acho que por culpa dele nos perdemos do meu avô.

— Antes de chegarem no internato?

— Isso — Shiro acenou com a cabeça, aflito. Depois retomou: — Mas ele disse que foi sem querer. Ele vai me ajudar agora... — Shiro olhou para o outro lado, desviando o olhar do doutor Sato e ficou quieto, prestando atenção ao lugar onde dissera que o ser estava sentado.

— Ele está falando com você? — Sato perguntou.

Shiro assentiu e, então, levantou-se da cama, afastando-se do médico.

— O que foi, Shiro-kun?

— Ele disse que não devo confiar em você.

O doutor Sato levantou as mãos, tentando mostrar que não representava nenhuma ameaça ao garoto; mesmo assim, Shiro se afastou ainda mais, encolhendo-se na parede.

— Vocês vão tirar algo de dentro da minha cabeça, não vão?

A pergunta arrancou um olhar surpreso do médico.

— Ele te falou isso?

Shiro assentiu.

— Vamos ter que fazer um cortezinho sim, para que você sare mais rápido.

— Ele disse que eu não estou doente.

Pacientemente, Sato se levantou da cama e foi na direção da porta. Após dar duas batidinhas com o nó dos dedos, um dos enfermeiros entrou no quarto.

— Por favor, doutor Sato, eu estou bem, não preciso disso — implorou ao ver o enfermeiro derramar o líquido de um vasilhame de vidro em um pano.

Shiro se encolheu ainda mais na tentativa de evitar que o homem aproximasse o tecido molhado de sua face, mas foi em vão. O garoto era tão pequenino que não poderia oferecer resistência alguma. Bastou ter o sonífero pressionado contra o seu rosto por poucos segundos para que ficasse tonto. Antes de dormir, ouviu seu amigo mais uma vez dizer que ia ajudá-lo. E o doutor Sato disse a mesma coisa:

— Tenha calma, Shiro-kun. Nós vamos ajudá-lo. Assim que retirarmos o tumor, não haverá mais amigos misteriosos nem robôs gigantes.

6
Cabelos dançantes

A senhora Kurumoto cuidava de Michiko como se ela fosse uma bonequinha de porcelana. Talvez refletisse na filha os anseios de uma infância que não teve.

Nascida em uma família humilde no interior da província de Hiroshima, ela sonhava em ser bailarina quando criança. Achava lindo como algumas gueixas que conhecia se vestiam, como prendiam seus longos cabelos em coques refinados e como se movimentavam ao som dos instrumentos de corda, e os suaves e graciosos gestos de suas mãos.

Mas aquela admiração infantil não perpetuou até a fase adulta. A senhora Kurumoto se casou jovem e logo se tornou responsável pela casa, enquanto o marido ganhava o sustento da família. Sua paixão pela dança e pela arte ficou de lado, esquecida em meio aos deveres de mãe e de esposa. E escondida de um marido que nunca soube apreciar essas coisas.

Naquela tarde, a mãe de Michiko estava escovando o cabelo da filha e preparando um belo penteado enquanto as duas observavam os meninos brincarem no jardim. No rádio, o locutor dava algumas notícias sem importância que eram ecoadas no salão de entrada da casa.

— Seus cabelos são tão lindos — a mãe disse ao escovar uma das mechas do cabelo de Michiko, preparando-a para também aderi-la ao penteado. — Lembram muito os meus quando tinha sua idade.

Michiko apenas sorriu. Todos esperavam o senhor Kurumoto chegar para que jantassem. A mesa, inclusive, já estava posta.

Ao ouvir o rádio trocar a voz grave do apresentador por uma linda música com violinos e tambores, Michiko se levantou apressada, interrompendo o penteado que a mãe fazia. Ela parou diante da senhora Kurumoto, ajeitou seus óculos e disse:

— Mamãe, olha o que eu aprendi. — E começou a mexer as mãos, a cabeça e o quadril em movimentos delicados, arrancando um sorriso do rosto gentil da senhora Kurumoto.

A menina dançava pela varanda, girando em círculos suaves, e seus cabelos foram se soltando do coque não terminado. Eles balançavam acompanhando Michiko, como se fossem seu par na dança. A mãe incentivava com palmas e balançava a cabeça ao ritmo do som vindo do rádio.

Michiko só parou de dançar quando viu a expressão da senhora Kurumoto mudar. Ela já não olhava mais para a filha, tinha sua atenção totalmente voltada para o jardim com os olhos arregalados.

Quando Michiko se virou, viu seu pai parado na escada que subia até a varanda. Vestia a camisa azul-escura, os suspensórios soltos dos ombros e ainda segurava a pasta marrom debaixo do braço. De lá, bufava com ódio ao encarar a menina. Passou pelas duas com passos firmes e desligou o rádio.

Kenji e Kazuo vieram logo atrás, mas o senhor Kurumoto os mandou subir junto com a irmã.

— Preciso conversar com a mãe de vocês. — A voz era firme.

Michiko sabia que o pai estava furioso, afinal já o tinha visto assim algumas vezes, principalmente com Kenji. Ela só não podia imaginar exatamente o porquê daquela reação. Sem questionar, deu a mão para Kazuo e subiu.

Lá de cima, eles ouviram a discussão.

— Meu amor, ela é apenas uma criança.

— Eu vi muito bem como ela estava dançando...

— Ela gosta, se sente bem. Qual é o problema?

— Qual é o problema? — ele gritou. — Dança não é coisa de mulher direita.

De que lhe vai servir dançar? Vai dançar em alguma casa de chá quando for adulta? Virar uma prostituta, talvez? Quer que sua filha vire prostituta?

Michiko não tinha ideia do que era uma prostituta, mas a raiva na voz do pai enquanto ele cuspia aquela palavra indicava que não era algo bom. Ela não queria virar aquilo.

O que era para ser uma conversa entre os adultos acabou se tornando um monólogo do senhor Kurumoto. E as crianças ouviram a voz do pai proferir diversas ofensas até que cansou de enfatizar o quanto sua esposa era relapsa no cuidado da casa e dos filhos. Da mãe, eles escutaram apenas o silêncio.

O jantar acabou sendo servido mais tarde do que o normal, e o senhor Kurumoto não comeu com os filhos. Quando eles desceram, apenas a mãe estava na mesa, com os olhos úmidos, como se tivesse chorado.

Michiko se aproximou, receosa, e logo recebeu um abraço caloroso, tendo seus cabelos afagados pelas mãos macias da mãe.

— Minha princesa. Um dia você se tornará uma mulher inteligente e saberá fazer escolhas melhores do que as que eu fiz — ela disse com a voz chorosa.

A senhora Kurumoto secou o rosto no avental e serviu o jantar sem falar mais nada. Despois daquele dia, Michiko nunca mais dançou.

***

A garota acordou com a impressão de que alguém estava acariciando sua cabeça. Mas aquele não tinha sido o toque de sua mãe. Sentou-se arrepiada ao se lembrar dos dedos ásperos e gelados que, de alguma forma, dedilhavam seus cabelos alguns segundos antes.

Ela estava em um dos alojamentos femininos do internato, dormindo no beliche próximo à porta. Ainda coberta até os quadris pelo lençol encardido, Michiko olhava ao redor, tentando encontrar quem pudesse tê-la acordado. No entanto, ali estavam apenas Aika e Harumi, as duas meninas que dividiam o quarto com ela. Como disse que faria, Akane separou os irmãos. Já fazia dois dias que Michiko dormia com aquelas garotas que mal conhecia.

Enquanto passava os olhos pelo alojamento, ela teve sua atenção redobrada ao perceber que a porta, normalmente deixada trancada pelos monitores durante a noite, estava com uma fresta aberta e, por ela, uma mecha de cabelo se esgueirava para fora, como se puxada por alguém. Michiko coçou os olhos, ajustou os óculos e olhou outra vez. Se assustou quando a porta se fechou em uma batida, logo depois de todo o cabelo sair arrastado.

No ímpeto, levou uma das mãos à cabeça e sentiu uma falha no couro cabeludo. Faltavam-lhe muitos fios. Quem quer que fosse que havia entrado no quarto naquela noite, os havia roubado.

Mas quem poderia ter feito tamanha maldade? E o que queria com seus cabelos? Apavorada, ela se cobriu até o nariz e ficou espiando de um lado para o outro até que caiu no sono outra vez.

Acordou mais tarde com o barulho das colegas rindo. Harumi e Aika estavam sentadas na cama debaixo do beliche em frente e brincavam com um barbante branco, formando o ayatori.[10] Michiko conhecia bem aquela brincadeira na qual cada um, na sua vez, tinha que formar figuras geométricas com as linhas enlaçadas entre os dedos das duas mãos.

— Dormiu bastante, hein? — Aika comentou ao notar Michiko observando.

Só que a pequena Kurumoto, na verdade, não tinha conseguido descansar. Estava preocupada com os irmãos e não sabia ao certo se o que havia visto durante a madrugada era real ou alguma alucinação por conta dos remédios que os monitores ministravam reiteradamente. Sem graça, ela apenas assentiu com a cabeça ao colocar os óculos.

— Quer jogar? — Aika se levantou e ofereceu as mãos nas quais o barbante estava preso.

Michiko olhou com calma os nós e a forma como os dedos de Aika seguravam o jogo e, com os mindinhos, separou duas linhas antes de pegar o resto do barbante e criar uma forma diferente presa em seus polegares e indicadores.

— Essa ainda não tínhamos conseguido fazer — Harumi disse, empolgada.

Aika tinha praticamente a mesma idade de Michiko, uns oito anos talvez, e Harumi era um pouco mais nova. As manchas escuras na pele de Harumi e seus cabelos ralos indicavam que, nela, o veneno dos youkais havia feito muito mais estrago. Enquanto ela tirava o barbante das mãos de Michiko para formar outra figura, foi possível notar mais uma mecha se desprender de seu couro cabeludo, como uma folha seca caindo das árvores no outono. A cena fez Michiko levar outra vez a mão à cabeça e perceber que, sim, seus cabelos também estavam mais ralos na região onde sentiu a mão acariciá-la durante a noite.

---

10. *Ayatori* é uma brincadeira conhecida no Brasil como cama de gato.

Talvez Harumi pudesse ter sido vítima da mesma pessoa que vinha roubar os fios de cabelo das meninas. *Pessoa não, youkai*, ela deduziu mentalmente. Afinal, ainda estavam no covil e, por mais que a ilusão do internato fosse forte, ela sabia que aqueles monstros permaneciam à espreita, esperando a oportunidade para devorá-las.

Já Aika tinha inúmeros curativos na face, no braço e em parte dos ombros. Por baixo de algumas das ataduras, via-se o pus escorrer das queimaduras horrorosas que a pobre garota havia sofrido. Estava desfigurada.

Olhar para as colegas era, de certa forma, incômodo para Michiko, mas, mesmo assim, tinha compaixão por elas. No fundo, não sabia se aqueles ferimentos e manchas haviam sido um golpe de sorte ou de azar. Pensava que, com os corpos fragilizados daquele jeito, talvez Aika e Harumi não fossem as primeiras opções para o banquete dos youkais. No entanto, também era possível que elas nem sobrevivessem por muito tempo, como outros que padeceram ao redor de Michiko nos últimos dias. Michiko concluiu que talvez, ao morrerem devoradas pelos youkais, Aika e Harumi pudessem sofrer menos.

Enquanto as duas continuavam a brincar com o ayatori, Michiko começou a andar de um lado para o outro do quarto, inquieta. Matutava alguma ideia para sair dali e achar seus irmãos. Tinha que ser rápida, pois logo o veneno deixaria todos eles fracos demais.

Aika passou o barbante para Harumi e se voltou para Michiko, observando-a.

— Acha que vão demorar para voltar? — Michiko perguntou, incomodada com o olhar da colega.

— Os monitores? — Aika perguntou de volta.

— Os youkais.

— Youkais? — Harumi pareceu assustada.

— Sim, vocês não perceberam?

Ambas estavam atônitas, mas Michiko fez questão de explicar. Se quisesse fugir dali, precisaria da ajuda das colegas. Enquanto ela contava tudo o que havia acontecido nos últimos dias, Harumi e Aika simplesmente deixaram de lado o barbante, prestando o máximo de atenção.

— Como assim? — Harumi exclamou quando Michiko falou sobre Akane, a temível senhora dos youkais.

Os olhos da menina se arregalavam de tal forma que Michiko se lembrou do caçula Shiro.

— Então é o veneno deles que está fazendo isso conosco? — Aika perguntou.

— Sim, eles estão nos envenenando com aqueles malditos remédios — Michiko disse. — Veja. — Apontou para o braço de Harumi, onde a pele estava irritadiça e repleta de manchas. — Isso é efeito do veneno. Ele nos deixa mais fracas. Não permite que melhoremos.

— Mas eles falam que é para ajudar nos machucados — Aika disse, levando as mãos ao rosto queimado.

— Eles estão mentindo — foi enfática. — Se quisermos realmente melhorar, temos que fugir daqui e voltar para Hiroshima.

As meninas se entreolharam e Aika abaixou a cabeça, dizendo em seguida, em tom melancólico:

— Não sobrou nada em Hiroshima, Michiko-san.

— Meus pais e meu avô estão lá nos esperando — ela respondeu com rispidez. Aika virou o rosto, triste. Talvez ela não tivesse ninguém para quem voltar.

— Me desculpe — Michiko retomou o tom amigável —, vocês podem vir conosco. Tenho certeza de que minha família vai recebê-las muito bem. Talvez encontremos algum parente de vocês.

Harumi sorriu e Aika hesitou por alguns segundos antes de concordar.

— Você tem um plano? — perguntou.

— Primeiro precisamos passar pelo youkai que rouba cabelos.

Harumi esbugalhou os olhos mais uma vez e levou as mãos à cabeça.

— Sim, eu sei. Eu o vi essa madrugada. — Michiko mostrou a falha em seu próprio couro cabeludo. — Ele também roubou o meu. Acho que o colocaram aqui para nos vigiar.

— Então temos que enganá-lo — Aika concluiu.

Michiko enfiou a mão no bolso do pijama e segurou o espelho dado por sua mãe. Por algum motivo, os monitores não o haviam tomado quando a capturaram, talvez não soubessem sobre o poder do objeto. Ele seria fundamental para que o plano desse certo.

— Sim — ela concordou —, e então poderei encontrar meus irmãos.

Somente juntos eles teriam como vencer Akane de uma vez por todas e fugir dali. Sendo assim, a garota decidiu esperar algumas horas até que os monitores chegassem. Enquanto isso, contou para as colegas o que tinha em mente.

***

Durante todo o dia, as meninas se comportaram bem. Tomaram café, almoçaram, visitaram a enfermaria para alguns exames e voltaram para o quarto. Como de costume, depois do jantar, uma monitora foi até o alojamento, destrancou a porta e as levou para os banheiros, onde deveriam se limpar antes de dormir.

As três seguiram a funcionária do internato até o chuveiro coletivo e começaram a se banhar. Michiko se espantou com a quantidade de cabelo que saiu em suas mãos quando lavou a cabeça. Com certeza, algo ali estava fazendo muito mal para ela. Porém, aquilo também fazia parte do seu plano. Ela viu os fios escorrerem junto à água pelo piso, amontoando-se no ralo com os cabelos de Aika e Harumi, que também caíam aos montes.

Após o banho, todas se trocaram e seguiram para fora do vestiário. No caminho de volta, as três foram escoltadas pela mesma monitora e, quando chegaram no alojamento, Michiko fez sinal para que Harumi colocasse em prática a sua parte do plano.

— Senhora — ela disse e se apoiou na parede. — Não me sinto bem.

A monitora se abaixou para olhar a menina de perto, mas antes que perguntasse algo, Harumi fingiu um desmaio.

Preocupada, a mulher tomou a criança no colo e ordenou que Michiko e Aika entrassem no quarto. Com dificuldade, ela tentou fechar a porta enquanto carregava a garotinha e, antes que conseguisse, Harumi começou a simular espasmos, o que a forçou a mulher a segurá-la com mais firmeza.

— Vocês duas fiquem aqui! — ela ordenou e empurrou a porta com um dos pés, aflita. Depois foi possível ouvi-la correr com Harumi pelo corredor, na direção da enfermaria.

Michiko esperou apenas um minuto e abriu a porta, espiando para o lado de fora.

— Rápido! — disse para Aika e a puxou para o corredor.

Ambas correram de volta para o vestiário onde entraram com cuidado. Viram um carrinho de limpeza do lado de dentro, com algumas vassouras e um balde com panos. Na área dos chuveiros estava aquela senhora que carregava um molho de chaves preso ao cinto, a mesma que Michiko viu limpar um dos quartos quando viajou pelo plano espiritual para encontrar Kazuo.

A senhora segurava o borrifador e, após espirrar o líquido por todo o banheiro, abaixou-se para recolher os cabelos caídos no ralo.

— Como imaginei — Michiko sussurrou —, a zeladora é a ladra de cabelos.

Se aquele realmente fosse o youkai que Michiko pensava ser, elas precisariam ser muito espertas para vencê-lo.

Com coragem, a menina adentrou o banheiro e retirou o espelhinho do bolso, apontando-o para a senhora.

— O que estão fazendo aqui? Era para estarem no quarto, mocinhas — ela disse, assustada. — Vou chamar os monitores. — E seguiu na direção da saída onde Aika se colocou na frente da porta.

Mas Michiko apenas fechou os olhos e apertou o espelho com força, evocando seu poder místico. O item respondeu aos apelos da garota e emitiu uma luz forte, que rasgou uma das paredes do banheiro, revelando as pedras da caverna por detrás dos azulejos. O chão ficou rochoso e ainda mais úmido, o teto ganhou estalactites e a iluminação diminuiu, restando ao espelho a árdua tarefa de iluminar aquela gruta escura. Michiko então direcionou o raio luminoso para a zeladora, arrancando dela um urro assustador. Ela se retorceu e caiu de joelhos, escondendo o rosto. Os cabelos foram ganhando cada vez mais volume. Eles se juntaram aos fios acumulados no ralo que a mulher havia acabado de recolher. A quantidade de cabelo era impressionante. Quantas pessoas aquele youkai já tinha roubado?

— Mostre o seu rosto — Michiko ordenou.

Quando a mulher levantou a cabeça, o rosto dela se mostrou jovem e belo, muito diferente do semblante sofrido da zeladora de meia-idade que limpava o internato.

— Você não é um youkai? — Aika perguntou. O rosto era de uma donzela, mas os cabelos serpenteavam no ar de forma sobrenatural.

— Eu, um youkai? — ela contestou, com uma voz doce e melancólica, e imediatamente começou a chorar, ajoelhada no meio da caverna.

Demonstrando preocupação, Aika se aproximou da mulher fragilizada. E, como se fosse uma resposta, uma das mechas rebeldes avançou com violência na direção das meninas e tentou agarrar Aika pelo braço. Michiko puxou a colega para trás, salvando-a da investida do youkai. Ela sabia que aquele choro era apenas um truque.

A mulher virou o rosto de lado e revelou uma enorme boca em sua nuca, que, por sua vez, emitiu uma voz masculina e cavernosa, ecoada pelas paredes da gruta:

— Vou devorar vocês!

O grito assustou as meninas. Aika deu dois passos para trás e se escondeu atrás de Michiko, que sabia exatamente qual monstro era aquele.

— Futakuchi-Onna — praguejou entre os dentes.

Aquela era a famosa mulher de duas bocas, cujos cabelos dançavam no ar e funcionavam como tentáculos. Uma criatura com fome insaciável e sedenta por fios de cabelo. Ali, ela tinha as duas coisas em abundância.

Michiko não era como Kazuo ou Kenji. Não tinha armas para lutar de igual para igual com um youkai poderoso como aquele. A única coisa que tinha era a inteligência. Lembrava-se muito bem das histórias do avô Hayato e de como os heróis derrotavam os youkais quando estavam em desvantagem.

Havia uma coisa que quase todos eles nunca recusavam:

— Que tal uma aposta? — ela provocou.

A Futakuchi-Onna fechou a boca de sua nuca e virou o rosto para Michiko.

— Aposta? — a voz triste da moça indagou. Depois virou de novo o rosto, dando espaço para que a bocarra de sua nuca falasse com um berro — Vou devorar vocês agora mesmo!

— Se você é tão poderoso como diz, não tem o que perder.

— Qual é a aposta? — a moça tomava o controle mais uma vez.

— Se eu ganhar, quero o molho de chaves que você tem na cintura.

A mulher olhou para baixo.

— E se você perder? — a bocarra da nuca do youkai bradou.

— Te daremos todo o nosso cabelo.

— E vou devorar vocês! — completou com um sorriso de dentes afiados.

Aika olhou para Michiko com medo e assentiu.

— Qual será o jogo? — a moça questionou com a voz calma.

Michiko respirou fundo e puxou do bolso o barbante branco com o qual ela e as colegas brincaram naquela manhã. Confiante, ela encarou o youkai e respondeu:

— Ayatori.

***

A presença do youkai preenchia todo o ambiente com as longas madeixas flutuantes. O rosto feminino em sua frente permanecia tranquilo, mas Michiko sabia que a boca na nuca do monstro salivava à espera do jogo começar.

A garota então levantou o cordão branco e o lançou no ar, formando figuras intrincadas que se desenrolavam ao passo que ela mexia os dedos. Do outro lado da gruta, a Futakuchi-Onna também fez seu primeiro movimento e enviou as mechas de cabelo para o alto, criando formas desconexas e, para Michiko, um pouco assustadoras.

Aika permaneceu ao lado da colega observando o duelo. De um lado, as mãos habilidosas de Michiko deslizavam pelo cordão do ayatori formando figuras cada vez mais complexas. Do outro, o cabelo do youkai se retorcia e bailava no ar, desenhando o alto da caverna.

Michiko finalmente deu um passo adiante e formou um belo pássaro shima-enaga com o cordão branco. Pequenino e cheio de penas como o algodão, ele passou a voar em círculos, uma manobra que arrancou palmas de Aika.

A boca na nuca do monstro sorria e passava a língua comprida nos lábios, pronta para enviar uma resposta à criação de Michiko. Ao balançar os cabelos emaranhados, algumas madeixas formaram uma impressionante cobra que fez Aika parar as comemorações. A serpente se esticou depressa e tentou o bote no indefeso bichinho de Michiko, mas, ao puxar o ayatori, ela conseguiu fazer sua criatura escapar por poucos centímetros da cobra peçonhenta.

Vendo a amiga em perigo, Aika entrou no jogo usando um cordão vermelho que puxara do bolso. Com agilidade, ela criou um majestoso grou de patas compridas e pescoço longo e, com uma guinada nas cordas, o novo pássaro atacou a serpente do youkai com bicadas, arrebentando algumas das mechas de cabelo que a formavam.

— O grou é um pássaro grande, Michiko. A cobra não vai conseguir engoli-lo.

O jogo prosseguia com a criação de Aika protegendo a de Michiko. As mãos da menina comandavam o cordão fazendo o grou arranhar a serpente com suas garras afiadas. A mulher de duas bocas parecia acuada, com o cabelo serpentino tendo que se defender das investidas ferozes do ayatori vermelho.

No entanto, à medida que a batalha se desenrolava, o youkai ia revelando mais de seu poder. A habilidade em dar vida à criatura com o próprio cabelo superava as expectativas das meninas, e Aika deixou de acompanhar os movimentos da cobra inimiga que, após desviar de uma bicada, se enrolou no pescoço do grou e o levou ao chão.

Por maior que o pássaro de Aika fosse, ele não era forte o suficiente para resistir ao ataque do youkai. O cabelo do monstro envolveu o grou e se estendeu pelo cordão do ayatori até as próprias mãos da menina, que logo ficaram presas nas madeixas negras. Em um movimento rápido, Aika foi levantada no ar e levada para o alto da cabeça do youkai, em que a boca de sua nuca babava, sedenta pela carne da garota.

Monstruosa e cheia de dentes, a bocarra se abriu com uma envergadura gigantesca e engoliu Aika ao mesmo tempo que a serpente de cabelos engolia o grou de barbante vermelho. Michiko ficou horrorizada, gritou pela colega, mas já havia perdido aquela rodada.

A garota estava envolta em preocupação. Michiko sentiu-se culpada, afinal, enfrentar o youkai havia sido o seu plano. Aika acabava de pagar pelo erro da colega. Só que aquele caminho não tinha mais volta e, se não quisesses acabar devorada também, Michiko precisava vencer o youkai.

Diante dela, a face frontal da Futakuchi-Onna demonstrava ainda mais tristeza, contudo, a boca em sua nuca lambia as pontas do tentáculo de cabelos que acabara de lhe dar comida. Um arroto quebrou o silêncio desolador que pairava no interior da gruta.

— Você é a próxima — a voz grossa disse.

A bela moça continuou com uma expressão deprimida, parecia chateada com o que acabara de acontecer. Michiko então pensou por mais alguns segundos e percebeu que, na verdade, quem comandava o youkai era a criatura parasita que vivia em sua nuca. Talvez ela não quisesse fazer mal às meninas, apenas era forçada pelo monstro atrás de si. E foi ao observar uma lágrima escorrer dos olhos comovidos da moça que Michiko se lembrou de sua mãe. A senhora Kurumoto era uma mulher doce, corajosa, que às vezes também ficava triste quanto se sentia impotente.

Aquilo sensibilizou Michiko e, em vez de tentar uma nova criação poderosa para continuar o jogo, ela decidiu um caminho diferente.

Enrolou outra vez o ayatori branco nos dedos, abriu e fechou as mãos várias vezes criando figuras geométricas e então lançou o cordão no ar, que se esticou e se enrolou, dando forma a uma bela garota de quimono e cabelos soltos. A criação de Michiko cumprimentou o youkai, arrancando um sorriso do rosto da moça deprimida.

— Acha que vai vencer com isso? — a bocarra monstruosa perguntou de trás da cabeça da mulher.

A reação veio depressa dos cabelos emaranhados. Enquanto o youkai balançava e rodava a cabeça, suas mechas davam vida a um homem alto de olhar sério e duro. Ele cresceu diante do ayatori de Michiko, fazendo a garota de cordão branco abaixar a cabeça.

O homem feito de cabelos tentou agarrar a garota feita de cordão, mas Michiko puxou seu braço. O homem investiu outra vez e Michiko repetiu a manobra no ayatori. As tentativas da criação do youkai continuaram, o que forçou Michiko a movimentar seu cordão de um lado para o outro e, com isso, a garota de branco dançou graciosa pela caverna. As mãos da pequena Kurumoto estavam em total sintonia com o cordão. Ela fechou os olhos e continuou movendo-o, guiando os passos da dança.

Irritado com as esquivas sucessivas de Michiko, a bocarra do youkai grunhiu desgostosa e moveu novamente os cabelos, mudando a expressão do homem que flutuava no alto.

O barulho fez com que a menina abrisse os olhos, e o novo rosto da criação do youkai fez com que ela ficasse imóvel, com o coração disparado.

Aquele era o seu pai, a camisa, os suspensórios. O olhar reprovador como fazia no dia em que a viu dançar na entrada do jardim. Ele estava furioso.

— Suba já para o seu quarto! — a voz grossa ecoou logo após o homem feito de cabelos agarrar o braço da garota feita de cordão.

Enquanto permanecia imóvel diante daquela cena, os cabelos do youkai se emaranhavam no ayatori branco e iam descendo até as mãos de Michiko. Ela estava prestes a sofrer o mesmo destino que Aika.

No entanto, ao fitar novamente o rosto triste da moça ajoelhada do outro lado da caverna, a imagem da senhora Kurumoto veio à mente de Michiko.

"Você saberá fazer escolhas melhores do que as que eu fiz" era a frase que reverberava na cabeça da menina. Por instinto, Michiko fechou os olhos outra vez e voltou a mexer as mãos.

Acima de sua cabeça, a garota feita de cordão girou e foi se desprendendo da pegada do homem feito de cabelos. O ayatori estava solto, mais uma vez livre para fazer o que quisesse. Michiko voltou a olhar para o youkai depois de ouvir uma risada tímida. A expressão da moça ganhava finalmente um sorriso verdadeiro.

— Pare já com isso — gritava a boca em sua nuca, forçando a moça a baixar a cabeça.

O homem feito de cabelos avançou contra o ayatori de Michiko e, dessa vez, a garota feita de cordão o pegou pelas mãos e o guiou, fazendo-o dançar com ela.

— Pare! — a boca insistia, cuspindo de tanta raiva. — Isso é coisa de prostituta. Você quer virar prostituta?

Mas tanto Michiko quando a face na parte da frente do youkai ignoraram. Finalmente, a moça, até então triste, se levantava e tomava o controle de seus próprios cabelos. Ela se uniu a Michiko e movimentou as mãos e a cabeça, dando gestos suaves ao homem feito de cabelos que também passava a sorrir e virava um parceiro no baile promovido no alto da gruta.

A boca cheia de dentes continuava gritando, porém, sua influência sobre o corpo da mulher youkai já não existia mais. Aos poucos, se cansou de espernear, se fechou e desapareceu em meio aos cabelos mágicos.

Michiko e a moça youkai rodopiaram pela caverna por mais alguns minutos antes de ambas as suas criações se desfazerem no ar. Com o fim da dança, um dos tentáculos de cabelo entregou nas mãos de Michiko o molho de chaves. Na outra ponta, a moça sorria, os olhos brilhando com lágrimas em um sinal de claro agradecimento.

A youkai se aproximou de Michiko e passou os dedos em sua cabeça, fazendo um último carinho. Mas, ao recolher a mão, trouxe consigo mais fios dos cabelos de Michiko que, mesmo vencendo o desafio, continuavam a cair.

— Eu sinto muito, criança — disse a moça.

— Não tem importância — Michiko respondeu, olhando os fios no chão.

A pequena Kurumoto soltou o ayatori e o deixou cair junto aos cabelos. Com uma das mãos, ela segurou firme o espelho; com a outra, apertou o molho de chaves. Seu cabelo agora não era tão bonito como fora antes, mas aquilo não importava para ela. Enquanto a mulher youkai, agora livre da boca parasita, desaparecia sorrindo, Michiko pensou em seus irmãos e nos sacrifícios que Aika e Harumi haviam feito para que, de alguma forma, eles tivessem uma oportunidade de fugir dali.

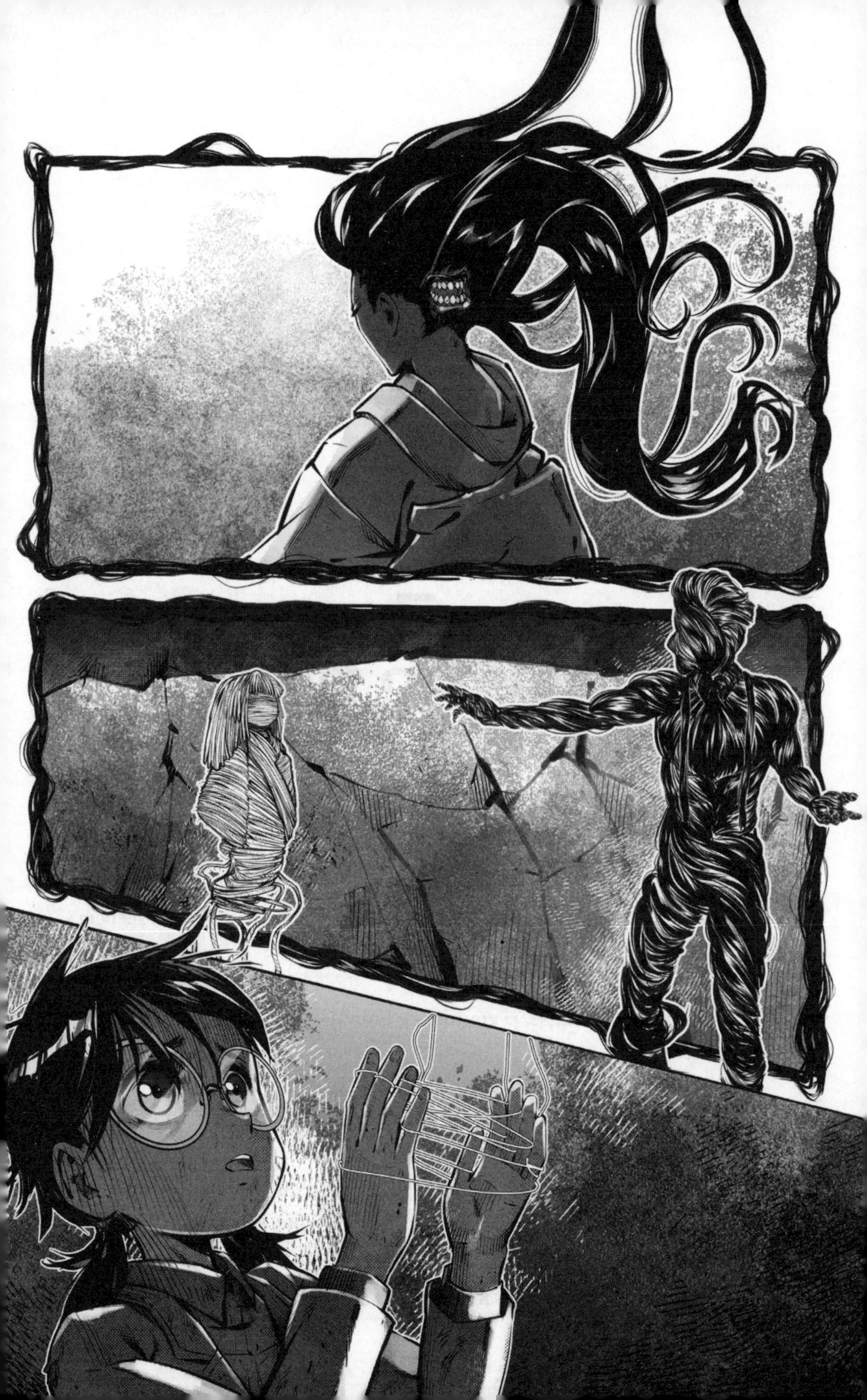

7
O poder do besouro

As crianças haviam subido e os adultos ficaram até mais tarde na sala depois do jantar. Os pais de Kenji e o avô estavam jogando cartas quando o menino, na época com cinco anos, desceu as escadas e parou no canto da sala. De lá, encarava a todos com olhos de choro. Demorou alguns minutos até sua mãe notá-lo em silêncio.

— O que foi, meu anjo?

Ele não respondeu.

— Kenji — o pai disse, já em tom de bronca —, passou da hora de dormir, suba ao seu quarto.

Ele balançou a cabeça devagar.

O senhor Kurumoto se levantou irritado, mas a mãe de Kenji interveio.

— Meu bem, ele está com medo, veja.

Ela estava certa. Kenji estava apavorado, mal conseguia falar.

— Medo de quê? — o pai perguntou. — Seus irmãos já estão dormindo. Suba e faça como eles. Seja mais corajoso, como Kazuo.

Mas Kenji não se moveu. Para impedir que o senhor Kurumoto perdesse a paciência, a mãe de Kenji se levantou e foi até o filho.

— O que está deixando você com medo?

Ele titubeou, gaguejou e respondeu:

— Tem um youkai dentro do armário.

Tanto o pai como a mãe de Kenji olharam na hora para o avô Hayato.

— Mas é claro, está vendo só! — disse o pai de Kenji — As baboseiras que o senhor conta não deixam o menino dormir. Agora vá até lá e resolva isso, por favor.

— Ora, toda criança adora essas histórias — o velho respondeu ao se levantar e deu de ombros. — Venha, Kenji, me mostre onde está esse youkai para nós o espantarmos daqui.

O jeito lúdico da fala do avô Hayato arrancou um sorriso tímido de Kenji. Ele deu a mão para o idoso e ambos subiram as escadas, deixando os pais na sala.

Diante da porta do quarto, Kenji hesitou em entrar.

— Está ali — apontou para o guarda-roupas no canto.

Kazuo e Michiko já dormiam em suas camas no tatame. Shiro, ainda muito pequeno, estava em um berço no quarto dos pais.

— Ah, sim — o avô cochichou —, só não podemos fazer barulho ou vamos acordar seus irmãos.

Kenji assentiu com a cabeça bem devagar.

— Você se lembra de como eu derrotei aquele youkai centopeia que apareceu no jardim?

— Você usou o amuleto do besouro — ele respondeu, sussurrando.

— Isso.

— Mas você disse que o perdeu há muitos anos. Como vamos vencer esse youkai agora?

— Acontece que eu o achei — o avô disse e retirou do bolso uma peça prateada de formato redondo.

— Esse é o amuleto que veio do espaço? — Kenji perguntou com os olhos arregalados.

— Isso! Acredita que eu o encontrei esta semana? Tinha guardado para te mostrar.

— Posso ver? — O menino estava extremamente interessado. Segundo a história do avô, aquele objeto era capaz de transformá-lo em um guerreiro poderoso.

— Claro.

Kenji pegou o amuleto com cuidado e o inspecionou por todos os lados. Estava fascinado.

— Esse é um kabutomushi, ou besouro rinoceronte — o avô Hayato disse, referindo-se ao que estava desenhado na peça de metal.

— É incrível.

— Sabia que essa espécie de besouro é o inseto mais forte de todo o Japão?

O menino balançou a cabeça em negativa.

— Sim, ele pode erguer até oitocentas vezes o peso de seu próprio corpo. É o mesmo que um homem levantar sessenta carros nas costas.

O menino olhava fixamente para o objeto, cada vez mais encantado por ele. Depois de um tempo em silêncio, o avô retomou o assunto, com os olhos cheios de ternura.

— Às vezes as pessoas não dão muito valor aos pequeninos. Mas isso não quer dizer que eles não sejam importantes. Todos nós temos uma força guardada dentro de nós que pode passar despercebida — Hayato disse, enquanto fazia um cafuné no neto.

Kenji sorriu. Observou o avô por alguns segundos, transmitindo toda a admiração que tinha através do olhar. Disse, em seguida, estendendo o amuleto de volta:

— Queria ter a mesma coragem que o senhor, vovô.

Em um gesto doce, o avô de Kenji segurou as mãos do menino e as fechou em volta do objeto de prata.

— O primeiro passo para ter coragem, Kenji-kun, é sentir medo — falou. — Eu não preciso mais desse amuleto. É seu agora.

Kenji levou as mãos ao peito, agarrado ao presente.

— Sempre que você tiver medo ou se sentir sozinho, use o amuleto. Ele vai te dar a força de que você precisa.

Firme, o menino acenou com a cabeça e se virou para o quarto. Respirou fundo, entrou e abriu o armário.

— E aí? — o avô perguntou.

— Ele fugiu — Kenji respondeu. Não havia nada além de roupas e lençóis.

— Viu? Foi a sua coragem que o espantou.

De noite, ele dormiu desejando que o poder do besouro fosse seu em um ritual que se repetiria muitas vezes após aquele dia. Kenji cansou de se deitar com o amuleto entre as mãos, pedindo que um dia fosse mais forte, mais inteligente ou, ao menos, um filho melhor, digno do respeito do pai.

***

Era segurando o amuleto, agora descarregado após a intensa luta contra o youkai-aranha, que Kenji matutava qual seria seu próximo passo. O menino repousava em um dos vestiários, lugar que, pelas suas contas, só receberia pessoas no dia seguinte.

Ele tinha passado as últimas horas preparando tudo o que havia planejado para salvar os irmãos. Usou alguns dos materiais que achou na despensa para criar distrações e armadilhas. Também conseguiu uma pequena barra de ferro em um dos alojamentos, com a qual pretendia acertar a cabeça de qualquer monitor que o achasse até que o amuleto recuperasse sua força.

Kenji já sabia que Kazuo estava sendo mantido preso em um quarto especial, perto da enfermaria, contudo, não havia ainda pensado em uma forma de passar pelo enfermeiro que persistia em ficar de campana em frente ao quarto. E esse era um poderoso youkai disfarçado, enorme, gordo e forte como um porco selvagem.

Ele também ouviu alguns monitores falarem que Shiro tinha sido operado. Não tinha certeza do motivo, mas, considerando essa informação como verdadeira, deduziu que o caçula também estivesse na enfermaria, bem próximo a Kazuo. Ainda faltava saber o paradeiro de Michiko, pelo menos até aquele momento.

O coração de Kenji disparou quanto ele escutou um ruído. Alguém acabava de entrar no vestiário masculino. Ligeiro, ele agarrou a barra de ferro e se escondeu dentro de um roupeiro de onde passou a espiar pelas frestas que serviam de ventilação para as roupas sujas.

A sombra de uma pessoa se esgueirou pelo corredor perto dos chuveiros e depois virou na direção de Kenji. Com o elemento-surpresa ao seu favor, o menino esperou a pessoa passar bem na sua frente e saltou para fora, desferindo um ataque certeiro com a barra de ferro. Kenji teve tempo de desviar assim que notou que a sombra misteriosa era, na verdade, de sua irmã.

— Ai! — Michiko gritou ao ter seus óculos arrancados pelo golpe — Kenji-san, ficou maluco? — perguntou em seguida, olhando para seus óculos espatifados no chão.

— O que faz aqui, Michiko-san? — ele rebateu, ao mesmo tempo irritado e preocupado, afinal, quase a tinha acertado em cheio na cabeça.

— Estava me escondendo — ela falou, chorosa, ao se abaixar para recolher os óculos quebrados.

Ao colocá-los novamente, arrancou uma risada de Kenji, que achou engraçado o olho direito de Michiko ficar multiplicado em meia dúzia de olhos pequeninos devido ao reflexo na lente quebrada. As hastes estavam tortas e só o lado esquerdo permanecia inteiro.

— Não tem graça, seu idiota — ela rebateu. — Eu vou contar tudo para o papai quando o acharmos. Você vai ficar de castigo.

A menção ao pai fez Kenji estreitar os olhos. Se o senhor Kurumoto soubesse que o segundo filho havia batido na princesinha da casa, mesmo sem querer, quem apanharia com uma barra de ferro seria ele mesmo. Kenji cogitou que eles talvez nem achassem o pai em Hiroshima. Encontrar a mãe e o avô já estava bom o suficiente.

— Não seja exagerada, Michiko-san — ele retrucou. — Não está tão ruim assim.

Mas foi ao prestar mais atenção em Michiko que Kenji reparou que sua aparência não estava ruim apenas pelos óculos que ele acabara de quebrar. A menina trazia uma feição bastante abatida, com olhar cansado. Os cabelos estavam ralos, repleto de falhas.

— O que aconteceu? — ele perguntou genuinamente preocupado. Então tocou o rosto da irmã, que deu alguns passos para trás.

— Eu estou bem — ela disse. — Enfrentei um youkai para conseguir isso aqui.

Michiko mostrou o molho de chaves e arrancou um sorriso largo de Kenji.

— Não acredito! Era exatamente isso que faltava.

— Como assim? O que você ficou fazendo esse tempo todo?

Ainda sorrindo, ele tomou as chaves das mãos da irmã e a puxou para a entrada de uma das tubulações de ar que saía do vestiário masculino. Engatinhando, Kenji guiou Michiko até chegarem a um emaranhado de pavios que vinham de diversas partes do internato, passando pelos tubos de ventilação. Ele se sentou perto dos fios cheios de pólvora e quase gargalhou quando os olhos da irmã mais nova se arregalaram ao ver aquilo tudo.

— Eu sabia que você ia gostar — disse. — Esses youkais terão um belo espetáculo hoje.

***

Após aceso, o fogo correu rápido pelo pavio principal e deixou Michiko e Kenji para trás, ainda na tubulação. A chama se dividiu em outras três linhas que desceram por caminhos diferentes. O primeiro passou pela cozinha, entrou na despensa e se encontrou com algumas embalagens de produtos de limpeza. Dois deles, inflamáveis, explodiram com o calor, erguendo uma enorme labareda até o teto. O segundo pavio queimou depressa na direção da lavanderia e mergulhou em um amontoado de lençóis e roupas sujas jogados dentro de um grande contêiner de metal. As roupas demoraram alguns minutos a mais do que o produto de limpeza para se incendiarem, contudo, a quantidade de tecido foi o suficiente para jogar uma torre de fumaça pelos corredores do internato.

O terceiro pavio tinha um alvo ainda mais importante: ele levava diretamente para uma caixa de fogos de artifícios colocada atrás das cortinas da sala de diretoria do internato. Mas esse pavio não teve a mesma sorte dos fios irmãos. A fagulha que deslizava loucamente por ele parou no sapato direito da senhora Akane, que o espezinhou como se apagasse uma bituca de cigarro.

— Kenji — praguejou entre os dentes ao puxar a cortina e ver a armadilha que o menino havia preparado.

Furiosa, ela saiu da sala a tempo de ver a balbúrdia que começava a se alastrar por todo o internato. Viu funcionários correndo com baldes e extintores, e logo passou a tossir com a fumaça escura que se acumulava no teto.

— Tirem as crianças daqui — ela disse para os monitores. Em seguida, voltou para a sala, pegou sua régua de madeira e foi na direção da enfermaria.

***

O covil dos youkais era praticamente um labirinto, mas com o espelho de Michiko indicando o caminho, e com o molho de chaves permitindo que passassem pelos portões e portas daquele calabouço sem a necessidade de se esgueirar pelos tubos de ventilação, Super-Kenji não tinha mais nada que o impedisse de libertar seu irmão mais velho.

Uma vez mais vestido com sua carapaça alienígena, o guerreiro corria pelos túneis derrubando todo youkai que insistia em atravessar seu caminho. Michiko vinha logo atrás, ajudando-o.

— Mais um vindo da direita — ela indicou o caminho escuro após olhar seu espelho. Michiko assumira uma aura esbranquiçada, com os olhos brilhando. Estava em contato direto com o mundo dos mortos.

Kenji esperou com as costas apoiadas na parede, longe da visão de quem vinha pelo túnel. Quando o youkai passou em sua frente, na direção de Michiko, o guerreiro pulou sobre ele, travando-o em uma chave de braço. Após acertá-lo com joelhadas na costela, jogou o monstro no chão e disparou um raio de fogo de seu punho, finalizando a ameaça. Como já não tomava os remédios do internato há alguns dias, Kenji tinha seu poder quase totalmente reestabelecido. Nenhum youkai era páreo para ele.

A fumaça intensa funcionava para expulsar os monstros de suas cascas de disfarce e, pouco a pouco, todos os funcionários do internato iam revelando suas verdadeiras formas. Como o avô Hayato dizia, nada como um bom incenso para espantar os maus espíritos. E aquela fumaceira toda que Kenji havia preparado era mais do que o suficiente para mandar quase todos os monstros para fora do covil, deixando o caminho dos irmãos livre.

O fogo acabou destruindo por completo a ilusão do internato. Os alojamentos revelaram os calabouços, os vestiários se transformaram em grutas úmidas e fedidas. E a enfermaria acabava de se transformar em uma gigantesca prisão dentro da caverna dos youkais. Lá, algumas crianças agora estavam amarradas a troncos e pedaços de pedra em vez das macas de antes.

Kenji e Michiko entraram no lugar sem dificuldades e começaram a procurar pelos irmãos.

— Michiko?! — Kenji ouviu alguém chamar por sua irmã.

Ele se virou a tempo de ver a garota ao lado de uma menininha acorrentada a uma rocha.

— Harumi! — ela disse, surpresa.

O estado da pobre garotinha era deplorável. Estava magra, fraca. Tinha manchas negras pelo corpo todo e sua cabeça estava praticamente careca.

— Temos que tirá-la daqui — Michiko disse e estendeu as mãos para que Kenji lhe desse o molho de chaves. — Deve ter alguma que abre isso — ela concluiu.

Mas Kenji recusou. Não tinham tempo para aquela menina. E ele nem a conhecia. Porque deveria ajudá-la sendo que ainda nem tinha achado Kazuo e Shiro?

— Kenji-san! — Michiko gritou — As chaves.

O forte guerreiro de armadura alienígena se aproximou da irmã mais nova e a tocou nos ombros.

— Não há nada que possamos fazer por ela, Michiko-san.

Os olhos da pequena Harumi nem se focavam direito em Michiko. Ela estava intoxicada pelo veneno dos youkais. Mesmo que a soltasse, a menina não teria a menor chance de sair dali com vida. Além disso, ela decerto os atrasaria.

Michiko ameaçou argumentar, mas Kenji a empurrou para longe, colocando-a a salvo das garras afiadas de um youkai que saltou sobre os dois.

O monstro parou na frente de Kenji e de costas para Michiko. Ele ainda tinha as roupas de uma enfermeira, mas a cabeça era de fera, com longo focinho e caninos afiados. As mãos haviam se transformado em patas com unhas enormes, e as pernas grossas rasgaram as calças do uniforme. O perigoso lobo rosnava, babava, estava ali para proteger o que era o alimento dos youkais. Ele não deixaria que Kenji e Michiko tirassem nenhuma criança daquela prisão.

A besta enrijeceu os músculos e pulou, dessa vez na direção de Kenji. Ele, com sua força sobre-humana, conseguiu segurar o youkai pelos braços e usou a inércia do movimento inimigo para rolar as costas no chão e empurrar o lobo com uma das pernas, jogando-o para trás sobre alguns móveis de madeira velha que estavam no canto daquela sala de pedra.

— Vamos — Kenji disse a Michiko, puxando-a para longe dali.

Só que o youkai-lobo não parecia estar vencido. Enquanto os irmãos iam para os fundos da prisão, o monstro atacou mais uma vez, agarrando Kenji pelas costas, onde lhe cravou as garras e depois aproveitou para enfiar os dentes no ombro do guerreiro-besouro.

Kenji não conseguiu conter o grito. As presas do youkai eram tão fortes que penetraram a poderosa armadura alienígena, arrancando sangue. Tudo estaria acabado se o lobo não tivesse suas fuças pulverizadas por um raio de luz emanado do espelho de Michiko.

O youkai deu alguns passos para trás uivando de dor, as patas se esfregando no rosto queimado. Kenji aproveitou para lhe acertar um soco potente no estômago, seguido de uma joelhada na cabeça e depois mais um murro em seu focinho. O bicho latia de dor, parecia um cão de rua apanhando com uma vassoura. Acabou correndo acuado para longe e finalmente deixou os irmãos em paz.

Livres da ameaça, Kenji e Michiko se moveram por entre as outras crianças presas na busca por Shiro. A maioria estava desacordada ou muito debilitada, como Harumi. Talvez tivessem ficado ali apenas as vítimas mais fracas, as que os youkais tiveram dificuldade de remover com todo o fogo e a fumaça. Nesse caso, Kenji começou se perguntar se Shiro e Kazuo ainda estariam na enfermaria, ou melhor, naquela prisão.

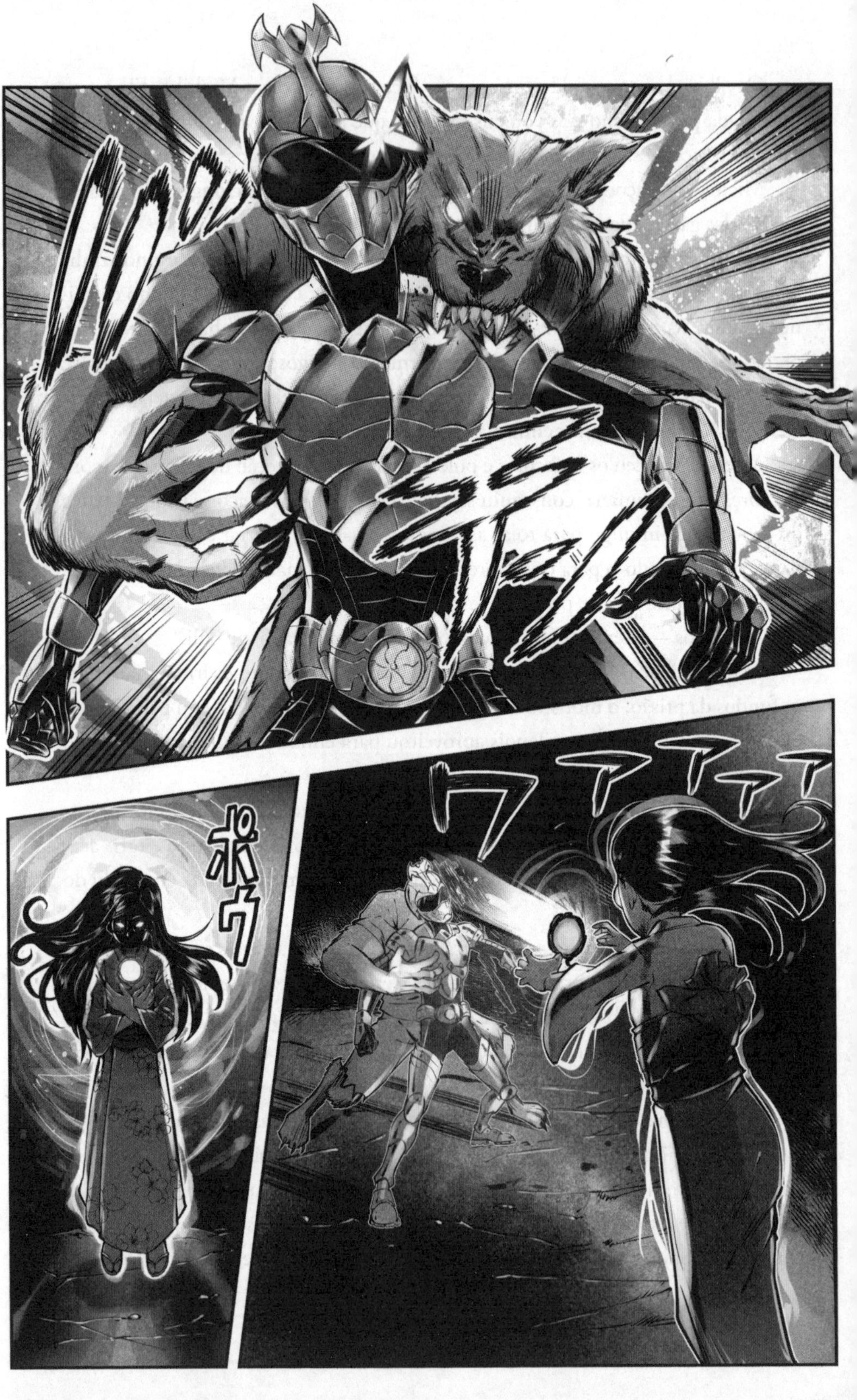
ワァァァァ
ポウ

— Veja — Michiko chamou, apontando para um baú rústico que estava próximo à parede.

Kenji se aproximou com o molho de chaves e escolheu uma pequenina, que parecia caber no buraquinho da fechadura. A tampa se abriu, assim como a boca de Kenji e Michiko, incrédulos com a sorte que tiveram.

O baú guardava os inúmeros frascos com aqueles malditos remédios envenenados. E, além deles, o fundo trazia a espada mística de Kazuo, a Kazenone.

Kenji a retirou do baú e a deu aos cuidados de Michiko, que olhou para a espada dentro da bainha por alguns segundos antes de prender sua alça nas costas e a deixar pendurada para trás. Depois de ver a arma segura na posse da irmã, Kenji pegou alguns dos frascos e colocou as pílulas na palma da mão.

— Isso acaba aqui — falou, irritado, antes de jogá-las no chão e pisoteá-las. Em seguida, virou o baú e ateou fogo nele com o raio disparado pelo punho.

— Esses youkais malditos não farão mais mal a ninguém!

A fumaceira do fogo na madeira do baú logo se uniu ao resto da fumaça que vinha pelos túneis. O lugar inteiro estava em chamas, e o tempo deles estava se esgotando. Tinham que achar os irmãos o quanto antes, ou talvez não conseguissem mais sair dali com vida.

— Consegue sentir a presença de Kazuo ou Shiro? — Kenji perguntou para Michiko. Ela segurava seu espelho e observava atentamente para a imagem que se formava junto ao reflexo.

— Sim, ali. — Michiko apontou para o túnel onde estavam as celas individuais da prisão.

Só que o youkai-lobo não era o único monstro que restava. Ao fundo do corredor era possível ver os olhos vermelhos do guardião das celas, o terrível demônio em forma de javali.

— Foi ele que me capturou, Kenji-san — Michiko disse.

Kenji sentia o ar ficar cada vez mais quente, mas não era apenas o fogo que já tomava todo o covil dos youkais. Mesmo a metros de distância, a respiração do javali era tão forte que o bafo de suas narinas embaçava o visor do guerreiro-besouro. O bicho era enorme. Tinha três vezes o tamanho de Kenji e estava diante da última porta de ferro.

— Kazuo está atrás dele — Michiko se referiu à cela que o javali guardava.

Além daquela, outras quatro portas ficavam nas paredes do túnel, duas de cada lado. Se Kazuo era mantido na quinta, ao final do corredor, Shiro só poderia estar em alguma das celas laterais.

— Pegue isso, Michiko-san. — Kenji entregou o molho de chaves. — Encontre o fedelho e o proteja. Eu vou libertar o Kazuo.

Bufando, o javali correu pelo túnel para acertar Kenji com suas presas frontais, e o guerreiro usou sua agilidade para saltar por cima do monstro, tocando suas costas com uma das mãos antes de dar uma pirueta e cair em pé do outro lado. O brutamontes freou desengonçado e esbarrou nas paredes até conseguir se virar por completo para atacar novamente.

Mais uma vez, Kenji saltou para evitar o ataque, porém, o javali levantou a cabeça e pulou, acertando as pernas do guerreiro no ar. Kenji deu outra pirueta, agora involuntária, e caiu rolando no chão de pedra.

Devido ao golpe, o guerreiro-besouro sentiu uma fisgada na costela, mas isso não o impediu de se levantar prontamente. Não pretendia desistir. E vendo que Michiko já estava abrindo a terceira cela, decidiu que precisava ganhar só um pouco mais de tempo até que a irmã achasse Shiro.

A investida seguinte do youkai-javali foi ainda mais feroz. Ele se aproximou de Kenji correndo e saltando, e, em vez de se esquivar, como tentara anteriormente, o guerreiro fixou as pernas no chão, flexionou levemente os joelhos e estendeu os braços, agarrando o javali pelas presas de sua boca. A força do bicho era tremenda, o que fez com que Kenji fosse empurrado, deslizando os pés na rocha.

Só que o besouro é o inseto mais forte de todo o Japão.

Por mais pesado que fosse o javali, o poder do amuleto de Kenji deu a ele a força capaz de erguer o monstro pelo pescoço. Kenji colocou o bicho de toneladas em seu ombro enquanto ele estrebuchava e, depois, em um golpe violento, se jogou de costas, derrubando o inimigo com a coluna diretamente nas pedras do chão. O porco selvagem grunhiu ao ter sua espinha partida ao meio e ficou alguns segundos se retorcendo. A respiração ficou mais fraca, os olhos vermelhos se fecharam e um filete de sangue escorreu de sua boca semiaberta.

— Kenji-san — Michiko chamava de dentro da cela número três.

Quando entrou, viu a irmã tentar soltar o pequeno Shiro de um grilhão que o prendia na parede. O fedelho estava desacordado, ainda vestido com um avental branco, e com um enorme curativo na lateral da cabeça, onde seus cabelos haviam sido raspados.

Ver o irmão caçula daquela forma fez o sangue de Kenji ferver. Que atrocidade aqueles monstros teriam feito? "Ele é só uma criança!", pensou.

— É só uma criança — repetiu o guerreiro.

Usando a superforça, arrebentou a corrente e pegou Shiro no colo. Depois, seguiu Michiko até a porta aos fundos do túnel, que ela abriu com o molho de chaves. Do outro lado, o samurai Kazuo estava ajoelhado e de olhos fechados. Respirava em um estado de meditação.

Com respeito ao irmão mais velho, Michiko soltou a alça da espada de suas costas e se ajoelhou diante de Kazuo, colocando a arma em sua frente.

— Obrigado, imouto-san — o samurai disse ao abrir os olhos.

Kenji viu um olhar que até então não havia visto no irmão. Tinha a determinação de sempre, mas também trazia raiva, algo que ele achava que Kazuo não era capaz de sentir, afinal, ele era o filho perfeito, o samurai perfeito.

Kazuo se levantou e tocou a cabeça de Michiko, depois foi até Kenji e colocou uma das mãos no ombro do irmão. Ele olhou para Shiro em seguida e baixou a cabeça.

— Eu sei — Kenji disse, triste. — Mas, pelo menos estamos juntos agora, podemos sair daqui.

Contudo, a frase seguinte trouxe à tona um irmão mais velho que Kenji ainda não conhecia:

— Só sairemos depois que eu cortar a cabeça de Akane!

8
Mar de fogo

Shiro nunca tinha sentido tanto calor na vida. Confuso com o tumulto, ele se dava conta de um mar alaranjado que se alongava por quilômetros diante de si. As chamas corriam depressa pelas casas feitas de madeira e papel, consumiam ruas inteiras, cercavam as pessoas e as queimavam vivas. Era tudo tão chocante que o pequeno pensou ser um pesadelo.

Pela terceira vez, em menos de dez minutos, ele presenciou uma onda de destruição. Primeiro veio a luz forte que quase o cegou. Depois, o barulho alto e o tremor, seguido de um golpe de ar que estourou as vidraças e derrubou algumas das casas da vizinhança; por fim, o anel de fogo foi se expandindo e transformando Hiroshima em um verdadeiro inferno. Mal sabia ele que ainda havia uma quarta onda, o veneno. E esta seria sentida pelos sobreviventes por décadas.

Difícil era saber qual seria o pior daqueles destinos. Seria o dos que sumiram instantaneamente no epicentro, cujos corpos viraram uma marca de cinzas no chão? Talvez tenham sido os que estavam um pouco mais distantes e foram mutilados pela onda de calor, pele em carne viva, membros carbonizados, os que morreram, no máximo, algumas horas depois. Ou, quem sabe, foram os que estavam ainda mais distantes e acabaram soterrados por casas demolidas depois do brutal estrondo que varreu tudo no raio de quase nove quilômetros. Mas não, não foi nenhum desses. Sem dúvida, os que mais sofreram foram os que sobreviveram para aguentar os efeitos da radiação. O suave veneno que corroía por dentro. A pior praga que os americanos poderiam ter jogado sobre o Japão.

Shiro já não aguentava mais a fuligem e o bafo quente em seu rosto. Levou as mãos para coçar os olhos, contudo, o avô Hayato não o deixou.

— Use isso. — Deu um pano limpo e indicou que o neto o colocasse sobre a boca e o nariz.

Michiko estava mais adiante, procurando alguma forma de passar pelo prédio que havia ruído sobre a rua principal. Queria voltar para casa, só que essa era exatamente a direção oposta à qual todos fugiam.

— Querida, temos que ir para lá — o avô disse, já sem paciência. — Seu irmão precisa de um médico.

Shiro tossia muito. Estava vermelho e ardendo em febre. Mas não era apenas ele que precisava de um médico. O próprio Hayato havia ferido a perna e tinha queimaduras nas costas.

— Papai, mamãe, Kazuo e Kenji estão lá — ela insistiu.

— Seus pais são adultos e seus irmãos sabem se cuidar — ele rebateu. — Agora temos que seguir. — O avô puxou Shiro e Michiko pela mão, forçando-os a se mexerem. Shiro viu a irmã aceitar o que o avô dizia, mesmo contrariada.

Tudo ao redor deles era balbúrdia. Muita gente correndo, gritando. Algumas pessoas choravam, outras gemiam. Crianças tentavam achar os pais. Pais tentavam achar os filhos. A quantidade de informação atordoava Shiro. Em poucos minutos, ele havia visto tanto sangue escorrendo pelo chão que já nem ligava de pisar descalço naquela gororoba vermelha — seu sapato ficara colado em uma parte do asfalto que havia derretido devido à radiação térmica. Também tinha queimado um pouco dos pés, mas aquele era o menor de seus problemas.

Em meio à gritaria, o que mais Shiro ouvia era a palavra água.

— Quero água — dizia um homem caído em uma esquina. Seu rosto estava totalmente carbonizado, a língua para fora com bolhas imensas.

— Alguém tem água? — uma menina pedia segurando um vasilhame vazio.

— Água? — gritava o rapaz do outro lado da rua. Faltava-lhe uma das pernas e estava sangrando devido a um vergalhão de aço que permanecia cravado em seu abdômen.

— Meu bebê precisa de um pouco de água, eu imploro — uma senhora chorava sentada, a criança em seu colo praticamente imóvel devido ao calor.

— Água, por favor! Água! — outros reclamavam uníssonos.

Shiro também estava com sede, mas, se tivesse água, ele daria para alguma daquelas pessoas que pareciam sofrer mais do que ele.

As poucas autoridades no local tinham muita dificuldade para organizar tudo aquilo. Era possível ver um policial tentando guiar a multidão pela rua, no entanto, ninguém conseguia obedecê-lo de forma ordenada. As coisas ainda pioraram quando o prédio logo atrás de Shiro irrompeu em chamas. O fogo se espalhou mais rápido do que as pessoas podiam correr, e aqueles que iam ficando para trás acabavam consumidos vivos.

— Socorro! — gritava uma mulher. Sua casa era uma das que desmoronaram, e seu marido permanecia desacordado entre os escombros. — Alguém ajude ele, por favor — suplicava, tentando sozinha levantar uma enorme viga de madeira caída sobre as pernas do marido.

— Deixe-o aí — disse um homem que passava.

— Ele está vivo! — ela berrou, indignada.

Shiro queria ajudar, mas o avô Hayato o puxava para longe dali, dizendo que precisava levá-los para um lugar seguro. O menino se perguntava se esse tipo de lugar ainda existia.

Quando o fogo atingiu a casa da mulher, ele apenas ouviu as súplicas dela se diluírem em meio ao barulho da multidão. Logo, a casa toda estava em chamas atrás do pequeno, e ele só torcia para que alguém tivesse parado e ajudado aquele pobre casal.

Entre uma e outra tentativa de olhar para trás, Shiro teve sua atenção chamada por um outro ser em meio à multidão. Estava próximo à casa que pegava fogo. As pessoas corriam e gritavam ao seu redor, e ele apenas observava, os cabelos bem arrumados, o terno bonito e o guarda-chuva em uma das mãos. Dois rapazes passaram correndo na frente de Shiro e, quando ele pôde olhar para longe, aquele homem não estava mais lá. O menino balançou a cabeça, pensando ter sido uma alucinação, e continuou seu caminho junto ao avô e à irmã.

— Deem as mãos — o avô pediu. Com a mão direita, Hayato ia abrindo caminho por entre as pessoas. A esquerda ficou segurando Michiko, que, por sua vez, segurava na mão de Shiro.

Os três seguiram assim por mais alguns metros até que a multidão os espremeu novamente. Era outra pilha de escombros caída pela rua, e os fugitivos tentavam escalar as pedras para se afastar o máximo possível do fogo que ainda se espalhava atrás deles. Ao lado direito do prédio em ruínas, as pessoas estavam enfileiradas para atravessar pela única passagem segura. Shiro foi puxado, e todos pararam perto do caminho que tinha um monte de gente na fila para seguir até o outro lado.

— Por favor, estou com duas crianças. Conseguimos passar? — Hayato perguntou, talvez na esperança de que alguém cedesse o lugar e os deixasse ir na frente.

— Saia daqui, velho — respondeu uma mulher que também segurava uma criança no colo.

Os Kurumoto não eram os únicos que tinham pressa. Eram centenas de meninos e meninas, de avôs, de avós, de mulheres. Essa era a maior parte da população que permanecia na cidade durante a guerra. Os homens, jovens e saudáveis, já perdiam a vida nos campos de batalha do pacífico há anos.

Enquanto Hayato insistia para colocar os netos na frente, Shiro viu mais uma vez o homem de terno preto, que agora estava do outro lado da rua, perto a uma viela que seguia para a avenida paralela.

— Vovô — ele chamou dando puxões na mão do idoso.

— Querido, um momento — Hayato respondeu e voltou a bater boca com duas mulheres que permaneciam diante da passagem.

Shiro olhou para o outro lado da rua e viu o seu amigo misterioso dar as costas e seguir pela viela.

— Neesan — ele agora chamava Michiko. — Veja! — Apontava para a viela.

— Tenha calma, otouto-san — Michiko rebateu, sem dar importância.

Diante da resposta da irmã, Shiro baixou a cabeça e esperou. Primeiro ele soltou a mão do avô, que continuava engajado em convencer aquelas pessoas a os deixarem passar primeiro. Ele observou Michiko ao lado de Hayato, prestando atenção na conversa. Devagar, Shiro saiu de perto deles e seguiu para a rua paralela.

O menino foi se esgueirando por baixo das pessoas, o tamanho diminuto o ajudava a passar com facilidade pela turba que se amontoava em linha reta, evacuando a cidade. Ele levou dois chutes, se espremeu por entre um casal que caminhava de mãos dadas, recebeu uma joelhada, caiu, engatinhou um pouco mais, teve sua mão pisada duas vezes, e alcançou o outro lado da rua, na viela que o levaria à avenida seguinte.

Imaginou que aquele ser misterioso queria lhe mostrar algo. Talvez ele conhecesse outra saída ou, melhor ainda, talvez ele soubesse onde estavam seus pais e seus irmãos. Com essa esperança na cabeça, o menino atravessou a ruela correndo e se deparou com a outra avenida, ainda mais movimentada. Ele olhou para todos os lados e não encontrou o homem de terno.

Confuso, ele coçou a cabeça.

— Amigo? — gritou. — Amigo!

E quanto mais procurava, mais longe da outra avenida Shiro ficou. Quando pensou em voltar, já não sabia por qual caminho ir. Viu-se perdido em meio a milhares de pessoas feridas e assustadas. Ele estava apavorado. Chamou mais algumas vezes pelo amigo que apenas ele via. Chamou por seu avô e por Michiko. Chamou pelos seus pais. Acuado, entrou em uma das lojas da rua e sentou-se em um canto. De lá, sentiu o calor infernal crescer e viu o fogo consumir quase tudo à sua volta.

***

Shiro abriu os olhos e se viu refletido no visor de Super-Kenji. Estava sendo carregado por um dos túneis do internato. Quem comandava o grupo e seguia à frente era o samurai Kazuo. Michiko vinha logo em seguida, levitando na forma espectral. Seus óculos estavam quebrados, flutuando diante de seu rosto. Mesmo assim, ela olhava para o espelho e ia guiando os irmãos.

Shiro gemeu e levou a mão à cabeça, tocando o enorme curativo. Sentiu metade de seus cabelos raspados e se lembrou da conversa que tivera com o doutor Sato alguns dias antes. Ele disse que fariam um cortezinho... o que Shiro sentia ali indicava que haviam aberto metade de seu crânio. Assustado, ele tentou falar e não conseguiu.

— Fedelho! — Kenji notou o irmão mais novo acordado e parou de correr imediatamente.

— Shiro-chan.[11] — Michiko voltou até eles, seguida de Kazuo. — Você está bem? — perguntou, tocando-lhe o rosto.

Shiro assentiu com a cabeça, mas não falou nada. As palavras não saíam. Sua mente estava embaralhada, e pronunciar qualquer coisa demandava um esforço enorme, como se ele nunca tivesse aprendido a falar.

— Vai ficar tudo bem — Kazuo falou ao pegar na mão do caçula. — Vamos tirar você daqui.

---

11. O sufixo -*chan* pode ser usado para se dirigir a crianças de maneira informal e carinhosa.

O samurai trazia uma feição diferente. Shiro via no irmão um semblante frio, muito distinto do olhar terno que ele sempre demonstrava. Mesmo assim, sabia que Kazuo faria o que estivesse ao seu alcance para voltarem a Hiroshima.

Ao redor deles, o fogo já havia destruído todo o covil. As paredes dos túneis começavam a ruir, vigas e pedras caíam do teto. O caminho estava cheio de fumaça e, mesmo usando seu espelho, Michiko não conseguia indicar com precisão uma passagem segura para o lado de fora.

Kazuo continuou liderando o grupo até parar diante de rochas que desmoronaram, fechando o túnel estreito. Shiro o viu tocar as pedras, parecia pensar. Se voltassem pelo corredor, não teriam tempo de sair dali com vida.

— Tem certeza de que a saída é por aqui? — Kazuo perguntou a Michiko.

— Sim, niisan.

O samurai se virou para Kenji e o guerreiro-besouro acenou com a cabeça, entendendo o que o irmão mais velho queria.

— Você fica aqui, fedelho — disse a Shiro ao colocá-lo no chão.

Se havia alguém entre eles forte o suficiente para retirar aquelas pedras do caminho, esse alguém era Super-Kenji.

Os dois irmãos mais velhos começaram o trabalho de mover os pedregulhos, e Michiko permaneceu ao lado de Shiro, deixando o caçula apoiar a cabeça no peito dela.

Mais partes do túnel continuavam a desabar. Atrás deles, um enorme buraco se formou depois que o fogo tomou as paredes e levou consigo o teto. Assustado, Shiro afundou ainda mais o rosto no peito da irmã. Ele não queria ver nada daquilo acontecer. Cheio de medo, ele apenas esperou.

Menos de dez minutos depois, Kenji e Kazuo já haviam removido boa parte das rochas, criando uma abertura pequena por onde, em breve, poderiam passar.

— Falta pouco — Kazuo falou.

Shiro já havia recuperado a esperança quando uma voz aguda ecoou no túnel apertado e o fez olhar para a direção oposta, onde o fogo queimava praticamente tudo:

— Olha só o que vocês fizeram! — Akane berrou ao sair em meio às chamas.
— Seus demônios!

O brilho nos olhos da diretora do internato ardia mais do que o fogo atrás dela. Shiro se escondeu ao lado de Michiko, que apontou o espelho para a mulher, lançando um raio de energia.

Com sua régua de madeira, Akane rebateu o ataque e o enviou de volta, acertando as mãos de Michiko e forçando-a a derrubar o espelhinho no chão. Shiro olhou com tristeza a irmã recolher os cacos do objeto espatifado. Sem o item mágico, a aura espiritual da garota se apagou.

— Termine — Kazuo ordenou a Kenji e veio ao auxílio dos irmãos mais novos. Enquanto o guerreiro-besouro continuava erguendo as pedras, o samurai parou diante de Akane e sacou sua espada.

A pele da senhora dos youkais estava cheia de machucados, e quanto mais ela se aproximava, mais Shiro podia ver as rachaduras que sangravam em vários lugares. Era como se todo aquele calor e o fogo tivessem destruído sua carapaça de disfarce. A youkai poderosa estava prestes a sair por inteira.

Akane deu mais dois passos na direção de Kazuo e começou a rasgar a própria pele com uma das mãos. Cada pedaço que arrancava revelava uma parte de seu verdadeiro corpo monstruoso por debaixo. Os dentes pontiagudos na boca arqueada, os olhos que choravam sangue. A pele do rosto branca e os membros que se estendiam cheios de ossos trespassando-lhe a carne. A última coisa a se transformar foi sua régua de madeira. Ela se fundiu ao braço direito de Akane e formou uma longa e pesada espada de ossos. Aquela sim era a verdadeira forma da senhora dos youkais, a mãe de todos os monstros que residiam naquele covil tenebroso.

Shiro cobriu os olhos quando Akane saltou para cima de seu irmão. Ouviu o estalo seco da espada de ossos sendo rebatida pela lâmina do samurai diversas vezes e sentiu em seu rosto algo molhado espirrar em seguida. Usou as mãos para limpar o sangue negro e gosmento que lhe sujara a testa. Diante de si estava o braço escamoso da youkai se retorcendo no chão após ter sido decepado por um golpe limpo da Kazenone.

Akane deu alguns passos para trás e se escorou na parede, soltando um urro que ecoou pelo túnel estreito e forçou Shiro a levar as mãos aos ouvidos.

Porém, apesar de ter sido ferida, não parecia que a senhora dos youkais estava fora de combate, muito pelo contrário... Um novo braço ainda mais forte surgiu do cotoco que lhe restara. O membro se retorceu e estralou até ganhar movimento. Akane abriu e fechou a mão e observou garras enormes surgirem de seus dedos esqueléticos. Aquela luta estava longe de acabar.

Novamente, os dois adversários voltaram a trocar golpes, mantendo os olhos de Shiro atentos. Ele notou que o espaço apertado do túnel limitava os movimentos de ambos os lados, mas dificultava um pouco mais a situação de Kazuo, que, além de lutar, tentava manter a batalha a uma distância segura de seus irmãos. Já Akane não parecia preocupada com isso. Seus golpes jogavam poeira e pedaços de rocha para todos os lados. Após defender a terceira espadada de ossos, Kazuo foi obrigado a pular com agilidade na frente de um novo ataque que Akane direcionou até Shiro e Michiko.

O pequeno estava acuado, a cabeça pressionada na parede, as unhas de Akane quase enfiadas em seu olho esquerdo. Foi por pouco, graças a Kazuo, que segurou a mão da youkai e quebrou o punho dela com um movimento firme.

Shiro soltou um suspiro de alívio ao ver Akane se afastar aos grunhidos. Ela balançou a mão ferida e a colocou no lugar, recuperando-a por completo.

— Ela vai continuar se regenerando — Michiko sussurrou.

Isso Shiro já havia notado. Um youkai com tamanho poder não seria derrotado facilmente. O avô Hayato cansou de contar histórias sobre esses demônios poderosos, cuja única forma de vencê-los era separar a cabeça do corpo. Só que o pescoço de Akane, além de grosso, contava com uma espessa carapaça de ossos servindo-lhe de armadura. Como Kazuo conseguiria feri-la mortalmente?

O avental de Shiro estava completamente encharcado de tanto que o menino transpirava. O calor ficava cada vez mais sufocante, o que também arrancava suspiros de agonia de Michiko.

A luta entre o samurai e a senhora dos youkais continuou ao mesmo tempo em que o fogo se alastrava pelo túnel. Shiro percebia que Kazuo ficava cada vez mais exausto, em uma luta que ele não era capaz de vencer sozinho.

Era, então, a vez de Kenji entrar na briga. Ele já havia liberado quase todo o caminho, restava apenas uma única pedra que ele levantou, mas, em vez de colocá-la ao lado, como fez com as demais, ergueu-a acima da cabeça e se virou para Kazuo.

— Kazuo-san — chamou.

Ao ver o irmão segurando o pedregulho, Kazuo se abaixou, e os olhos de Shiro acompanharam a rocha voar como um meteoro por cima da cabeça do samurai, atingindo Akane em cheio. A superforça de Kenji arremessou o monstro para o fundo do túnel, onde se estatelou entre as pedras e o fogo.

Kenji parou ao lado do irmão mais velho e cerrou os punhos diante de si. Estava pronto para lutar e ajudar Kazuo, o que arrancou um sorriso dos lábios de Shiro. Eram os dois heróis que o pequeno mais admirava, juntos para protegê-lo.

Akane se levantou atordoada e logo foi atacada por ambos. Kazuo com golpes de espada e Kenji com socos e pontapés. Enquanto a youkai usava os braços para se proteger do guerreiro-besouro, Kazuo encaixou uma espadada no pescoço dela, mas a armadura de ossos resistiu ao corte.

Shiro e Michiko se afastaram, indo para o lado onde Kenji havia liberado a passagem. Na outra extremidade do túnel, o fogo continuava enfraquecendo as paredes e as vigas que sustentavam a caverna.

Tanto a lâmina de Kazuo quanto a armadura de Kenji reluziam à luz das chamas, e Akane, de costas para o fogo, parecia um demônio vindo diretamente do inferno.

Shiro observou a luta continuar com Akane se defendendo dos ataques dos irmãos com movimentos ágeis. Entre uma e outra esquiva, ela contra-atacava usando as garras afiadas e golpes poderosos da espada de ossos. Um deles empurrou Kenji para longe, que, irritado, concentrou energia em seu punho e disparou um raio de fogo até a youkai. Akane, por sua vez, colocou a espada óssea na frente e refletiu o disparo. A força do raio era tanta que, ao ricochetear, o ataque de Kenji acertou uma das paredes e o chão diante de Akane, abrindo um enorme buraco entre eles. Depois, ainda passou de raspão no braço de Kazuo, arrancando dele um berro de dor.

— Niisan! — Michiko gritou, assustada.

Kenji aproveitou que Akane estava do outro lado do enorme buraco que se formara no túnel e correu ao auxílio de Kazuo.

— Você está bem? — perguntou.

— Foi só um arranhão — o irmão mais velho respondeu ao cobrir o braço queimado com uma das mãos.

Porém, Shiro podia ver o tamanho da queimadura que se estendia por baixo dos dedos do irmão. Um machucado feio que logo estourou em bolhas e deixou o ombro direito de Kazuo em carne viva.

E Akane não se contentou em apenas ferir o samurai. Ela saltou sobre o buraco que o raio de Kenji tinha criado e caiu em posição de luta diante dos dois. Em seguida, esticou seu membro de ossos e atingiu Kenji bem no peito, jogando-o de costas na parede.

O túnel atrás da youkai continuava desmoronando, o que indicava que os irmãos já não tinham mais tempo. Shiro pensou em seguir pelo corredor estreito, mas a escuridão do lado oposto às chamas o assustava tanto quanto a luta de Akane contra Kenji e Kazuo.

Enquanto a senhora dos youkais se concentrava no samurai, Kenji se recuperou do golpe e pareceu mudar de estratégia. Ele saltou por cima dos dois e caiu do outro lado de Akane, entre ela e o abismo que continuava se expandindo no chão do túnel. Kenji então agarrou Akane pelas costas e canalizou toda a sua força em um único raio de fogo no pescoço da inimiga, incandescendo os ossos de sua carapaça. Logo depois, acertou-lhe um murro, espatifando parte da armadura da monstrenga.

Aquilo dava a Kazuo a oportunidade derradeira para desferir um corte preciso. Após um grito determinado, o samurai empunhou a Kazenone com firmeza e fez a lâmina reluzir. O golpe horizontal cortou o ar de forma imparável, deslizou sob os restos da carapaça de ossos e perfurou a carne abaixo dela. Um urro aterrorizado escapou dos lábios de Akane ao passo que seu pescoço, agora exposto, era finalmente separado do corpo.

O túnel se encheu com um silêncio pesado, interrompido apenas pelo crepitar do fogo. A cabeça de Akane rolou até os pés de Kazuo, e Kenji arremessou o corpo desfalecido da youkai no abismo em chamas.

O samurai voltou o olhar para os irmãos, primeiro Kenji, depois Michiko e, por último, Shiro, então baixou a catana e respirou aliviado. Contudo, a atenção de todos se voltou para a espada quando ouviram o metal trincar. Uma rachadura surgia na lâmina da Kazenone, partindo-a ao meio.

— Não pode ser! — Kazuo praguejou, os pedaços de sua espada mágica voltavam a ser de bambu.

Enquanto a cabeça da senhora dos youkais desaparecia, o túnel do covil também ia se tornando o corredor do internato em chamas. Shiro assistiu ao samurai e ao guerreiro-besouro darem lugar aos meninos de doze e dez anos, respectivamente. Ambos feridos, queimados e exaustos.

— Como vamos sair daqui? — Michiko perguntou, olhando para seu espelho despedaçado.

Sem o item, seria praticamente impossível eles acharem a saída daquele lugar horrível. Ainda mais agora, que todos os caminhos pareciam tomados pelo fogo.

Sem opções, Kenji e Kazuo se sentaram ao lado dos irmãos para evitar a fumaça negra que ficava cada vez mais densa no teto.

— Chegamos o mais longe que pudemos — Kenji disse, tossindo.

O pior era que Shiro se sentia impotente. Se seu Mecha-man estivesse ali, certamente poderia retirá-los do internato com facilidade, contudo, o caçula não via o robô desde quando Hiroshima ficou em chamas e, daquele dia horroroso, ele se lembrava apenas do calor absurdo e do homem misterioso de terno preto. Ambos o haviam seguido até o internato.

Foi ali que, em meio ao fogo, o homem segurando o guarda-chuva surgiu como uma sombra. O caçula levou a mão à cabeça, no lugar onde estava o curativo de sua cirurgia. Lembrava-se vagamente de ter ouvido o doutor Sato falar que iriam ajudá-lo a se livrar dos amigos imaginários. Mas aquele ser não era imaginário. Era real e estava ali outra vez. Mesmo que apenas Shiro pudesse vê-lo, ele sabia que era real. Sem pensar mais nem um segundo, o menino se levantou e correu.

— Otouto-san — Kazuo gritou.

Shiro queria chamar o homem misterioso, mas ainda não conseguia pronunciar nenhuma palavra. Também não tinha tempo de tentar explicar o que era aquilo para os irmãos. Ele apenas torceu para que os três o seguissem depressa.

O homem de terno virou em um corredor à direita, depois outro à esquerda, passou por uma grande sala que também pegava fogo e finalmente alcançou um lindo jardim florido, abençoado pelo sol do verão japonês.

Ao sair, a luz ofuscou Shiro, fazendo-o perder de vista seu amigo misterioso. Kazuo, Kenji e Michiko saíram logo depois, segundos antes de a saída desabar. Os quatro olharam para trás assustados, vendo uma enorme torre de fumaça ganhar o céu. Não restava praticamente nada do lugar. Era o fim do internato. Era o fim do covil dos youkais.

— Vamos sair logo daqui — Kazuo ordenou e guiou os irmãos para longe.

Ao se afastar, Shiro olhou para trás uma última vez e viu o misterioso homem de terno ainda parado no jardim, o guarda-chuva aberto, protegendo-o do sol. O caçula acenou para ele em agradecimento, mas ele apenas deu as costas e desapareceu em meio à fumaça.

ARCO 2

A CIDADE DOS MALDITOS

9
A cabeça na janela

A guerra no Pacífico já se estendia por alguns anos e a situação do Japão começava a ficar cada vez mais delicada. Havia uma grande preocupação de que o conflito chegasse ao solo japonês cedo ou tarde. Por isso, diversas cidades iniciaram a construção de abrigos antiaéreos e instalaram sirenes para alertar sobre os possíveis ataques. Os aviões B-29 da força aérea americana faziam voos de reconhecimento cada vez mais constantes, e alguns já haviam disparado contra alvos civis em cidades próximas a Hiroshima.

Com o prolongamento da guerra, mesmo uma família mais abastada como a dos Kurumoto, que sofria menos com a falta de comida e de recursos, temia ter uma de suas crianças alvejadas por uma bala ou por uma bomba. Foi por isso que a senhora Kurumuto orientou aos filhos que apagassem as luzes e fechassem as janelas ao anoitecer. Mas era difícil convencê-los sem explicar o real motivo daquele pedido, principalmente porque eles eram poupados de todos os assuntos negativos referentes à guerra. E com Michiko a situação era pior, já que ela insistia em deixar as janelas abertas, pois gostava de contar as estrelas antes de dormir.

Naquela noite, a garota era a única acordada no quarto das crianças; seu rosto mirava o céu do lado de fora. Estava deitada no futon, coberta até a barriga com o lençol listrado. Só voltou a atenção novamente para o quarto quando percebeu a sombra de seu avô passando em frente à lamparina.

— Está com calor, querida? — o avô perguntou ao olhar a janela, a brisa noturna ondulava a cortina de seda.

— Não, vovô — ela disse, sorrindo —, apenas olhando o céu.

— Sua mãe não pediu para deixar as luzes apagadas? — ele questionou antes de desligar a lamparina.

— Eu me esqueci, vovô.

Hayato suspirou e ajoelhou-se ao lado da neta com aquele olhar matreiro que as crianças já conheciam. Estava prestes a contar alguma de suas histórias.

— O que foi? — Michiko perguntou, curiosa.

— Já ouviu falar sobre as Rokurokubi?

Michiko negou com a cabeça.

— São youkais perigosas, minha querida. De dia, aparentam ser mulheres comuns, como sua mãe, como a mãe de qualquer outra criança.

Ela se ajeitou no tatame, demonstrando maior interesse.

— Porém, de noite, elas assumem sua verdadeira forma. O pescoço de uma Rokurokubi se alonga como uma serpente e sua boca ganha presas enormes.

Michiko continuava em silêncio.

— Sabe por que ela tem o pescoço longo?

A garota negou mais uma vez com a cabeça, agora já encolhida e com um pouco de medo.

— Para espionar as janelas mais altas. Ela espera a criança dormir e depois entra no quarto para se alimentar sem que ninguém note. Nunca deixe a janela aberta! — ele repreendeu.

Michiko se cobriu até os olhos com o lençol. Tremia embaixo dele.

— Papai! — A senhora Kurumoto entrou furiosa no quarto.

A garota abaixou um pouco o lençol a ponto de ver a mãe ir até a janela para fechá-la.

— Estou tentando evitar que eles se assustem e você faz isso? — ela disse aos ouvidos de Hayato, ainda brava, não baixo o suficiente para que Michiko não ouvisse. Depois se virou para a filha, com a voz mais doce: — Não vai acontecer nada, minha princesa. Apenas mantenha as janelas fechadas, está bem?

Os adultos deixaram o quarto para que a menina pudesse descansar junto aos irmãos, mas Michiko não dormiu. Primeiro porque estava morrendo de medo das Rokurokubi. Segundo porque a sirene de alerta de bombardeios instalada na vizinhança tocou pela primeira vez naquela noite. E aquele som iria se repetir em inúmeras outras ocasiões.

***

Foi com o barulho da sirene ecoando em seus ouvidos que Michiko acordou assustada. Ela estava no quarto da mesma casa abandonada onde passara a noite com os irmãos. A janela com vidros estilhaçados permanecia aberta, mas ali não representava mais o perigo da guerra após a rendição do Império Japonês. Mesmo assim, Michiko pegou um dos cobertores surrados que estava jogado no chão e cobriu a vidraça. Seu medo eram os youkais, cuja presença ela ainda sentia aos montes. A cidade havia sido infestada.

Eles já estavam a alguns quilômetros do covil, o que lhes dava alguma vantagem contra os monstros que sobreviveram ao incêndio e foram colocados em seu encalço. Porém, a situação nos arredores de Hiroshima não era muito diferente daquela que eles deixaram para trás nos destroços do internato. Mesmo sem o espelho, Michiko ouvia os espíritos e outros youkais que vagavam perdidos por todos os lados. Traziam um lamento triste e de agonia, capazes de sofrer eternamente.

Shiro havia se aconchegado ao lado da irmã, e Kenji se deitara próximo à porta. Kazuo dormia sentado, agora com um novo curativo — além da faixa transversal na cabeça, cobrindo-lhe o olho e o rosto queimados, também tinha ataduras no braço, onde o raio de fogo de Kenji o acertara durante a luta contra Akane. Mesmo cansado, disse que ficaria de guarda, só que não resistiu ao sono. Com pena do irmão mais velho, Michiko colocou os óculos quebrados e tomou o seu lugar, vigiando pelo resto da madrugada.

Quando amanheceu, Kenji buscou comida e roupas nas casas da redondeza, se trocaram, comeram as poucas bolachas que ele havia encontrado e seguiram viagem. Kazuo tinha uma vaga ideia da direção para a casa deles, mas Michiko era boa de memória. E agora que não estava mais sob o efeito dos remédios do internato, ela conseguiria indicar com maior precisão os lugares por onde já havia passado.

Ainda estavam ao norte de Hiroshima e tentavam achar uma das margens do rio Ota. Esse era o caminho mais certeiro até os canais no centro da cidade, onde ficava a loja principal do senhor Kurumoto. De lá, Michiko saberia de cor chegar até a casa deles.

O problema era que a paisagem na cidade havia mudado bastante nas últimas semanas. Os prédios, que antes serviam de referência, agora estavam aos pedaços, as placas de trânsito derreteram com o fogo e até mesmo as árvores que Michiko admirava quando sua mãe a levava para a loja jaziam mortas e irreconhecíveis. Nem precisou que eles chegassem ao centro para que percebessem que seria uma tarefa bastante difícil encontrar o caminho correto. Ainda assim, persistiram. A primeira parte era achar o bendito rio.

Tudo na cidade exalava uma energia pesada, tão ruim quanto aquela que Michiko sentia no internato. Os quatro irmãos continuaram a jornada com cuidado, andando pelas vielas e ruas mais escondidas dos subúrbios ao norte. Tinham que permanecer pouco expostos, pois sabiam que muitos youkais ainda os caçavam.

A prova de que Hiroshima talvez estivesse pior do que o covil foi encontrada nas primeiras horas de caminhada daquele dia. Michiko parou diante de uma grande vala escavada no solo de um terreno baldio. O buraco obstruía o caminho que eles haviam traçado e era tão comprido que não se podia ver o fim em nenhum dos dois lados. Talvez dar a volta fosse atrasá-los demais.

— Dá para descer? — Michiko perguntou assim que Kazuo e Kenji foram até a beirada olhar a profundidade da escavação.

Lá, Kenji conseguiu manter o rosto virado para baixo por apenas dois segundos. Quando o vento jogou para cima o cheiro do lugar, o pouco que ele havia comido no café da manhã brotou de sua garganta. Ele tossiu e colocou tudo para fora. Kazuo também virou o rosto abanando o nariz como quem tivesse sentido o pior fedor de sua vida.

Curiosa, Michiko foi até os irmãos e logo se arrependeu. Alguns metros abaixo deles, estavam centenas de corpos jogados de qualquer jeito, amontoados sem nenhum cuidado. O cheiro azedo era tão forte que também embrulhou o estômago da menina. Mas não era o olfato o que mais sofria com aquela situação. Ao ver os corpos, Michiko sentiu a energia carregada do que acontecera ali; aquelas almas estavam inquietas, como se ainda sofressem. Mesmo em um grau avançado de decomposição, era possível imaginar que os corpos se levantariam a qualquer momento. Foram amaldiçoados.

Entre as dezenas de pessoas caídas na vala, Michiko observou rostos deformados, manchas negras na pele e ossos à mostra. Ela se sentiu fraca e se apoiou nos próprios joelhos. Então, tocou o seu braço onde uma mancha negra também havia aparecido. Perguntou-se se todos aqueles teriam sido vítimas do horroroso veneno dos youkais que a havia flagelado no internato.

Seguindo os irmãos, Shiro se aproximou, mas Kazuo o impediu de olhar para baixo.

— Melhor não, otouto-san. — disse virando o caçula para longe da vala.

— Como vamos passar? — Kenji perguntou, ainda recuperando-se do enjoo.

Kazuo apenas amarrou um pedaço de pano no nariz e na boca, depois repetiu o mesmo em Shiro e o pegou no colo.

— Vamos descer — respondeu.

Michiko arregalou os olhos como quem implorasse ao irmão que mudasse de ideia.

— Tá brincando? — Kenji contestou.

Kazuo não estava brincando. Michiko concordava com Kenji, o que raramente acontecia, mesmo assim imitou o irmão mais velho e cobriu seu nariz para se proteger do odor terrível.

— Não acredito nisso — Kenji resmungou e foi primeiro, deslizando os pés na encosta da vala até atingir o fundo, onde acabou tocando involuntariamente um dos cadáveres. — Eu não acredito nisso — repetiu, indignado. Em seguida, ergueu os braços para ajudar Shiro a descer.

Logo depois, Michiko iniciou a descida com o auxílio do irmão mais velho e terminou dando as mãos para Kenji do lado de baixo. Kazuo veio assim que os três estavam firmes no fundo da vala, e eles iniciaram a travessia.

Andavam em fila, com Michiko em segundo lugar, atrás apenas de Kazuo. Bastou ela pisar sem querer em um dos mortos que o ouviu reclamar.

— Argh! — o homem protestou antes de seu maxilar se soltar.

Michiko tomou um susto. Olhou para os irmãos e percebeu que nenhum deles havia escutado aquilo. Apreensiva, ela continuou o caminho, mas seus ouvidos insistiam em escutar o lamento de quase todas as pessoas largadas ali.

— Água, você teria água? — perguntou outro homem pelo qual Michiko passou. Estava sentado com as mãos colocadas em forma de concha na frente do corpo.

A garota prestou mais atenção. Pela posição de alguns corpos, deduziu que foram jogados com vida na vala e que morreram horas, talvez dias depois, implorando por ajuda. O que ouvia eram as últimas palavras de cada um, como se fossem repetidas incansavelmente.

— Eu quero minha mãe! — o cadáver de uma criança chorou ali perto.

— Ah, está ardendo muito — disse o homem no qual Kenji esbarrou. A pancada fez com que o braço do defunto se soltasse da pele decomposta e chamuscada, deixando os ossos escuros expostos.

E a cada passo em que eles se enfiavam naquele buraco, mais Michiko era cercada pelos lamentos e pelas súplicas por ajuda.

— Tem alguém aí? Eu não enxergo — a mulher falou ao esticar as mãos e tentar tocar Michiko. Havia cacos de vidro presos em seus olhos.

— Você viu minha filha? — um pai perguntou em desespero, encarando Michiko. — Você se parece tanto com ela!

A menina colocou as mãos nos ouvidos e pediu para Kazuo acelerar o passo. Queria sair dali o quanto antes.

— Esses cretinos americanos — outro homem praguejava com ódio. Ele gritava e apontava para cima. — São demônios! Puseram fogo no nosso país!

— Socorro!

— Água!

— Me ajude, por favor!

Os mortos se reviravam ao redor dos irmãos. Iam, aos poucos, se transformando em monstros, prontos para descontar sua tragédia em tudo o que ainda era vivo. Atordoada, Michiko passou na frente de Kazuo e correu. Já nem ligava mais se estava pisando nos corpos.

Deu um passo em cima do peito de um velho, e seu pé afundou nas vísceras. Caiu sobre outros dois cadáveres e empurrou uma mulher que teimava em segurá-la. Chutou a cabeça de um homem enquanto corria e a deixou rolando atrás de si. Quando alcançou o outro lado, fincou os dedos na terra e subiu o mais rápido que pôde até a rua, perdendo duas unhas no processo.

Exausta, Michiko se deitou com a barriga para cima e olhou para o alto, respirando fundo, tentando se acalmar. Seu corpo estava coberto pelo odor dos mortos, tinha alguns restos deles presos em suas roupas, até os óculos tortos estavam sujos de sangue pisado. Pelo menos as vozes foram ficando mais distantes, até que sumiram. A única que ainda ouvia era a de seu irmão mais velho, que a alcançara.

— Imouto-san, você está bem? — Kazuo perguntou, extremamente preocupado. Ele se sentou ao lado da irmã e segurou suas mãos machucadas.

Michiko olhou para os dedos sangrando e disse que não era nada. Afinal, estava aliviada por terem saído daquela maldita cova a céu aberto. Quando Kenji e Shiro os alcançaram, Michiko já estava de pé, pronta para deixar aquele lugar terrível para trás.

Afastando-se dos mortos, a menina olhou mais uma vez para o próprio braço, onde a mancha escura havia crescido. Assustada, ela ajeitou o casaquinho e escondeu o hematoma.

A contragosto de sua mãe, a pequena sempre se interessou pelas histórias de fantasia do avô. Era possível dizer que seu interesse era ainda maior do que o de seus irmãos. Fantasmas, espíritos e youkais a fascinavam. Sentia medo, é verdade, mas também sentia empatia por eles. Muitos daqueles monstros precisavam de ajuda, eram espíritos atormentados, que ainda perambulavam pelo plano terreno após uma morte trágica. Michiko apenas queria achar uma forma de devolvê-los ao mundo dos mortos, onde pudessem descansar. Foi por isso que ficou feliz ao libertar a mulher de duas bocas lá no internato, mesmo perdendo boa parte de seus cabelos.

No entanto, ali, depois da bomba, ela percebia que seria impossível ajudar todos os espíritos que vagavam pelos restos de Hiroshima. Se os youkais surgiam a partir de tragédias, a situação daquela cidade era incontornável. Centenas de milhares de almas seguiam perdidas pelos escombros sem entender que estavam mortas. Ainda sofriam, procuravam por familiares ou buscavam o caminho de casa. E Michiko, por ser a mais sensível à presença deles, sofria junto. Quanto mais adentravam Hiroshima, mais seu corpo compartilhava da dor daqueles que morreram. As manchas e a queda de cabelo eram as manifestações que apareciam por fora. Por dentro, o estado era ainda pior.

Os irmãos continuaram andando pelas ruas estreitas da periferia até que Kazuo, que seguia à frente, fez um sinal para que todos parassem. Ele se esgueirou em uma esquina e olhou para a avenida. Michiko veio em seguida, se abaixou perto do irmão e virou a cabeça para ver na direção em que ele olhava.

Kazuo rapidamente olhou para baixo e fez outro sinal, dessa vez pedindo silêncio. Era possível ver a sombra de um ser estranho andando pela avenida. Parecia um homem de tamanho avantajado. Quando a imagem escura continuou seu caminho e revelou o pescoço, Michiko deu um passo para trás. Era longo, enorme. Tão alto que a sombra da cabeça nem aparecia na rua.

A menina caiu sentada e parou de olhar para a avenida; em vez disso, teve sua atenção virada para cima, para o telhado da casa cuja esquina eles estavam escondidos. Para sua surpresa, a cabeça enrugada de um velho balançava acima de si, bloqueando a luz do sol. E ele falou com Michiko:

— Ei, menina — a voz rouca e assustadora fez a criança gritar.

Kazuo e Kenji ajudaram a irmã a se levantar e correram para a avenida, seguidos do pequeno Shiro. Quando atravessaram, Michiko olhou para trás e finalmente teve noção da criatura que estava ali. Um homem de quimono cujo pescoço longo passava por cima das casas para olhar pelas janelas. Após ver os irmãos fugindo, ele ergueu o pescoço tão alto, mas tão alto, que mesmo do outro lado da rua, Michiko teve que levantar completamente sua cabeça para olhar para cima. Ela sentiu tontura e caiu de novo.

— Não olhe para ele — Kazuo ordenou antes de pegá-la nos braços.

Kenji deu a mão para Shiro e os quatro correram para dentro de um sobrado na beira da avenida que, por sorte, estava destrancado. Assim que entraram na sala, Kazuo bateu a porta e a prendeu com uma tábua.

— Fecha tudo — disse em seguida.

Kenji foi rápido e fechou as abas de madeira das janelas, travando as trincas.

Por alguns minutos, os quatro permaneceram abaixados e quietos. Era possível ver a sombra da cabeça pescoçuda passar diante das frestas da persiana, como se procurasse uma forma de entrar. Shiro estava tremendo. Michiko pegou sua mão e a apertou com força.

Um barulho alto de batida na porta fez Michiko dar um pulo. A pancada se repetiu algumas vezes, a cabeça monstruosa tentando arrombar a entrada.

Silêncio.

Os irmãos se entreolharam.

Kenji se levantou, espiou pela persiana e fez sinal de que não via nada.

— Será que foi embora? — Michiko cochichou.

Mas a resposta veio no som de vidraça se estilhaçando. Os quatro olharam para cima, depois para a escada que subia ao segundo andar da casa. Nela, a cabeça monstruosa apareceu, com alguns pedaços de vidro presos em sua testa. Ela mostrou os dentes e desceu serpenteando o pescoço na direção das crianças.

— Ei, menina! — repetiu olhando na direção de Michiko.

Shiro berrou com o susto.

Enquanto o irmão caçula era agarrado no colo por Kenji, Kazuo e Michiko abriram a porta e correram para fora.

Ao saírem, a menina olhou para trás e viu o youkai retirar a cabeça da janela alta pela qual havia entrado. Em seguida, esticou o pescoço para frente e começou a persegui-la.

O monstro em si não era rápido, mas o pescoço ia se esticando, se esticando... Por mais que as crianças se afastassem do corpo do youkai, a distância entre eles e a cabeça ficava cada vez menor.

— Ali — Kazuo indicou um bueiro —, deve sair no rio.

— De novo, Kazuo-san? — Kenji contestou.

— Vai logo. — O irmão mais velho forçou Kenji a escorregar para dentro do buraco junto com Shiro.

Kazuo empurrou Michiko em seguida, e ela deslizou pelo cano cheio de lodo até parar sentada em uma poça na galeria subterrânea, os óculos caindo dentro da água esverdeada. O irmão mais velho apareceu ao lado dela logo depois.

— Niisan — ela reclamou, esfregando o quadril dolorido.

Kazuo teve tempo apenas de pegar os óculos de Michiko e de limpá-los na camiseta. Quando ia se desculpar, a cabeça desceu pelo bueiro atrás dos irmãos. O corpo do youkai era grande para passar pelo cano apertado, mas seu pescoço era longo o suficiente para permitir que a caçada continuasse.

— Menina! — a cabeça gritou ao se aproximar com violência.

A reação de Kazuo foi se colocar na frente da irmã e acertar um soco no rosto do youkai, fazendo-o recuar. Michiko então notou que aquela cabeça era muito maior do que uma cabeça comum. Tinha quase o seu tamanho. Isso só podia significar que os youkais na cidade estavam ficando mais poderosos com toda aquela energia da tragédia que Michiko vinha sentindo. E, além disso, eles pareciam ter comida de sobra devido à quantidade de corpos espalhados por todos os cantos.

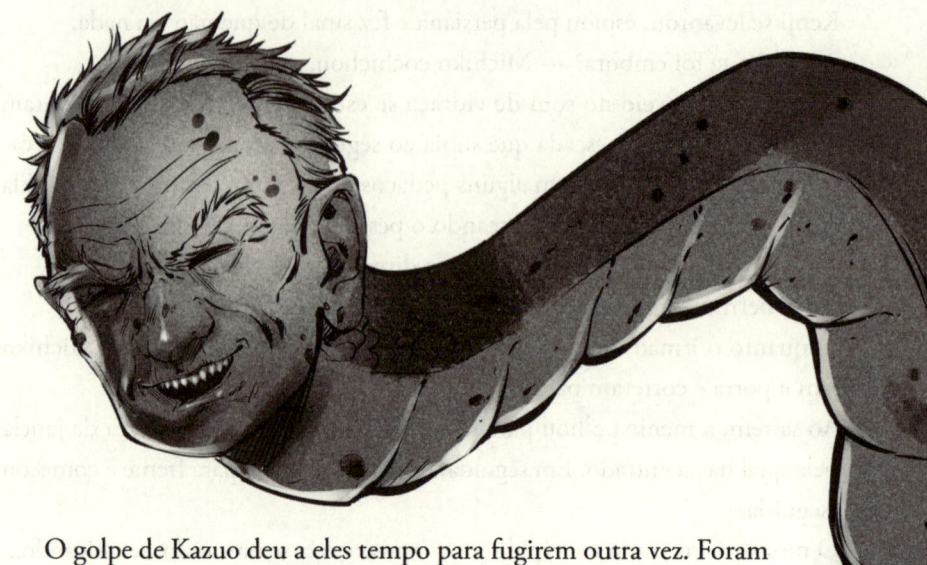

O golpe de Kazuo deu a eles tempo para fugirem outra vez. Foram se enfiando na galeria, passando por túneis e canos, a cabeça os seguindo, o pescoço se esticando infinitamente.

— Não podemos correr para sempre — Kenji falou.

— Mas lutar não é uma opção, Kenji-san — Kazuo rebateu olhando para sua espada de bambu presa ao cinto — A Kazenone está quebrada.

— Meu amuleto também não recuperou a energia depois da luta contra Akane — Kenji lamentou.

E o espelho de Michiko não funcionava mais. Portanto, não havia nenhuma arma que os irmãos pudessem usar contra o monstro naquele momento. O melhor que tinham a fazer era continuar fugindo.

Foram mais alguns minutos de corrida até que eles tomaram distância. Exaustos, pararam em uma das galerias para descansar. Tinham virado à direita, depois à esquerda, depois seguiram reto, depois viraram à esquerda novamente. Estavam fazendo caminhos aleatórios dentro dos túneis do esgoto para despistar o youkai, ou pelo menos para fazê-lo enroscar o pescoço em alguma das curvas dos túneis.

Toda a movimentação fez Michiko perder totalmente o senso de direção na qual estavam seguindo. Sem dúvidas, o esgoto escoava até o rio Ota, mas eles já não sabiam para qual lado o rio estava. Teriam que seguir o fluxo fraco da água lamacenta até chegar a algum lugar.

Foi acompanhando a correnteza que eles acharam o fim de uma das galerias. Terminava em uma parede com outro túnel mais estreito, cuja grade feita de barras de ferro acumulava lixo. Entre o monte, havia alguns pedaços de madeira entulhados e um pano largo e encardido.

Kenji, que estava um pouco mais à frente, parou ao lado da grade e a balançou.

— Dá para passar? — Kazuo perguntou.

— Sim, está solta — respondeu erguendo-a a alguns centímetros do chão. Ela corria por um trilho na lateral da parede, uma espécie de porta guilhotina. — Eu tive uma ideia — Kenji falou.

Ao longe, Michiko ainda escutava a voz rouca do youkai gritar:

— Ei, menina?!

Isso dava arrepios em sua espinha.

— Onde você está, menina?

Não demoraria até que aquela cabeça horrenda os achasse. Por isso, Michiko foi até Kenji e perguntou o que ele pretendia fazer. A resposta veio com ações. Kenji não era do tipo que tinha muita paciência para explicar. Ele preferia colocar a mão na massa.

Michiko assistiu ao irmão pegar algumas das tábuas de madeira e começar a quebrá-las com o pé. Em seguida, agarrou uma das ripas e a raspou no chão. Kazuo pareceu entender imediatamente o plano e passou a fazer o mesmo. Kenji deu mais uma ripa para Michiko e outra para Shiro e mostrou-lhes como afiar a ponta da madeira.

Os pedaços de pau estavam molhados e ligeiramente apodrecidos, o que facilitava seu desgaste. Mesmo assim, pareciam ser firmes o suficiente para a armadilha.

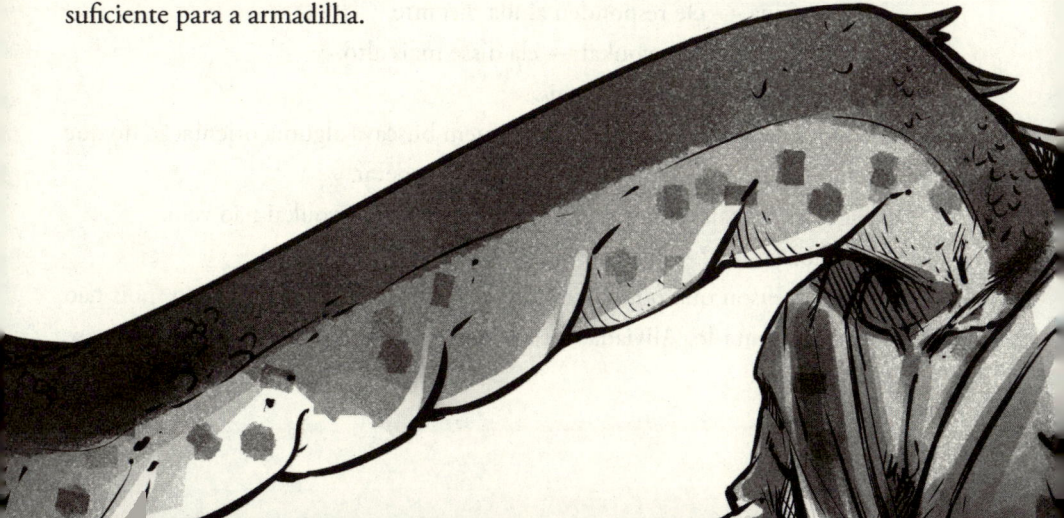

— Coloque aqui. — Ele indicou um lugar na grade onde Kazuo deveria pôr uma das estacas. Depois Kenji a amarrou com um trapo rasgado.

Os irmãos mais velhos de Michiko repetiram o processo até terem meia dúzia de lanças com as pontas amarradas para baixo. Kenji fez força para subir a grade, correndo-a pelo trilho enferrujado até escondê-la no teto. Os restos do lixo escoaram com a água suja. Ele posicionou uma última ripa de madeira no canto da parede, em pé, entre a base da grade e o chão, o que segurou toda a estrutura no alto. Depois, esticou um pedaço de tecido que havia amarrado na madeira até o outro lado do túnel.

— Pronto — disse, ao segurar o gatilho da armadilha.

— Agora só temos que chamar a atenção dele — Kazuo falou.

E os dois olharam para Michiko.

— Niisan? — ela contestou. Já esperava que Kenji fosse usá-la como isca, mas ver Kazuo concordar com isso a surpreendeu.

— É nossa melhor chance, imouto-san.

Sem ter como argumentar, Michiko concordou.

Enquanto os irmãos se escondiam nos fundos do túnel, depois da armadilha, a menina seguiu na direção oposta até o lugar onde três passagens se encontravam. A voz do youkai vinha do túnel do meio:

— Vem aqui, menina — ela escutou um pouco mais distante.

Michiko tremeu inteira e ameaçou voltar, mas assim que olhou para os irmãos, os três a encaravam encorajando-a. Kazuo acenava com a cabeça, Kenji gesticulava as mãos para que ela seguisse em frente e Shiro fazia um pequenino sinal de positivo com o polegar. Michiko respirou fundo, virou-se e continuou andando pelo túnel do meio, na direção da voz do monstro.

— Senhor youkai? — ela chamou.

— Ei, menina — ele respondeu ainda distante.

— Estou aqui, senhor youkai — ela disse mais alto.

E o monstro não respondeu mais.

Michiko se voltou aos irmãos, como quem buscava alguma orientação do que fazer. Kenji deu de ombros e Kazuo a mandou esperar.

Ela aguardou mais alguns segundos e a resposta do youkai não veio.

— Senhor youkai? — perguntou de novo.

Michiko pensou que o monstro havia desistido, o que seria ótimo, pois não precisariam enfrentá-lo. Aliviada, ela decidiu retornar aos irmãos e, assim que se virou, deu de cara com a enorme cabeça que a encarava vinda de uns dos outros dois túneis da bifurcação.

A garota paralisou com um nó na garganta. Diante dela, o monstro aterrorizante a fitava com olhos fixos e saliva caindo pelos cantos da boca.

— Menina! — ele disse mais uma vez.

Ela deu alguns passos para trás, na direção da armadilha. Não conseguia dar as costas para o youkai. A cada passo que se afastava, o monstro a seguia arregalando ainda mais os olhos.

— Te achei, menina!

E ela se afastou mais, quase tropeçando no caminho.

— Te procurei tanto, minha menina.

Michiko estava sem palavras, conseguia apenas dar passos, torcendo para que o monstro não decidisse devorá-la de uma só vez. Pensou em se virar e correr, mas chegou à conclusão de que, se o youkai quisesse mesmo devorá-la, já o teria feito.

— Achei que tinha te perdido, querida — ele falou.

E assim a garota viu, pela primeira vez, uma expressão alegre brotar no rosto da cabeça gigante.

— Onde está seu irmão? — o youkai perguntou.

— Meu irmão? — ela parecia confusa.

A garota continuava andando para trás até que passou pela armadilha, trazendo o youkai consigo. O pescoço do monstro agora estava bem debaixo das estacas que Kenji havia preparado.

— Sim, nós o perdemos naquele dia do incêndio — ele insistiu.

E a mente de Michiko voou daquela galeria fedida do esgoto de Hiroshima e foi parar em uma das avenidas principais, no meio da baderna daqueles que fugiam do fogaréu. Ela e o avô Hayato estavam desesperados procurando por Shiro.

— Otouto-san? — ela gritava em meio à multidão.

Já estava desistindo quando ouviu o avô berrar:

— Shiro-chan! — Hayato parou diante de uma loja em chamas e olhava para dentro por uma das janelas.

Michiko correu até ele e viu o caçula acuado, chorando, o rosto cheio de fuligem. A entrada do lugar estava coberta por pedaços de madeira que o fogo havia derrubado.

— Tenha calma, Shiro-chan — o avô disse.

Michiko achou um banco quebrado e o colocou diante da janela, ameaçando subir.

— Não — o avô foi incisivo. — Você fica aqui.

Hayato, mesmo machucado e sem firmeza em uma das pernas, subiu no banco e pulou para dentro da loja, protegendo o rosto com um dos braços. Michiko continuou assistindo a tudo assustada e viu quando ele agarrou Shiro e o colocou no colo. Depois, veio até a janela o passou para ela.

— Venha, vovô — Michiko falou ao segurar, com dificuldades, Shiro no colo.

Só que o fogo já havia consumido boa parte da estrutura daquele lugar. Ao passar Shiro pela janela, a parede atrás de Hayato desabou, caindo sobre as costas já feridas do idoso. Ele ficou preso entre as vigas em chamas.

— Vão — disse —, rápido.

— Não, vovô! — Michiko replicou.

— Vão logo! — ele insistiu. — Eu encontro vocês depois.

Com lágrimas nos olhos, Michiko obedeceu. Simplesmente puxou Shiro para longe da loja. Antes de deixar a rua, virou o rosto uma última vez e enxergou apenas a cabeça de Hayato pela janela. Mesmo com dor, o avô sorria para ela e a mandava seguir.

Foi exatamente esse sorriso que ela viu brotar no rosto do youkai.

— Eu disse que ia achar vocês, não disse, querida? — ele falou feliz.

— Agora! — Kazuo ordenou.

Michiko se virou para os irmãos a tempo de assistir a Kenji puxar o tecido amarrado na madeira que segurava a grade.

— Não, espera! — ela gritou, desesperada.

E a grade desceu com violência, perfurando o pescoço comprido com as estacas. A expressão de felicidade do youkai se transformou em agonia enquanto balançava a cabeça e se debatia nas paredes do túnel. Os olhos de Michiko se encheram de lágrimas ao ver o rosto do monstro se desfalecer a seus pés. A cada minuto que se passava, o youkai ficava mais parecido com o avô.

A garota levou as mãos ao pescoço e sentiu uma dor forte. Depois a tristeza aumentou. Ela compartilhava tudo o que aquele ser sentia. Tonta, Michiko olhou para baixo e viu as manchas em seus braços ainda maiores, depois ouviu o barulho da cabeça pesada cair no chão. Quando tentou focar na face do avô, morto diante de si, sua visão se escureceu.

— Imouto-san — ouviu a voz de Kazuo distante.

Imaginou seu avô forçando um sorriso em meio à expressão de dor.

— Está tudo bem, querida — ouviu —, eu ainda vou encontrar vocês.

10
Tengu-sama

Kazuo acordou com o coração batendo acelerado, quase saindo do peito. O menino saltou de seu futon quando ouviu a sirene do bairro, que soava tão alta que parecia estar dentro da casa dos Kurumoto. Atordoado, ele notou os três irmãos na mesma situação. Kenji já estava de pé, Michiko cobria os ouvidos com o travesseiro e Shiro coçava os olhos, aparentemente confuso.

A mãe deles entrou no quarto e ordenou que saíssem depressa.

— Que barulho chato — Shiro disse, encostando a cabeça no quadril da senhora Kurumoto.

— Não se preocupe, meu filho — respondeu. — Só precisamos sair de casa por alguns minutinhos.

Kazuo havia ouvido aquela desculpa inúmeras vezes. Os pais poupavam os filhos mais novos dos assuntos da guerra, mas ele sabia que aquele barulho soava sempre que um avião americano era avistado sobrevoando o território da cidade.

Ainda de pijamas, ele e os irmãos desceram correndo, encontraram o senhor Kurumoto e o avô Hayato na saída da casa e foram todos para fora. De forma organizada, alguns líderes comunitários guiavam as famílias até o abrigo antibombas da região, em uma breve procissão que se repetia de tempos em tempos nas madrugadas.

Kazuo escutou seu pai reclamar com um dos vizinhos:

— São três da manhã e esses malditos americanos ficam nos atormentando.

— Exato — o homem concordou. — Deve ser mais um alarme falso. Ficam voando sobre nossa cidade para nos assustar e não fazem nada. Covardes!

— É para nos vencer pelo cansaço — outro vizinho entrou na conversa —, mas o Japão jamais vai perder essa guerra.

— Claro que não! — o senhor Kurumoto falou, convicto.

Kazuo não sabia ao certo em que acreditar. Já tinha ouvido seu avô dizer algumas vezes que a guerra era um erro, mas os professores na escola reforçavam a visão que ele recebia de seu pai. Por todo o lugar, era possível ver e ouvir o orgulho do povo japonês, todos tinham certeza de que os americanos estavam errados e que logo seriam derrotados pelo poderoso exército imperial.

Os Kurumoto permaneceram por cerca de trinta minutos dentro do abrigo antiaéreo. Shiro já estava dormindo no colo de Kazuo quando o líder comunitário indicou que já podiam sair. Realmente tinha sido um alarme falso gerado pelo avião americano que fazia um voo de reconhecimento na madrugada.

Kazuo voltou caminhando ao lado do pai, que ainda reclamava, dessa vez para a própria esposa.

— Logo na segunda-feira isso! — ele dizia, exausto. — Tenho uma reunião importante com um fornecedor e ainda preciso receber as novas mercadorias logo cedo. Como é possível trabalhar direito dormindo assim?

— O funcionário não pode pegar os produtos? — a senhora Kurumoto perguntou, tocando-o no ombro.

— Acredita que aquele incompetente pediu dispensa esta semana? — o pai de Kazuo contou, com indignação. — Parece que um tio morreu na guerra... Ele deveria era estar feliz que sua família está lutando pelo Japão e parar de choramingar.

— Por que não leva Kenji com você? — ela perguntou, tentando achar uma solução.

Ele balançou a cabeça. Kenji seguia mais adiante, com Shiro, Michiko e o avô. Não estava perto o suficiente para ouvir a resposta do pai.

— O garoto não faz nada certo. Seria melhor Kazuo.

— Eu posso ir sim, papai — o primogênito se intrometeu. Queria resolver aquele problema antes que o pai ficasse irritado, mas sua mãe o cortou.

— Marido, por favor, dê uma chance a Kenji. Tenho certeza de que ele poderá receber as mercadorias sem problemas. Além do mais, Kazuo já ficou responsável por me ajudar com as compras antes da escola. — E ela se virou para o filho mais velho — Não se lembra, Kazuo?

Kazuo acenou com a cabeça. Tinha mesmo prometido ajudar a mãe. O senhor Kurumoto suspirou, finalmente se dando por vencido.

— É, de toda a forma, é melhor que seja Kenji a faltar à escola para me ajudar — disse, o rosto voltava a olhar para frente, mais tranquilo. — Afinal, um dia a menos de aula não fará diferença alguma para ele.

Quando chegaram de volta à casa, já eram quase quatro da manhã. A senhora Kurumoto preparou um chá para as crianças e ficou no quarto até que todos dormissem.

— Boa noite, meus amores — disse baixo antes de sair.

— Boa noite — Kazuo era o único ainda acordado para responder.

A senhora Kurumoto sorriu e voltou até o filho mais velho para beijá-lo na testa.

— Durma logo porque vamos acordar bem cedo, ok?

— Pode deixar, mamãe — respondeu sorrindo e fechou os olhos.

Naquela segunda-feira, a sirene tocaria mais uma vez pouco depois das sete da manhã. Como definido antes de dormirem, Kazuo já estaria no mercado com a mãe, e Kenji estaria chegando na loja com o senhor Kurumoto. Em casa, Michiko e Shiro estariam se arrumando para irem à escola, e o avô Hayato, que ficara responsável pelos mais novos, estaria sentado no tatame em frente à mesinha de café da manhã, tomando um pouco de missoshiro e bebericando uma xícara de chá.

Os líderes comunitários de diversos bairros dariam pouca importância para o alarme, uma vez que ele tinha acabado de ser em vão algumas horas antes. E muitas pessoas achariam que o avião B-29 avistado sobrevoando Hiroshima estaria apenas fazendo outro voo de reconhecimento, alto demais para alvejar civis com disparos. Eles só não sabiam que, depois daquela manhã do dia 6 de agosto de 1945, nenhuma sirene em Hiroshima soaria outra vez.

***

Kazuo colocou Michiko deitada no chão de grama escura. Eles haviam saído do esgoto, conforme o plano, e alcançado um pequeno parque às margens do rio Ota. Apesar de ser verão, as árvores estavam secas e praticamente sem folhas. Traziam uma sensação de morte como tudo o que Kazuo havia visto na cidade até então.

Fora das galerias escuras, o garoto finalmente conseguiu avaliar melhor a irmã. Seu estado era trágico. Magra, cheia de hematomas pelo corpo e com os cabelos ralos, como a cabeça de uma boneca velha.

— Está ardendo em febre — disse ao colocar a mão na testa da menina.

— Será o veneno dos youkais? — Kenji perguntou.

— Provavelmente, todos fomos expostos a ele no covil — Kazuo disse.

Não era apenas Michiko que parecia abatida. Os quatro estavam desnutridos, fracos. Shiro tinha um enorme curativo na cabeça e mal conseguia falar, Kenji já havia vomitado mais duas vezes desde que saíram dos túneis, e as queimaduras no corpo de Kazuo ainda doíam bastante.

Algo estava muito errado, e Kazuo não sabia mais se tinha sido o veneno, os remédios ou a falta deles. A única coisa que ele sabia era que não tinha mais volta. Eles estavam ali para achar os pais e era isso o que iriam fazer. Porém, era impossível seguir viagem com Michiko desacordada, então decidiram esperar.

— Veja isso, Kazuo-san. — Kenji mostrou alguns pássaros caídos na terra um pouco mais à frente; ele avaliava com cuidado o lugar aonde chegaram. — Parece que a cidade inteira foi contaminada pelo veneno. Está tudo morrendo.

Kazuo olhou ao redor e viu as árvores retorcidas, a terra negra, o céu com nuvens carregadas e até mesmo um punhado de peixes boiando na água poluída do rio Ota. Hiroshima estava morta. E se a destruição havia chegado até ali, quilômetros distantes do centro, Kazuo passou a se preocupar com a situação que encontrariam quando chegassem mais próximos de sua casa.

— Nii...san — Shiro chamou com dificuldades, puxando a manga da camisa do irmão mais velho. Ele apontou para a própria boca aberta, como se implorasse por um pouco de comida.

O gesto cortou o coração de Kazuo. Ele bateu nos bolsos, buscando qualquer resto das bolachas que haviam comido mais cedo, mas não tinha nada a oferecer ao caçula. Pensou então que o melhor a se fazer seria procurar algum alimento e água potável.

— Eu vou buscar alguma coisa pra gente — disse ao irmão mais novo. E se voltou para Kenji em seguida, que, naquele momento, recolhia algumas folhas de jornal que estavam jogadas pelo parque. — Cuide deles, Kenji-san.

Kenji deu de ombros. Kazuo sabia que podia confiar nele.

Aproveitando que o sol estava no alto do céu, ainda que coberto pelas nuvens espessas de fumaça, Kazuo seguiu de volta para as ruas de Hiroshima até chegar à linha de trem que descia paralela ao rio. De lá, começou a procurar lojas e casas abandonadas.

Próxima à estação, ele encontrou uma quitanda com as portas escancaradas. Entrou. As poucas frutas e os legumes expostos tinham apodrecido fazia tempo. Nem havia muita variedade, afinal, mesmo antes da bomba, Hiroshima sofria com a escassez de diversos tipos de alimentos devido à guerra. O menino parou diante da tenda com uma dúzia de maçãs e analisou as frutas escurecidas com algumas lagartas entrando e saindo de buraquinhos na casca. Balançou a cabeça com nojo e passou para a tenda seguinte; nela, encontrou batatas. Pegou as primeiras nas mãos e as jogou no chão ao notar mofo na parte debaixo. Depois achou duas que tinham uma aparência um pouco melhor. Deu uma mordida em uma delas e mastigou o tubérculo duro. "Gostoso", pensou, "melhor do que nada".

Foi atrás do balcão e conseguiu uma sacola de pano, na qual guardou o que havia pegado. Ainda havia mais duas tendas, uma com cenouras, todas roídas, provavelmente por ratos, e outra com uma cesta cheia de arroz cru. De longe, o alimento mais bem conservado.

Kazuo pegou mais três cenouras, as que tinham uma aparência mais comestível, e usou uma caneca para colocar dois punhados cheios de arroz em sua sacola. Não teria nem fogo nem água para cozinhar os alimentos, mas comê-los crus já ajudaria a saciar a fome. Ele amarrou a sacola nas costas e seguiu.

Ainda na mesma rua, se deparou com uma espécie de ateliê. A vitrine continha peças de madeira e metal, entre elas uma faca brilhante sobre um pedestal dourado. No canto, a plaquinha colada no vidro dizia "reparos e consertos".

O menino automaticamente levou a mão até sua espada de bambu presa à cintura. Se realmente quisesse ajudar os irmãos, não iria precisar apenas de comida. Sua arma, a Kazenone, deveria estar pronta para lutar outra vez. Kazuo sabia que aquela cidade amaldiçoada ainda guardava inúmeros desafios para eles. Após respirar fundo, entrou na loja.

Uma sineta tocou assim que a porta se abriu por completo, arrancando um gemido de susto do menino. Ele olhou ao redor e encontrou tudo vazio; havia apenas algumas estantes e prateleiras com utensílios velhos. Talvez a loja também vendesse coisas usadas.

— Tem alguém aí? — perguntou, e ninguém respondeu.

Kazuo seguiu até o balcão principal, onde alguns itens presos à parede chamaram sua atenção, entre eles algumas máscaras tradicionais japonesas que traziam o rosto de criaturas místicas, como a kitsune e a okame.[12]

Ao se aproximar das máscaras, Kazuo ouviu um barulho vindo dos fundos da oficina. Curioso, ele inclinou a cabeça pela porta de madeira e viu um corredor estreito que seguia até outra sala com as paredes repletas de azulejos na cor marrom. Kazuo entrou no que parecia ser uma grande casa de banhos escondida atrás da loja de reparos. Ali, a umidade era grande e havia vapor saindo por baixo de uma das portas mais à frente.

Kazuo tomou um susto quando um homem passou diante dele. Na verdade, não era bem um homem. A pele era avermelhada, cor de vinho, e a cara se parecia com a de um goblin barbado com um enorme nariz longo e pontudo. Ele estava sem camisa, com a pança gorda balançando sobre a toalha enrolada que lhe cobria as partes íntimas. Nas costas, tinha asas negras como a dos corvos. Quando o youkai notou Kazuo no banheiro, virou-se para o menino mostrando as sobrancelhas franzidas que davam a ele uma aparência antipática.

— O que faz aqui, garoto? — ele perguntou, sério.

Kazuo gaguejou.

— Vamos, diga — apesar da cara assustadora, o tom de voz do youkai não era dos mais agressivos. Parecia mais estar surpreso do que irritado com a presença do menino.

— O senhor é um tengu? — foi o que o menino conseguiu falar.

E, sim, Kazuo estava diante de um tengu. Ele logo se lembrou das histórias do avô Hayato sobre esse ser mitológico que tinha asas e era capaz de voar e de controlar os ventos. Além disso, muitas lendas os tratavam como habilidosos espadachins.

É claro que aquele tengu em específico parecia um pouco fora de forma para ser um poderoso guerreiro, mesmo assim, Kazuo abriu um sorriso quando o youkai confirmou que se tratava de um.

Devia ter sido invocado para proteger aquele lugar e acabou ficando por ali depois de tudo o que aconteceu em Hiroshima. Era uma tremenda coincidência

---

12. Algumas máscaras com figuras folclóricas eram usadas para trazer sorte e bons presságios. *Kitsune* é a máscara da raposa e *okame* é a máscara de uma mulher sorrindo com bochechas rechonchudas.

Kazuo cruzar o caminho com uma dessas criaturas. Pois, se houvesse alguém capaz de ajudá-lo a recuperar sua espada, esse alguém seria um tengu.

— Ainda não respondeu minha pergunta — o tengu insistiu.

— Peço desculpas por invadir sua casa, Tengu-sama — Kazuo fez uma reverência. — Meus irmãos e eu estávamos famintos. Eu vim para esses lados pegar um pouco de comida.

— Como pode ver, não há comida aqui — o youkai vermelho ressaltou.

— Não, na verdade, entrei na oficina por conta disso. — Kazuo retirou a espada quebrada do cinto e a mostrou.

— Interessante — o youkai comentou ao coçar o cavanhaque. Em seguida, virou as costas e seguiu na direção da porta por onde o vapor saía. — Boa sorte com isso — falou em seguida.

— Espere — Kazuo implorou. — O senhor não pode me ajudar? Sei que é um guerreiro poderoso e que entende de espadas. Além disso, esta é a Kazenone, sua lâmina comanda o vento, assim como as asas de um tengu.

O tengu parou por alguns segundos, mas não se virou outra vez para Kazuo; em vez disso, ele abriu a porta e deixou o vapor da sauna sair. Antes de seguir, disse:

— Se quiser, continuamos essa conversa aqui dentro. — E entrou.

Kazuo deixou a sacola de alimentos no canto e seguiu o demônio vermelho. Sentiu o bafo quente e úmido quase sufocante, mesmo assim, permaneceu firme e se sentou ao lado do goblin narigudo.

— Onde estão seus pais? — ele perguntou enquanto usava um leque para abanar o forno que mantinha a sauna aquecida.

— Nos perdemos deles depois do incêndio.

— Isso já faz um tempo, então — o youkai ponderou.

— Acho que sim, algumas semanas.

— E por que voltaram para este inferno?

— Para encontrá-los.

O tengu soltou uma risada debochada.

— Eles estão vivos! — Kazuo disse, furioso.

Diante da fala do menino, o youkai parou de abanar a fornalha e se virou para ele:

— Não duvido disso — falou.

— Então por que riu?

— Porque você não vai levar seus irmãos muito longe nesse estado em que está.

— Por isso preciso da espada.

Kazuo recebeu um olhar de cima a baixo do tengu.

— Seu problema não é apenas a espada — ele replicou e fitou o rosto queimado de Kazuo — Olhe para você. Está fraco, doente.

— Sou um samurai — Kazuo rebateu com firmeza. — Se tiver minha espada novamente, esses ferimentos não serão capazes de me parar.

— Entendo. E quer que eu a conserte?

— Sim, por favor.

Enquanto o tengu pensava, Kazuo revisitava os ensinamentos de seu avô em sua mente. Nenhum youkai fazia favores de graça. Aquele tengu cobraria um preço alto para ajudá-lo, e Kazuo não sabia se teria como pagar.

***

— Kazuo Kurumoto é o seu nome, certo? — o doutor Sato perguntou. Ele vestia um jaleco branco, o estetoscópio no pescoço e o tampão protegendo o olho ferido. Estava sentado na cadeira à frente do garoto. Ao seu lado e próximo à porta, a diretora Akane permanecia em pé.

— Sim, senhor — Kazuo respondeu.

Kazuo tinha as roupas imundas e seus cabelos estavam cobertos por cinzas. No rosto havia uma queimadura feia, que parecia ter sido malcuidada nos últimos dias. Ele também estava aturdido com tudo o que havia acontecido. Mal conseguia olhar fixamente no rosto do médico.

— Veio sozinho?

Kazuo não respondeu.

— Para ajudarmos, precisamos saber a verdade, Kazuo-kun.

— Vim atrás dos meus irmãos — ele ensaiou a resposta, olhando para baixo. — Eles estão aqui, não estão? — perguntou ao levantar o rosto e encarar Sato.

— Muitas crianças chegaram nos últimos dias. Tem sido uma semana bastante difícil, Kazuo.

— E os seus pais? — Akane indagou.

O menino travou. Não sabia como responder àquela pergunta de forma objetiva.

— Kazuo? — o doutor Sato insistiu.

— Tudo aconteceu muito rápido — ele iniciou. — Eu estava com minha mãe, mas me separei dela, não me lembro exatamente — disse, confuso, levando as mãos à cabeça.

— Ele está em choque — Akane concluiu em uma mistura de lamento e falta de paciência. — Estamos perdendo tempo.

Doutor Sato fitou a diretora por alguns segundos e assentiu.

— Você precisa descansar um pouco, Kazuo-kun. — Sato se levantou e foi até o armário no canto, do qual pegou alguns frascos, depois voltou até o menino, dando a ele dois comprimidos e um copinho de água. — Tome isto, vai se sentir melhor.

Kazuo engoliu os remédios e tomou a água em um gole só. Tudo o que ele queria era se sentir melhor. Queria acordar do pesadelo em que estava metido.

— O trauma de perder as pessoas que amamos é muito grande, Kazuo-kun — Sato iniciou —, mas ficará tudo bem. Vamos cuidar de você.

— Eles estão vivos! — Kazuo disse, irritado. — Meus pais estão vivos. Tenho que levar meus irmãos até eles.

O médico e a diretora do internato trocaram um longo olhar novamente. Akane respondeu:

— Vamos falar disso depois, agora precisamos limpar você e te dar algumas roupas.

A diretora chamou um dos monitores que entrou e tocou Kazuo nos ombros, pronto para levá-lo dali. Contudo, o menino não foi.

— Vocês não podem esconder meus irmãos de mim — ele disse com um olhar firme.

— Se eles estiverem aqui, você saberá — o doutor Sato tentou tranquilizá-lo.

— Eles estão aqui! — Kazuo gritou ao se levantar. Em contrapartida, o monitor o forçou a se sentar, segurando-o contra a cadeira.

— Eu sei que você passou por muita coisa...

Porém, Kazuo interrompeu Akane, se desvencilhou do monitor, sacou a pequena espada de bambu que tinha presa à cintura e a colocou contra o pescoço do doutor Sato.

— Vocês não vão me enganar — ele gritava. — Meus pais estão vivos e eu vou levar meus irmãos de volta, eu vou levar meus irmãos de volta!

Por mais forte que Kazuo pensasse ser, ele foi subjugado por mais dois monitores que entraram na sala e o mantiveram preso e esperneando enquanto o doutor Sato preparava uma seringa com o calmante.

— Meus pais estão vivos — ele chorava, um dos monitores segurando seu braço.

O médico administrou a injeção e Kazuo continuou repetindo a última frase.

— Estão vivos — ele dizia cada vez mais baixo. — Vivos...

***

Realmente, Kazuo não se lembrava como tinha chegado até o internato. Sabia que, depois de tudo o que acontecera no centro, ele tentou voltar para casa, mas não conseguiu. Ficara sem notícia dos irmãos por dias, até que, no próprio internato, os três chegariam um tempo depois dele.

A única coisa clara em sua mente era que ele havia feito a promessa de proteger os irmãos e que iria levá-los de volta aos pais, mesmo que isso lhe custasse muito caro. E era esse custo que Kazuo, naquele momento, dentro da casa de banhos, diante do tengu de toalha, estava disposto a arcar para ter sua espada de volta.

— Preciso de seu sangue — o tengu fez a proposta.

— Sangue? — Kazuo perguntou, confuso. Ele sabia que sangue era um alimento comum na dieta dos youkais, contudo, parecia um tanto quanto ganancioso da parte do tengu pedir algo de extremo valor para o garoto, uma vez que a oferta de sangue naquela cidade era imensa depois de tantos mortos.

Só que o tengu não tinha interesse nos cadáveres que perambulavam sofrendo por Hiroshima. Ele queria sangue quente. Sangue de um menino honrado.

— De quanto você precisa, Tengu-sama? — Kazuo perguntou. Não queria demonstrar medo diante do youkai.

Em vez de responder, o tengu se levantou, chacoalhou o suor das asas e arrumou a toalha.

— Venha comigo — disse em seguida.

Kazuo sentiu alívio ao sair da quentura da sauna. A nova sala na qual entraram ainda estava quente, mas nem se comparava ao calor da anterior. No meio dela, ele viu um ofurô vazio e pensou que era ali que as pessoas realmente se banhavam naquele lugar.

— Você sabe o que aconteceu aqui? — o tengu perguntou.

— Nesta casa de banhos?

— Não, garoto tolo — disse rindo, despretensioso —, em Hiroshima.

— Ouvi dizer que jogaram uma bomba — Kazuo disse, triste. — Os americanos puseram fogo na nossa cidade. — Mas a mente do garoto era incapaz de conceber a real magnitude de tudo aquilo. No fundo, ele se perguntava como uma simples bomba podia causar tamanho estrago? Teria sido mesmo uma bomba? Para ele, o que acontecia em Hiroshima estava muito mais perto das histórias de heróis e demônios que seu avô contava do que da realidade humana.

— Pois é — o tengu disse ao se sentar em um dos banquinhos de madeira da sala de banhos. Ele alongou os braços, depois esticou o pescoço e moveu as asas com cuidado. Demonstrava preguiça, na verdade. — A explosão afetou muitas coisas, como o suprimento de água — o youkai concluiu, olhando para o ofurô vazio.

— Meu sangue é para isso então?

O tengu sorriu.

— Encha a banheira e refarei sua espada.

Kazuo se aproximou do ofurô e viu que o espaço era enorme. Mesmo que desse todo o seu sangue, não seria capaz de enchê-la.

— Não sei se posso fazer isso, Tengu-sama.

— Ora, ora, se é o samurai que diz ser, um pouco de sangue não lhe fará falta.

Kazuo abaixou a cabeça e respirou fundo. Esticou o braço esquerdo sobre o ofurô e, com um movimento rápido, sacou a espada quebrada com a mão direita, golpeando o próprio punho estendido com a quina do bambu partido. Em questão de segundos, a corrente de sangue começou a descer abundante até o fundo da banheira, e Kazuo derrubou o resto da Kazenone no chão.

Os olhos do youkai se encheram de um brilho sedento. Ele se aproximou de Kazuo e cheirou o ar ao seu redor, deliciando-se com o aroma ferroso do líquido que escorria do braço do garoto.

— Quente e vermelhinho — disse ao passar o dedo na cascata de sangue. Em seguida, levou o indicador até a boca, fechou os olhos e mordeu os lábios. — Delicioso, Kazuo-kun. Delicioso.

Kazuo não ligou. Se esse era o preço, ele o pagaria.

E o sangue continuou escorrendo por bastante tempo. Primeiro do punho do menino Kurumoto, depois do braço do jovem guerreiro samurai. Quanto mais sangue caía naquela banheira, mais a espada de Kazuo brilhava ao seu lado. Quando o líquido já marcava a metade do espaço que deveria preencher, o tengu retirou a toalha e entrou no ofurô, ajeitando o corpo ao se sentar.

— Isso está maravilhoso — disse extasiado. — Continue, continue.

E o samurai continuou. A cada gota que caía, Kazuo sentia sua força se esvaindo. Começou a pensar se a espada consertada teria alguma serventia caso ele morresse ali. Mas também, se voltasse para os irmãos sem a arma, ele mesmo não teria serventia alguma para cumprir a promessa que fizera. Continuou.

O sangue já estava no peito do tengu quando Kazuo começou a sentir tontura. Ao seu lado, a espada brilhante agora crescia e recuperava a lâmina outrora quebrada.

— Falta pouco, Kazuo-kun. Não pare — dizia o tengu, deleitado com o sangue.

Kazuo fechou os olhos e desejou que aquilo acabasse logo. Não aguentava mais. Estava quase desmaiando. Não tinha nem forças para manter o braço estendido, muito menos para se manter de pé. Ele se ajoelhou na beira do ofurô e permaneceu fornecendo sangue. Já tinha ido longe demais para desistir. Iria até o fim.

Foram mais alguns minutos até que o brilho na Kazenone finalmente se extinguiu. A lâmina estava totalmente restaurada ao lado do Samurai. Vendo seu feito, ele sorriu e recolheu o braço ferido, cobrindo o corte para estancar o sangramento.

— Quem mandou você parar? — o tengu perguntou.

— A espada já está inteira — ele falou com fraqueza —, e a banheira está quase cheia, Tengu-sama.

— Mas eu ainda não estou satisfeito — o demônio vermelho bradou e se jogou na direção de Kazuo, agarrando-o pelo braço.

O samurai foi puxado para o ofurô, mergulhando em seu próprio sangue. Ele se digladiou com o tengu, tentou tirá-lo de cima de si. O demônio mordia o braço ferido do samurai sugando as últimas gotas de sangue que lhe restavam. Kazuo se desvencilhou do monstro e se apoiou na beirada da banheira para sair dali, e o tengu o alcançou outra vez.

— Vamos, me dê mais um pouco! — o goblin demandava.

Antes de ele ser tragado para dentro de novo, a mão do samurai alcançou a Kazenone do lado de fora, e voltou desferindo um corte certeiro na cabeça do monstro vermelho. O tengu se afastou de Kazuo com os olhos arregalados e, no mesmo instante, seu escalpo simplesmente se desprendeu da cabeça. A nova Kazenone era tão afiada que Kazuo nem sentiu o corpo do youkai resistir ao golpe. Com parte do cérebro à mostra, ele afundou no sangue de Kazuo, fazendo algumas bolhas emergirem na superfície.

O samurai estava ofegante. Ele praticamente se arrastou para fora da banheira e seguiu da mesma forma até a rua, deixando um longo rastro de sangue pelo interior da casa de banhos e pela loja de reparos.

Antes de sair, recuperou a sacola com comida que havia deixado no interior da loja e seguiu pelas vielas apoiando-se nas paredes. Atravessou a linha de trem e foi até o parque onde seus irmãos estavam.

Agora que tinham comida, e sua espada estava restaurada, o samurai pensou que só precisaria de um pouco de descanso antes de seguirem. Mas, quando alcançou a margem do rio, a única coisa que encontrou foi mais marcas de sangue e alguns barquinhos feitos de papel que boiavam na água suja.

Seus irmãos haviam sumido.

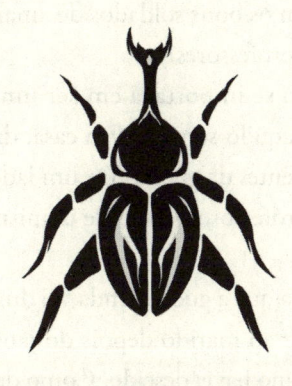

11
Kappiratas

Kenji ia mal na escola, isso era verdade. Mas, apesar do que podia parecer, o motivo não era falta de inteligência. Tratava-se de um dos alunos mais quietos, introvertidos e com uma dificuldade ímpar em se relacionar com os colegas. Sua cabeça parecia sempre estar em outro lugar, menos na escola. E se as matérias do currículo acadêmico pouco o motivavam, o que dizer da constante propaganda de guerra que foi empurrada goela abaixo das crianças durante todo o Império Japonês? Kenji odiava tudo aquilo.

Nas aulas de educação moral e cívica, ele aprendia sobre a importância de ser leal ao Japão e de respeitar as autoridades. Em história, o ensino era voltado a reforçar as tradições e promover o nacionalismo. Até nas aulas de língua japonesa, os textos usados de exemplos serviam para transmitir a ideologia do governo. Havia ainda matérias um pouco mais práticas, como matemática e economia doméstica, que tinham como objetivo ensinar as crianças a gerirem os recursos escassos no período da guerra. Por fim, a educação física e o treinamento militar, uma vez que os "bons alunos de hoje seriam os bons soldados de amanhã". Frase que Kenji ouviu diversas vezes da boca dos professores.

Só que o garoto pouco se importava em ser um soldado. No fundo, ele se perguntava para que tudo aquilo serviria. Em casa, diferentemente da escola, ele tinha duas visões bem diferentes da guerra. De um lado, o próprio pai, que repetia as mesmas ladainhas dos professores, cheio de ufanismo com relação ao império. Do outro, o avô...

— Meu amor, você acha que a guerra ainda vai durar muito? — uma vez Kenji ouviu a mãe dele perguntar ao marido depois do jantar. As crianças já deveriam estar dormindo, mas o menino havia descido. Como de costume, estava com medo de algum youkai escondido em seu quarto.

— Logo, logo vai acabar, querida. Estamos vencendo — ele respondeu, prontamente. — Todo esse sacrifício valerá a pena.

Era ainda o início da guerra, apenas o primeiro ano, e as coisas já começavam a ficar difíceis. Faltava comida nos mercados e muitos amigos da família já tinham enviado filhos para a guerra, inclusive o irmão mais velho do senhor Kurumoto, cujo filho estava lutando na linha de frente. A mãe de Kenji talvez temesse que o conflito se estendesse o suficiente a ponto de ela mesma ter que mandar suas crianças para a batalha. O governo, a cada dia, recrutava homens mais jovens.

— Como você tem certeza disso? — Hayato perguntou com certo desdém na voz.

— O locutor disse ontem no rádio, não ouviu? — o senhor Kurumoto rebateu, um pouco irritado com a pergunta do avô de Kenji. — Afundamos mais navios americanos essa semana. Aqueles imbecis terão que voltar para a América nadando.

— Só porque o governo mandou o pobre locutor dizer algo não quer dizer que seja verdade — o velho refutou, seguido de alguns muxoxos.

— Papai! — a senhora Kurumoto chamou a atenção, como quem pedia para que ele não discutisse.

— Você tem pouca fé no nosso país, velho — o pai de Kenji bateu na mesa, ainda mais irritado.

— Querido, ele não quis dizer isso — a mãe de Kenji interveio, tentando impedir a discussão, mas Hayato continuou:

— Eu tenho muita fé no nosso país e no nosso povo — ele respondeu orgulhoso. — Só não posso apoiar um governo que faz nossos jovens morrerem por uma guerra sem sentido. Se estivéssemos ganhando mesmo, não haveria tanta gente passando fome. Conheço várias pessoas que já não têm arroz em casa porque o governo levou tudo para alimentar soldados no campo de batalha. Você acha isso certo?

— Os soldados que defendem nosso país também precisam comer, velho idiota. Ou acha justo que nós aqui tenhamos banquetes enquanto eles passam fome e dão a vida pelo Japão? Todos têm que se sacrificar pelo bem maior.

"Todos têm que se sacrificar."

Essa era uma frase comum no discurso que Kenji ouvia na escola. Mas Hayato tinha a resposta para ela:

— Duvido que os ricos, os generais e o imperador estejam sacrificando alguma coisa...

Foi exatamente isso o que Kenji disse para o professor após ele repetir a famigerada frase do sacrifício coletivo durante a aula de educação cívica. Todos os alunos se viraram para o garoto, chocados. O professor mal sabia como proceder.

— Quem te falou isso? — ele perguntou com o rosto franzido.

Kenji percebeu que havia pensado alto demais. Não era para aquilo ter saído de sua boca, muito menos ali. Como recompensa, o menino foi deixado de castigo.

O problema é que aquele incidente transformou o garoto introvertido e isolado em um alvo para os outros alunos. Na semana seguinte, enquanto lanchava, Kenji foi cercado por cinco meninos de sua sala.

— Traíra maldito — disse o maior deles.

Kenji continuou comendo, sem dar atenção.

— Eu moro perto da casa dele — ouviu o segundo garoto dizer. — O avô é um traidor da pátria. Meu pai que disse.

— Sabia, ele puxou ao avô — provocou outro deles.

— Você não vai falar nada? — o primeiro se aproximou de Kenji e o agarrou pelo colarinho do uniforme. Kenji não reagiu.

— Acredita que o avô dele também fica contando umas histórias de fantasmas e monstros? Ele é maluco — continuou o suposto vizinho.

Kenji entrefechou os olhos, já bastante incomodado com os insultos ao seu avô. Ainda assim, o menino que havia agarrado na roupa de Kenji foi além.

— Seu avô é doente, deveria ser preso!

Em vez de responder com palavras, Kenji acertou um murro tão bem dado na boca do garoto, que ele caiu para trás com o rosto inchado e sem dois dentes. Em seguida, saiu correndo e chorando pelo corredor; o sangue escorria pelo queixo.

Não demorou até que os professores chegassem e encontrassem todos os meninos dizendo como o aluno traidor havia batido no colega sem nenhum motivo. Kenji continuou quieto e mais uma vez foi colocado de castigo.

Naquela tarde, os professores mandaram um comunicado até a casa dos Kurumoto, pedindo que seu pai fosse buscá-lo na escola. Quando soube, Kenji teve certeza de que dormiria com a bunda quente de tanto apanhar com aquela maldita espada de madeira de seu pai. Porém, quem apareceu para buscá-lo foi Hayato.

— Achei que o papai viesse — Kenji comentou enquanto deixava a escola com o avô.

— Ele está muito ocupado com as coisas da loja, Kenji-kun.

Aquilo só demonstrava que o pai de Kenji se importava a cada dia menos com ele. Mandara o avô buscá-lo, uma vez que seria perda de tempo repreender o filho que só dava desgosto.

— Me desculpe, eu não deveria ter feito aquilo — Kenji disse o que havia ensaiado falar para o pai.

Hayato parou de andar e se virou para o neto. Curvou-se levemente para olhá-lo na altura dos olhos e falou com a voz séria, dando um conselho que serviria para o resto da vida do garoto:

— Não se pede desculpas por defender aquilo em que acreditamos, Kenji-kun. Jamais. Mas também não devemos perder tempo tentando convencer aqueles que não estão abertos a entender o nosso lado.

Kenji assentiu.

— De qualquer forma — Hayato disse e piscou para Kenji —, tenho certeza de que aquele moleque mereceu a surra que ele levou. — A frase fez um sorriso brotar no rosto do menino.

Claramente, os dias que se seguiram não melhoraram muito a situação de Kenji na escola. Ele continuou sofrendo ofensas e até agressões físicas, como empurrões e beliscões escondidos dos professores, mas nunca mais ouviu um só xingamento ao avô Hayato. Aqueles dentes arrancados demarcaram o limite que Kenji estava disposto a aceitar, e seus colegas entenderam o recado.

Quanto ao resto, não se daria ao trabalho de revidar. Seria perda de tempo tentar convencer alguém a entender o seu lado, até porque nunca ninguém o entendia. Kenji havia se tornado um pária na escola, só que isso era algo que ele já estava acostumado a ser. Vivia como um há anos dentro de sua própria casa.

***

Enquanto Michiko descansava, Kenji usou os jornais que havia recolhido mais cedo para brincar de fazer origami.

— Vem me ajudar, fedelho — chamou Shiro, e o caçula correu depressa para perto do irmão.

Kenji sabia que Shiro era habilidoso com os trabalhos manuais. O pequeno gostava de desenhos e criava coisas diversas com qualquer material. Ele amava origami. Kenji pensou em fazer um barquinho, já que eles precisavam de uma forma de descer o rio. Talvez navegar correnteza abaixo fosse o meio mais rápido.

Shiro, ainda com dificuldades para falar, gesticulou e soltou algumas palavras, como quem duvidava da capacidade de um barco de papel levá-los em segurança pelo rio. Kenji deu risada.

— Ué, fedelho, não é você que faz robôs gigantes com caixas velhas? Vai me dizer que não consegue fazer um barco qualquer para descermos o rio?

Shiro parou e pensou, enquanto Kenji ria do desafio que acabava de propor. Se tinha uma coisa que ele gostava no irmão mais novo, essa coisa era a imaginação que o moleque tinha. Superava em muito a dos outros irmãos.

— Antes, proteger mana — Shiro sugeriu apontando para Michiko. Ele ainda não conseguia pronunciar frases completas depois da cirurgia. Tentando se explicar, apenas uniu as duas mãos em forma de cabana.

Kenji olhou para cima e viu que o céu estava se fechando. Nuvens tão negras e carregadas que pareciam magia de youkai. Talvez fosse mesmo interessante criarem um abrigo antes que a chuva caísse.

— Vamos deitá-la em algo mais confortável — Kenji sugeriu.

Com a primeira folha de jornal, Shiro fez algumas dobras e, assim que Kenji levantou Michiko nos braços, o caçula estendeu sobre a grama um tatame feito de papel. Depois pegou uma segunda folha, começou a dobrar e dobrar, puxou uma ponta, depois marcou o meio, desdobrou e dobrou de novo, até que, ao puxar os dois cantos do origami, uma tenda se armou sobre a cabeça dos três. Era grande o suficiente para dar espaço para Michiko dormir e ainda permitir que os dois continuassem o trabalho, agora no barco.

— Muito bom — Kenji parabenizou o irmão mais novo.

— Barco a vela? — Shiro perguntou, iniciando o barquinho ao dobrar um triângulo.

Kenji gostou da ideia. Continuou usando o papel que tinha recolhido para fazer o casco do barco, mas parecia não haver material suficiente.

— Vou precisar pegar mais — disse a Shiro —, você continua aqui trabalhando na vela.

— Sim, niisan — ele respondeu, feliz com a sua ocupação.

Kenji saiu da cabana e caminhou na direção da rua. O céu continuava se fechando, o que começava a preocupá-lo, principalmente porque ele não sabia o quanto Kazuo demoraria para voltar com a comida. Mesmo assim, abriu um sorriso de orelha a orelha ao se dar conta de que estava se divertindo com o irmão mais novo, algo que não fazia há tempos. De alguma forma, manter o fedelho seguro era o que o motivava a seguir em frente.

Durante todos aqueles dias sozinho, antes de chegar ao internato, Kenji viu uma oportunidade de abandonar o que o fazia sofrer em sua antiga vida. Não teria mais a escola ou a família. Sentia falta do avô e da mãe, verdade, mas o desaparecimento do pai, que o julgava o tempo todo, e principalmente do irmão mais velho, que estabelecia parâmetros inalcançáveis, parecia algo bom. Kenji não seria mais um pária. Seria apenas ele mesmo. E ali, com Shiro e Michiko, era exatamente assim que ele se sentia. Estava livre.

Não foram mais do que dez minutos, e Kenji voltou com uma pilha de folhas de papel. Agora sim teriam material para criar um barco e tanto. Porém, ao chegar à tenda onde estavam seus irmãos, Kenji arregalou os olhos.

— Que porcaria é essa? — perguntou, incrédulo.

Havia um enorme navio ancorado próximo à margem do rio Ota. Era todo feito de madeira, tinha mastros enormes e, no alto de um deles, flamulava hasteada uma bandeira negra com a caveira estampada sobre ossos cruzados. Um navio pirata.

Quando Kenji voltou sua atenção para a tenda, viu que ela estava sendo invadida por um grupo de youkais, usando bandanas e chapéus. Eles também tinham a pele verde e cascos de tartaruga nas costas.

A reação imediata de Kenji foi enfiar a mão no bolso e agarrar seu amuleto alienígena.

— Super-Kenji! — gritou, e seu corpo foi coberto pela armadura do guerreiro-besouro.

Shiro saiu correndo da tenda e foi perseguido por um dos piratas, forçando Kenji a saltar na direção do irmão. Ele preparou um murro no ar, no entanto, foi interpelado por outro youkai que entrou em sua frente e virou de costas, colocando o casco no caminho do soco do guerreiro-besouro. A mão de Kenji latejou. Como aquele casco podia ser tão duro?

Quando o monstro se virou, Kenji logo reconheceu a cara escamosa com uma espécie de bico verde: tratava-se de um kappa, o youkai das águas, meio humano, meio tartaruga. O desgraçado era baixinho, do tamanho de uma criança de uns dez anos, mas acertou Kenji com tanta violência que o fez voar quase cinco metros para trás, até quebrar o tronco de uma das árvores secas.

Ele se levantou um pouco atordoado e correu até Shiro, que também estava caído na grama. Enquanto verificava o irmão mais novo, outros dois kappas arrastavam o tatame com Michiko para fora da tenda.

— Ei, parados aí! — Kenji gritou, em desespero, ao ver a irmã ser levada.

Contudo, ele e Shiro foram cercados pelos youkais, impedindo-o de ir até a tenda. Kenji conhecia muito bem aquelas criaturas, muito comuns nas histórias do avô Hayato.

Os kappas viviam nas margens dos lagos e dos rios e devoravam crianças que se aventuravam sozinhas por seus habitats. Eles eram mais baixos que humanos comuns, porém tinham de três a quatro vezes a sua força e agilidade. Eram youkais muito fortes, mas tinham um ponto fraco. Na cabeça, uma leve depressão em formato de pires precisava sempre conter água. Caso a água secasse ou se derramasse, ele perderia seus poderes.

O avô Hayato cansou de dizer que a forma mais inteligente de se vencer um kappa era cumprimentando-o com reverências, pois, ele tenderia a repetir o gesto e derrubaria a água equilibrada em sua cabeça. Só que Kenji nunca havia ouvido falar sobre kappas piratas. Dava para notar que todos eles mantinham a cabeça coberta por chapéus, lenços ou bandanas. Talvez aquela fosse uma maneira inteligente de não expor sua fraqueza. De qualquer forma, aqueles youkais não pareciam dispostos a trocar cumprimentos como os da história que o avô de Kenji contava. Se realmente quisesse vencê-los, seria na porrada mesmo.

— Vamos comer rins hoje — um dos piratas falou.

Nas lendas, após afogar a vítima na água, o kappa usava seu braço, que é forte e maleável, para retirar as entranhas da pobre presa. Depois se saciava comendo os órgãos. Os rins eram os seus favoritos.

Com medo, Shiro se escondeu atrás de Kenji. O guerreiro-besouro não pretendia deixar que nenhum de seus irmãos tivesse os órgãos arrancados. Por isso, ele disparou um raio de fogo certeiro no kappa que estava à sua frente, jogando-o longe.

Enquanto trocava socos e pontapés com os demais inimigos, Kenji viu um dos piratas colocar Michiko a bordo do navio. Furioso, o guerreiro agarrou um dos kappas pelo braço e o rodou, usando o casco duro para atingir os outros três. Isso deu espaço para que ele e Shiro corressem na direção do barco pirata.

— Içar velas — bradou um dos marujos na proa.

Kenji acelerou o passo, mas quando atingiu a margem do rio, o navio já havia iniciado o percurso de descida. Atrás dele, os kappas que ficaram em terra se jogaram na água e seguiram o barco a braçadas.

— Shiro, rápido — ele apontou para as folhas de jornal.

O caçula correu para a tenda, pegou o que já havia feito e, em poucos minutos, finalizou o barco. Após jogar o origami na água, a embarcação se desdobrou e se transformou, permitindo que Kenji e Shiro navegassem atrás dos piratas como em um barco de verdade.

Kenji assumiu o leme e mandou Shiro soprar as velas. O caçula fez melhor. Ele usou outra folha do jornal para dobrar um enorme leque e, com ele, impulsionou o vento sobre a vela da embarcação, diminuindo a distância até o navio inimigo. Ao perceber a aproximação dos irmãos, os kappas prepararam dois canhões na popa do navio.

O primeiro tiro levantou uma torre de água ao lado do barco de Kenji, que precisou virar o leme para desviar do balaço. Foram mais dois disparos muito próximos até decidir que precisava contra-atacar. Ainda estava longe para usar seus raios de fogo, mas Shiro talvez pudesse ajudar de outra forma.

— Precisamos de alguma arma, fedelho.

O caçula acenou com a cabeça e começou a dobrar mais uma folha de jornal. Em menos de dois minutos, Kenji evitou três projéteis, e Shiro montou uma balista, colocando-a na parte da frente do barco. Em seguida, encaixou um arpão longo, também criado a partir do origami.

— Mire na vela! — Kenji ordenou. — Se afundarmos o navio, Michiko irá se afogar.

Demonstrando que entendeu, Shiro reposicionou a balista e mirou mais para cima, então atirou o arpão em uma parábola. Ele subiu, subiu e caiu na diagonal, levantando uma torre de água ao lado do navio.

— Quase — Kenji lamentou, mas continuou encorajando o irmão — Vamos, tente de novo.

O segundo tiro foi certeiro, rasgou a vela dos piratas e deixou o arpão preso na madeira do convés.

— Na mosca! — Kenji comemorou.

Sem poder aproveitar o vento, o navio inimigo desacelerou, contudo, os kappas não paravam de atirar. E quanto mais Kenji se aproximava, mais difícil era evitar os canhões. Um deles finalmente atingiu o barco, chacoalhando os irmãos em meio ao impacto. A água entrou furiosa pelo enorme buraco que se formou no casco de origami, forçando Kenji e Shiro a abandonarem a embarcação.

Com o irmão caçula nas costas, o guerreiro aproveitou que já estava a uma distância favorável e usou sua superforça para impulsionar o salto e cair sobre o convés inimigo. Logo foi cercado pelos marujos do navio, o que o forçou a colocar Shiro atrás de si e se preparar para a briga.

— Ora, ora — disse o kappitão, surgindo entre os piratas. — Finalmente encontrei vocês!

Tratava-se de um kappa um pouco maior que os demais, com a pele mais amarelada do que o verde comum da raça de youkai. Ele tinha a cabeça bem chata e um casco enorme nas costas. Kenji admirou o chapéu tricorne feito de couro com uma fita branca amarrada na parte de cima. Depois, observou o jaleco que ele ainda vestia, remetendo à sua antiga forma humana. Além disso, o pirata tinha o olho esquerdo coberto pelo clássico tapa-olhos. O menino reconheceu aquela figura instantaneamente.

— Doutor Sato! — Kenji praguejou. — Era para você ter queimado no internato.

— Sua peste! — o médico deixava de lado todo o tom amigável que usara nas outras vezes que se encontrou com as crianças. Ele estava furioso. — Vou levar vocês para um lugar muito pior agora. Vão se arrepender!

— Você é quem vai se arrepender se não me entregar minha irmã — Kenji rebateu.

— Não vou mais protegê-los, Kenji-kun — o kappitão Sato foi incisivo. — Hoje meus homens terão um banquete.

— Ensopado de entranhas de menina feia e mimada! — falou um dos kappas de bandana ao lamber os beiços.

Kenji cerrou os punhos o socou com força, arrancando o bico escamoso do youkai que havia insultado Michiko. A essa altura, já era sabido que tinha pouca tolerância a insultos à sua família, mesmo quando, às vezes, concordava com o que era dito.

O corpo do pirata caiu escorado no gradil do convés, arrancando exclamações dos demais youkais. Como uma turba furiosa, eles avançaram sobre Kenji.

Lutar e manter o irmão a salvo era uma tarefa árdua, ainda mais enfrentando tantos inimigos ao mesmo tempo. E eles eram fortes... Cada golpe que Kenji defendia deixava seus braços mais doloridos. Mesmo usando todo o seu conhecimento em artes marciais, o guerreiro-besouro começou a sentir os membros pesados, continuamente usados para defletir os ataques.

Ele parou outro murro com o antebraço e viu a armadura trincar, deixando parte da potência do golpe chegar até seus ossos. Acuado, manteve Shiro atrás de si e chacoalhou o braço ferido.

Com a movimentação da luta, Kenji acabou parando com as costas voltadas para um alçapão que descia ao porão do navio. O guerreiro olhou de canto para a passagem e pensou que os piratas pudessem ter escondido Michiko ali. Virou-se rapidamente para Shiro e o empurrou pelo alçapão.

— Ache a mana, fedelho — disse enquanto o caçula caía.

Ele sabia que Shiro daria um jeito de encontrar a irmã; o moleque era esperto. E sem o irmão mais novo por perto, Kenji podia lutar para valer.

Dois piratas ameaçaram entrar no alçapão para seguir Shiro, porém Kenji os agarrou pelo casco e os lançou para fora do navio. Depois, arrancou o chapéu que o terceiro usava e revelou a deformidade em formato de pires. Sem demorar, virou o monstro de pernas para o ar e deixou toda a água da cabeça do youkai cair. Instantaneamente, o kappa perdeu sua força e definhou, permitindo que Kenji quebrasse seu pescoço ao bater com a cara dele no chão do convés. Os demais piratas deram dois passos para trás, visivelmente surpreendidos.

— Matem ele! — foi tudo o que Sato falou.

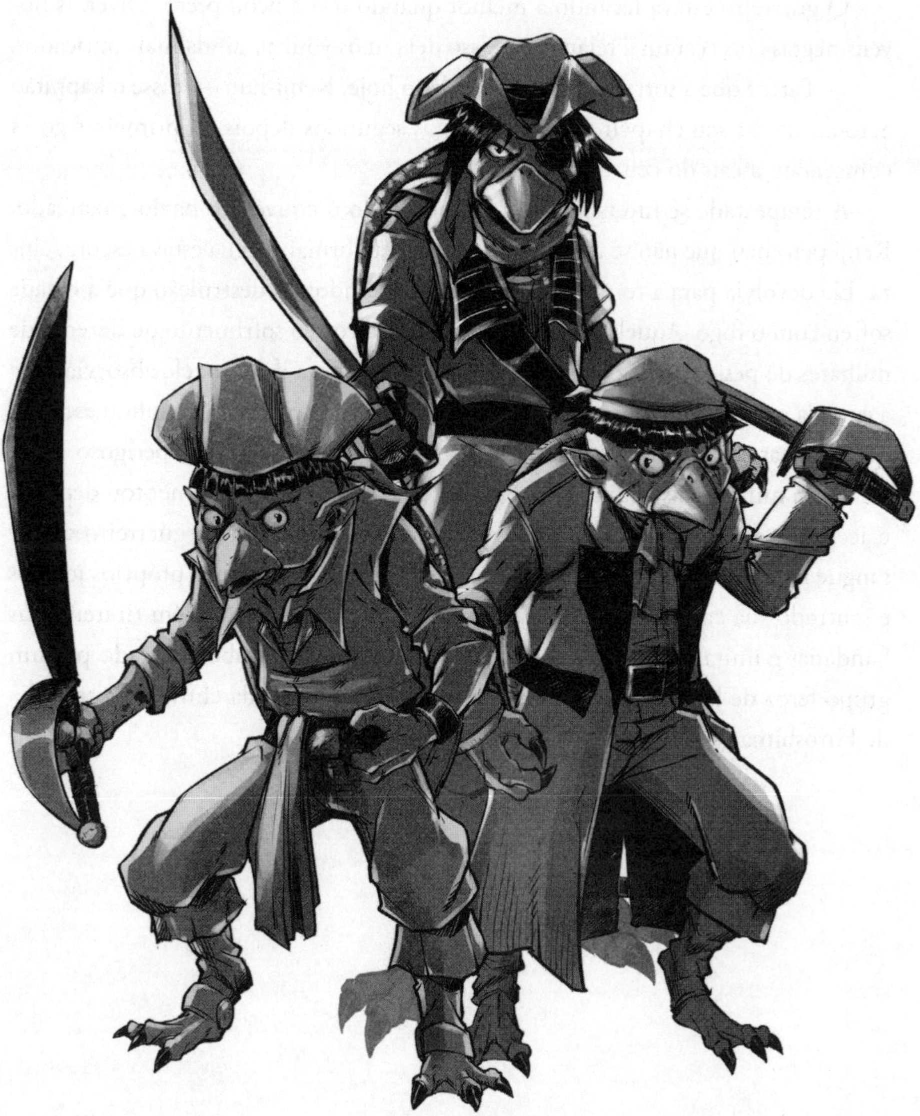

Kenji não se intimidou. Armou sua pose de luta e esperou que os monstros o atacassem. Repetindo a estratégia, ele conseguiu esvaziar a água de mais dois kappas antes de aniquilá-los. Um deles tentou se arrastar para fora do navio, mas Kenji pisou com tanta força em suas costas que seu pé estraçalhou o casco duro e mergulhou em uma pasta sanguinolenta de entranhas.

O guerreiro estava levando a melhor quando o céu ficou preto. Diversas nuvens negras começaram a relampejar. Isso deixou os youkais ainda mais ouriçados.

— Parece que a sorte não está do seu lado hoje, Kenji-kun — disse o kappitão Sato ao retirar seu chapéu tricorne. Poucos segundos depois, as primeiras gotas começaram a cair do céu.

A tempestade se intensificou, deixando todo o convés do navio enxarcado. Kenji percebeu que não se tratava de uma chuva normal; a água estava escura, cinza. Ela devolvia para a terra todos os dejetos oriundos da destruição que a cidade sofreu com o fogo. Aquela água estava maculada com o sofrimento de dezenas de milhares de pessoas. E, ao cair no recipiente da cabeça de Sato, ele absorvia toda a energia ruim que servia de alimento para os youkais. Seu corpo ganhou escamas mais grossas e braços mais fortes. Cresceu, ficou ainda mais feio e perigoso.

Com muito mais agilidade do que antes, o kappitão se movimentou depressa e acertou o estômago de Kenji com um soco brutal, fazendo o guerreiro cuspir sangue na parte de dentro do visor de seu capacete. Apoiado nos próprios joelhos e sentindo sua cabeça rodar, Kenji viu os demais inimigos também tirarem suas bandanas e imitarem o chefe. Em questão de segundos, acabou cercado por um grupo feroz de kappas que agora se alimentavam da água da chuva e da tragédia de Hiroshima.

12
Kaiju

Ao contrário do que o pai de Shiro dizia, o Japão não estava ganhando a guerra. Muito pelo contrário. A situação era tão crítica que o exército passava por dificuldades tremendas para manter recursos como armas, munição e combustível. Mesmo cobrando cada vez mais impostos e recebendo gordas doações de aristocratas japoneses apoiadores do imperador, o Japão sofria com um extenso bloqueio naval feito pelos inimigos, o que impedia o país de receber importações e de fazer comércio. Por isso, o governo tivera que tomar medidas ainda mais drásticas nos últimos anos do conflito. Uma delas foi a campanha de arrecadação de metal, em que as famílias foram requisitadas a entregar aparelhos e bens metálicos para que o Japão produzisse mais armamentos. Chegaram até a pegar as panelas nas casas das pessoas.

E como os Kurumoto eram de fato patriotas, o patriarca da família decidiu doar uma quantidade boa de ferro, com itens tanto de sua loja quanto de sua casa. Era a mando dele que a mãe de Shiro recolhia arames, latas e alguns produtos feitos de metal, como os restos de um fogão e as ferramentas de carpintaria do avô Hayato, que, apesar de ser contra doá-las ao governo, acabou cedendo, uma vez que já estava aposentado havia bastante tempo. Essa busca não demorou até chegar aos brinquedos de Shiro.

É claro que chamar os cacarecos com os quais Shiro brincava de "brinquedos" era um exagero. Ele gostava mesmo era do lixo que podia transformar em qualquer coisa usando sua imaginação. Ultimamente, tudo o que ele achava ia para o corpo do seu amigo robô, inclusive uma dúzia de latas que havia pintado e decorado com desenhos.

— Mamãe — ele reclamou enquanto a senhora Kurumoto recolhia as peças jogadas pelo jardim. — Essas são parte do braço do Mecha-man.

— Desculpe, querido — ela disse demonstrando entender a indignação do filho. — Nossos soldados precisam de metal. Todos estão se sacrificando pelo bem do país.

Shiro não achava justo ter que sacrificar o Mecha-man. Seria muito mais útil se sua mãe o deixasse levar o robô para a guerra, assim ele acabaria com todo o exército americano em minutos. Era verdade que o Mecha-man poderia ser muito mais proveitoso ao Japão se permanecesse inteiro, e se todos os japoneses pudessem vê-lo, claro.

Na manhã do dia 6 de agosto, Hayato ficara responsável por levar Shiro e Michiko à escola e, quando estavam se aprontando, aquela maldita sirene de alerta voltou a tocar bem alto.

— De novo isso! — Michiko reclamou. Todos já tinham tido uma madrugada terrível devido ao mesmo som. Estavam cansados e com sono.

— Deve ser mais um alarme falso — Hayato gritou lá de baixo. — Se apressem ou vão se atrasar.

Shiro tinha as mãos nos ouvidos enquanto Michiko o ajudava a amarrar os sapatos. Os dois desceram correndo e encontraram o avô na saída de casa. Ali, o som era ainda mais insuportável.

— Fala para eles desligarem isso, vovô — Shiro disse.

Mesmo com a sirene tocando, os moradores do bairro não pareciam muito preocupados. No alto, não era possível ver nenhum avião inimigo e o dia estava tão bonito que aquela sirene parecia apenas uma piada de mau gosto de algum moleque malcriado da vizinhança.

— Está tudo bem? — Hayato perguntou a um dos membros da associação de moradores que fazia uma ronda. Ao contrário da madrugada, ele não orientava ninguém a ir para os abrigos antiaéreos.

— Sim, sim. Avistaram um avião entrando no espaço aéreo da cidade, mas ele está muito alto, é certamente outro voo de reconhecimento daqueles americanos detestáveis.

— Detestável é essa guerra... — Hayato murmurou ao lado de Shiro, não alto o suficiente para que o vizinho ouvisse.

Antes de saírem de casa, Shiro checou o Mecha-man, que ainda descansava no jardim. Seu amigo gigante permanecia com as costas imensas apoiadas no muro da casa e tinha seu único braço repousando sobre o colo. Ele ficaria ali esperando o caçula voltar da escola para brincarem de tarde, como faziam todos os dias.

— Vamos, Shiro-chan — Hayato chamou.

Shiro e a irmã acompanharam o avô pela rua principal do bairro na direção da escola. Era uma manhã quente e tranquila, e continuaria tranquila se não fosse por um pequeno objeto que Shiro viu ao longe.

— O que é aquilo? — Ele apontou para o alto.

Hayato olhou para o céu e viu o avião americano voando bem lá em cima, como o membro da associação havia dito. Porém, alguns segundos depois, algo se soltou dele e caiu em direção ao solo.

— Ele derrubou alguma coisa — Shiro falou, vendo o objeto metálico reluzir ao sol.

Os três continuaram olhando para o alto até não poderem mais enxergar o que o avião despejou. Veio então um clarão forte que se intensificou atrás das casas. O deslocamento de ar quente seguiu acompanhado de um gigantesco tremor de terra e de um barulho estrondoso.

Em um gesto impensado, Hayato agarrou os netos e se virou de costas para o local onde a bomba caíra. Todos foram arremessados pela força da explosão. Pedaços de casas, carros e pessoas voavam. Parecia que tudo estava sendo varrido para longe.

O caçula e Michiko ficaram poucos segundos debaixo do avô, deitados no chão da avenida. Tempo suficiente para todo o seu entorno mudar drasticamente. As árvores estavam em chamas, prédios inteiros ruíram e enormes buracos surgiram no asfalto.

Uma nuvem densa de poeira fez Shiro tossir e, quando ele conseguiu se levantar, sua cabeça se inclinou para cima instintivamente, os olhos acompanhando o enorme cogumelo de fumaça que se erguia no céu.

— Você está bem, vovô? — Michiko perguntou, fazendo com que Shiro voltasse a prestar atenção no avô.

— Sim, querida, tudo bem. Vamos adiante.

Apesar das palavras tranquilizadoras do avô, Shiro viu que a realidade era bem diferente. Hayato tinha as roupas queimadas em suas costas, e parte de seu dorso estava em carne viva. Ele também demonstrou dificuldades de apoiar o peso em uma das pernas quando ficou em pé. Mesmo assim, fez tudo o que estava ao seu alcance para tirar as duas crianças da cidade.

Ele deu a vida pelos netos e, quando não pôde mais ajudá-los, coube a outro personagem levá-los em segurança até o internato.

***

Shiro bateu com a bunda na madeira após descer pelo alçapão. Mesmo dolorido da pancada, ele se levantou rapidamente e decidiu dar cabo da ordem do irmão mais velho.

— Ache a mana— Kenji disse antes de empurrá-lo para baixo.

Confiante, o caçula seguiu pelo porão até uma espécie de depósito, com canhões, munição e outras tralhas fruto da pilhagem dos bandidos. O problema era que os kappas haviam descido atrás do menino, e já se ouvia dois deles rosnando pelos corredores.

Shiro se escondeu dentro de um dos barris empilhados no canto e, pelas frestas das tábuas, pôde ver os piratas youkais revistarem o lugar. Olharam embaixo da mesa e atrás dos canhões, abriram baús e levantaram um tapete enrolado. Já chegavam perto dos barris quando outro kappa despencou pelo teto, quebrando as vigas de madeira na parte de cima do porão bem na cabeça dos dois. O buraco vinha do assoalho do convés, fruto da briga entre Kenji e os monstros lá em cima.

Aproveitando a confusão, Shiro jogou o ombro para um lado, depois para o outro, e balançou o barril até derrubá-lo, depois rolou alguns metros até sair um pouco tonto de dentro de seu esconderijo. Olhou para trás e viu os três youkais atordoados; um deles, mesmo coberto pela madeira, pôde trocar um olhar duro com o menino. Shiro correu, e a mão do youkai foi atrás dele, agarrando-o pelo tornozelo — essa era uma das habilidades dos kappas. Diziam que seus braços eram ligados um ao outro por dentro do casco, e eles esticavam um deles enquanto retraíam o outro, até quase dobrar o seu alcance inicial.

O menino tentava se arrastar para longe do youkai e chutava a mão do monstro com o pé livre. Só conseguiu se soltar quando agarrou uma das pilastras de madeira e puxou o pé com força, deixando o sapato com o kappa. Agitado, Shiro se levantou e saiu daquele depósito na direção dos quartos da tripulação. E foi no segundo deles que Michiko estava amarrada sobre o tatame sujo de papel.

— Neesan! — Shiro a alcançou e arrancou a mordaça que cobria sua boca.

Michiko já estava acordada, mas visivelmente confusa. Não tinha ideia de onde estava.

— O que aconteceu, otouto-san? — perguntou enquanto Shiro desamarrava suas mãos.

— O mano Kenji... — ele tentou, ainda com certa dificuldade para articular as frases. — Sato... piratas youkais.

As poucas palavras foram suficientes para Michiko entender que estavam em apuros. Ao ter as mãos livres, ela soltou os próprios pés e deu uma das mãos a Shiro, sendo guiada para fora do quarto até uma escada que saía no convés do navio.

Do lado de fora, a situação estava feia para Kenji. Cercado por uma roda de kappas, agora mais fortes devido à chuva escura que caía e preenchia seus reservatórios de água na cabeça, o irmão de Shiro era jogado de um lado para o outro, levando socos e pontapés que pareciam doer bastante.

Shiro e Michiko logo ficaram encharcados com a quantidade de água que caía do céu. A chuva era tanta que a própria correnteza do rio Ota aumentava drasticamente. Mesmo com a vela rasgada, o navio disparou pelas águas negras em direção ao centro da cidade, bateu em tudo o que estava em seu caminho, destruiu embarcações ancoradas e passou por cima de corpos que boiavam na água.

Preocupado, Shiro se debruçou no parapeito do convés e olhou para frente, seguindo o percurso do rio com os olhos até ficarem arregalados. Havia restos de uma grande ponte caída sobre a água. O navio estava em rota de colisão.

— Neesan! — ele gritou para Michiko e apontou para o leme.

Todos os piratas continuavam ocupados batendo em Kenji, o que significava que não tinha ninguém responsável pela navegação. Assustado, Shiro correu até o leme e o segurou segundos depois de Michiko:

— Vire para a direita! — ela ordenou.

Juntos, eles fizeram força e giraram o leme, forçando o navio a desviar do concreto. O movimento brusco e a força da correnteza fizeram com que o leme se quebrasse, a roda de madeira saindo na mão dos dois irmãos, e eles caíram para trás.

O caçula teve tempo de olhar Kenji e os kappas serem lançados para fora do navio assim que ele imbicou para a direita e bateu nas pedras do que antes deveria ser alguma doca na margem do rio. A proa foi moída pelas rochas e pelos escombros de prédios construídos ali, e o barco se partiu ao meio, tendo a metade da frente jogada para fora do rio e a outra metade afundando no leito volumoso.

Michiko e Shiro permaneceram sentados diante do leme quebrado, e a parte de madeira onde estavam saiu deslizando pela terra. Eles pararam um ao lado do outro em uma rua devastada.

Os dois se levantaram zonzos. Shiro coçava a cabeça no lugar onde tinha o curativo da cirurgia, e Michiko ajeitava seus óculos que agora haviam perdido por completo uma das lentes. Perto dali, Kenji também se reerguia em meio a diversos youkais mortalmente feridos com a batida. O guerreiro foi protegido por sua armadura de besouro que, por sinal, naquele momento, se desfazia em pequenos pontos de luz.

— Droga! — Shiro ouviu o irmão praguejar quando o poder do amuleto se esgotou.

Apesar de a maioria dos piratas não ter sobrevivido ao naufrágio, Sato estava bem o suficiente para permanecer em pé diante de Kenji, pronto para aniquilá-lo.

Shiro olhou ao redor e percebeu que tinham chegado ao centro de Hiroshima. A cidade estava completamente diferente do que ele se lembrava. Não havia praticamente um só prédio em pé. A chuva carregava uma lama cinzenta pela rua, que era seguida de lixo e até cadáveres mutilados. Uma cena horrenda.

Tudo aquilo só não conseguia ser mais assustador que o youkai que permanecia ameaçando Kenji. E ele estava maior do que antes. Seu tamanho, se comparado ao do irmão de Shiro, que agora não tinha mais sua armadura de besouro, chegava a ser covardia.

E, ao passo que o monstro acumulava mais água da chuva escura no recipiente de sua cabeça, maior ele ficava. Quanto maior ele ficava, mais água cabia em sua cabeça. Shiro assistiu estarrecido a Sato se transformar de um youkai de pouco menos de dois metros de altura em um gigantesco monstro reptiliano, cuja cabeça passava do topo dos prédios mais altos que ainda resistiam naquela região. Sato levantou a imensa pata e tentou pisotear Kenji, mas o movimento lento deu ao garoto tempo para correr até o outro lado da avenida. O pisão estremeceu o solo e demoliu o que restava de uma construção comercial ao lado de Shiro.

Após se recuperar do abalo sob os pés, Shiro seguiu com Michiko para o centro de Hiroshima. Escondeu-se atrás de um muro caído pela metade e olhou para o outro lado da avenida, onde o monstro gigante procurava por Kenji. Bastaria acertar um passo e o irmão mais velho de Shiro estaria amassado em meio a vigas de madeira e pedaços de cimento.

— Ajuda! — Shiro gaguejou, apontando para o lugar onde Kenji estava.

— Como?! — Michiko retrucou. — Olha o tamanho dessa coisa.

O kappa gigante usava as mãos para levantar partes destruídas de casas, enquanto tentava achar Kenji embaixo delas. Ele até arremessou um telhado inteiro para trás, que caiu a poucos metros de Shiro e Michiko, fazendo-os se encolher de medo.

— Ele vai destruir tudo — Michiko pontuou. Depois corrigiu: — Ele vai terminar de destruir tudo.

O monstro gigante continuava espezinhando o pouco que restou do centro da cidade ao passo que se afastava do rio, como se ainda perseguisse Kenji. Contudo, para a surpresa de Shiro, o irmão deles não tinha ido para aquele lado. Esperto, Kenji conseguiu despistar o gigante e agora estava diante dos irmãos mais novos.

— Você está bem, Kenji-san? — Michiko perguntou.

Ele não estava. Assim que se viu ao lado dos dois, Kenji abraçou a própria barriga e vomitou uma vez mais. O que saiu foi sangue, muito sangue.

Shiro correu ao seu auxílio, mas foi afastado pelo irmão.

— Estou bem — disse ao massagear o estômago. — Eu só apanhei um pouco desses cretinos.

Kenji era muito forte e destemido, Shiro não tinha dúvidas disso, porém, era claro que ele mentia para não preocupar os irmãos ou para não demonstrar fraqueza diante deles.

— Temos que seguir — o agora irmão mais velho disse. A loja do papai fica ao sul.

O caçula tinha certa noção de que deveriam continuar descendo para a região do porto de Hiroshima, mas era difícil saber exatamente por onde ir. A sensação era de que estavam andando em um lugar totalmente desconhecido e hostil, nada parecido com a cidade de que se lembravam.

Sem muitas opções, eles seguiram pela avenida paralela ao rio Ota, guiados por meio da margem em direção ao mar. Pelas contas de Kenji, não estavam longe da loja. Lá, poderiam esperar pelo irmão mais velho, já que o plano era seguir do centro até a casa deles.

— Kazuo? — Shiro chamou, aflito, o irmão.

— Não se preocupe, fedelho — Kenji respondeu — Não é a primeira vez que Kazuo fica sozinho. Tenho certeza de que vai nos achar cedo ou tarde.

O caminho pelas docas na margem do rio não era dos mais agradáveis. Agora que a chuva havia diminuído, os corpos que foram arrastados pela correnteza boiavam na água, a pele deteriorada, a barriga estufada. De tempos em tempos, alguns estouravam, liberando o gás pestilento da decomposição. O cheiro era horroroso.

Michiko não queria ficar muito perto do rio. Ela disse que podia ouvir os mortos reclamarem. Já estavam sedentos por vingança e em breve se levantariam.

— Vamos sair daqui — falou, a voz rouca. Shiro sabia que aqueles mortos drenavam a energia de sua irmã e, se continuasse assim, ela logo se juntaria a eles.

Os três chegaram ao mercado caminhando com cuidado entre os destroços da cidade. Porém, mesmo longe do rio, os cadáveres brotavam em abundância. Estavam sobre as pedras, largados na avenida. Apareciam em pedaços, carbonizados.

— Não aguento mais — Michiko parou apoiada nos próprios joelhos.

— Você está quente — Kenji falou após tocar a irmã na testa.

Shiro, por sua vez, não tinha o que fazer. Sentia-se inútil ao ver a irmã daquele jeito, magra, combalida, cheia de manchas pelo corpo e ardendo em febre. Ele se aproximou para abraçá-la, mas algo no alto chamou sua atenção. O sol fraco que ganhava espaço após a chuva foi bloqueado, e uma grande sombra surgiu sobre os garotos. Kenji teve tempo de agarrar os irmãos e se jogar para o lado, deixando que um enorme pedregulho rolasse pela avenida onde estavam.

— Aí estão os pestinhas — a voz grave de Sato veio como um trovão no céu.

O monstro gigante levantou outro pedaço de concreto e o arremessou na direção das crianças. Por pouco não esmagou Shiro, que, segundos antes de a pedra cair, conseguiu entrar em uma loja abandonada.

— Não adianta se esconder! — Sato provocou. De onde estavam, era possível ouvir os passos pesados do monstro gigante.

Kenji, Michiko e Shiro usaram a cobertura de um galpão para que o kappa gigante não os visse. Mas bastou um tapa do monstro no telhado de ferro para enviá-lo a diversos metros dali, revelando os irmãos. Furioso, Sato preparou um ataque final, e levantou um dos pés, pronto para esmagar os três. Shiro fechou os olhos e abraçou Kenji e Michiko, esperando pelo pior. E nesse momento o chão estremeceu uma, duas e depois três vezes. Ele voltou a olhar para cima a tempo de ver o monstro perder o equilíbrio com aquele terremoto. Sato deu um passo para trás em vez de pisoteá-los.

Shiro ouvia um barulho constante, sempre seguido de um tremor.

Tum, tum, tum...

Ele observou ao seu redor e viu, ao longe, algo vir correndo na direção deles.

Tum, tum, tum, tum...

E depois de diversos passos, a gigantesca criatura metálica chegou perto o suficiente para acertar a fuça do kappitão com sua mão pesada de ferro. O golpe fez Sato cair sentado. O chão estremeceu ainda mais.

— Mecha-man! — Shiro gritou extasiado. Diante daquela situação, as palavras até saíram mais facilmente.

O amigo metálico virou a cabeça para baixo, certificando-se de que as crianças estavam bem; em seguida, abaixou-se e estendeu a única mão que tinha para Shiro.

O caçula olhou de novo para os irmãos, acenou corajosamente e pulou na palma gigante de metal. Ele foi erguido até o peito do robô, onde uma porta se abriu para que ele entrasse na máquina. Lá dentro, sentou-se em uma cabine de comando e passou a ver pelo vidro reforçado que fazia parte da estrutura do peitoral do Mecha-man.

Shiro respirou fundo e tocou o painel de controle, agradecendo por seu amigo ter vindo em seu auxílio. "Senti sua falta", pensou.

Os dois haviam se visto pela última vez no dia em que Hiroshima pegou fogo. E, naquele momento em que estava novamente com o Mecha-man, Shiro se lembrou dos detalhes de tudo o que aconteceu depois que eles perderam o avô... por sua culpa.

Naquele dia, ele perambulou pela cidade em chamas junto a Michiko, seguindo a multidão até uma rota que dava nas montanhas ao norte. Em situações de desespero, duas crianças sozinhas, em vez de despertar empatia nas pessoas, se tornavam alvo fácil para serem passadas para trás. Lembrou-se de que adultos tomaram o lugar deles na fila de evacuação várias vezes, inclusive roubaram seu casaco e as sandálias de Michiko.

Shiro também recordou que foi empurrado no chão e quase pisoteado por uma turba de pessoas que tentavam sair da cidade de qualquer jeito. Michiko tentou defender a posição dos irmãos, mas levou um tabefe de uma mulher desesperada. Os dois acabaram ficando para trás, cercados pelo fogo, e, quando já não tinham mais esperanças de que sairiam dali com vida, ele se lembrou do Mecha--man. E o Mecha-man se lembrou de Shiro.

O robô deveria ter ficado em casa, como fazia todos os dias, esperando o menino voltar da escola, porém, naquela manhã, depois de tudo o que aconteceu na cidade, ele saiu à procura do caçula.

Enquanto Shiro e Michiko se espremiam, suados e sujos de fuligem, a cabeça do Mecha-man passou por entre os prédios em chamas. O robô gigante olhava para todos os lados andando desajeitado e evitava pisotear as pessoas. Shiro passou a enxergar o amigo dos ombros para cima quando o robô parou na frente de um prédio um pouco mais baixo. Após abrir um sorriso de orelha a orelha, ele gritou e acenou até que o robô olhasse em sua direção.

Usando o braço que lhe restava, Mecha-man ergueu os irmãos e passou por cima da fila de evacuação, ignorando-a completamente. Em algumas horas, ele já havia se afastado o suficiente do fogo, chegando à base de um dos montes que ficava ao norte de Hiroshima. Ali, alguns dias depois, as crianças seriam encontradas pelas autoridades e direcionadas até aquele internato, onde finalmente se reuniriam com Kazuo e Kenji.

Shiro se sentiu culpado. Ele sempre foi o mais protegido, o mais poupado das coisas ruins. Mas estava longe de ser inútil. Muito pelo contrário. Se não fosse por ele e pelo Mecha-man, ele e Michiko não teriam chegado ao internato. E agora era o momento de retribuir o cuidado que todos tinham com ele, de provar que também podia proteger os irmãos. Aquele kappa gigante era seu adversário e, graças ao Mecha-man, eles lutariam de igual para igual.

Decidido, Shiro empurrou uma das alavancas na cabine e fez o robô avançar contra o youkai, que acabava de se recuperar do primeiro ataque. Com apenas um dos braços, a máquina de combate comandada pelo garoto tentou atingir o monstrengo mais uma vez, porém, agora Sato não estava desprevenido. Ele defendeu o golpe de Shiro com um dos braços e revidou com o outro, arrancando uma parte da lataria do peitoral do Mecha-man, ao lado do núcleo de energia que fazia o robô funcionar.

Em vantagem, o inimigo continuou investindo com socos e pontapés, golpes que o robô tinha dificuldades de evitar com uma só mão. Depois de receber quatro ataques certeiros, o Mecha-man se desequilibrou e caiu sobre os escombros de um alto prédio no centro de Hiroshima.

Shiro moveu os controles e apertou os botões. Tentava a todo custo colocar o robô de pé outra vez. Já Sato não demonstrava piedade; queria se vingar das crianças e descontava em Mecha-man todo o seu ódio. Os chutes amassaram mais placas no corpo do robô, danificando pontos vitais de suas articulações. Quanto mais apanhava, menos o mecha respondia aos comandos de Shiro. Restava ao garoto pouco a fazer. No meio do painel de controle, havia uma alavanca de emergência, coberta por uma caixa transparente. Shiro respirou fundo após sentir a cabine sacolejar mais algumas vezes e levantou a tampa. Ele colocou as duas mãos na alavanca e puxou ao mesmo tempo que disse:

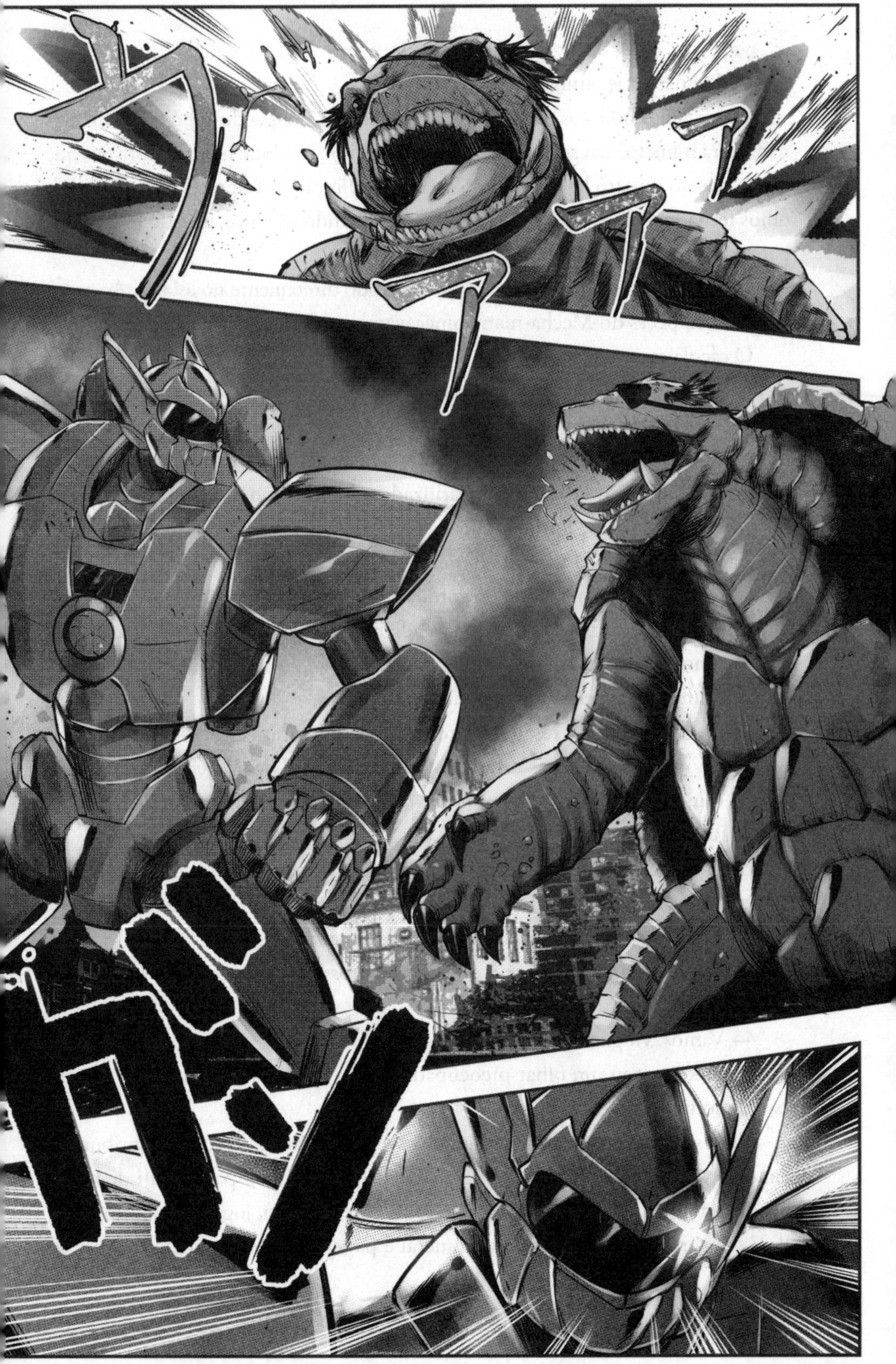
ガン

— Me desculpe, amigo.

Um estalo ecoou nos ouvidos de Shiro e toda a energia do robô foi redirecionada para o núcleo em seu peito. A luz forte tomou a cabine bem na hora em que um poderoso disparo laser subiu do mecha na direção do kappa gigante. Com os olhos fechados, Shiro ouviu uma explosão e, quando os abriu, assistiu a Sato cair para trás com um buraco bem na cabeça.

O chão estremeceu ao receber o casco pesado diretamente no asfalto. Ao redor de Shiro, as peças do Mecha-man começavam a se desprender umas das outras.

O caçula escutou Kenji e Michiko chamarem por ele enquanto saltavam sobre os pedaços do robô, espalhados por diversos metros. Shiro permanecia sentado em sua cadeira, segurando apenas a alavanca que se desprendera do painel, agora desmontado diante de si. Mecha-man estava destruído. Toda a energia que o mantinha funcionando havia sido utilizada para um ataque final, capaz de parar o monstro gigante. Funcionou, mas Shiro havia perdido seu melhor amigo. Mecha-man tinha dado sua vida por ele.

Com a ajuda da irmã, ele se levantou. Tinha algumas lágrimas nos olhos, mas sabia que havia feito o necessário. Mais adiante, Kenji observava o kappa reduzir de tamanho, já que o ataque do robô havia danificado o recipiente em sua cabeça e a água infectada da chuva já não lhe dava poderes.

Shiro se aproximou a tempo de presenciar Sato retornar à sua estatura original. Até mesmo algumas de suas características youkai iam desaparecendo, restando apenas o médico de jaleco e tapa-olhos, meio kappa, meio humano. Estava derrotado, mas ainda vivo.

Com medo, Sato se arrastou para longe dos irmãos e Kenji o agarrou pela perna, puxando-o de volta. Ele então jogou o médico diante de Shiro.

— Vingue o Mecha-man, fedelho — disse, em uma ordem.

O menino hesitou. Kenji revirou os escombros até apanhar uma barra de ferro que entregou ao caçula.

— Vamos, vingue o Mecha-man — repetiu.

Michiko trocou um olhar preocupado com o irmão mais velho, mas mesmo assim não interveio.

Shiro segurou a barra com as duas mãos e se aproximou do youkai moribundo, dando a volta até ficar de frente para os irmãos. Ele olhou para Kenji de novo, depois para Michiko e então para os restos do Mecha-man, jogados atrás dos dois. Para sua surpresa, entre as peças de metal e papelão, aquele homem misterioso de terno assistia a tudo, ainda segurando seu guarda-chuva aberto. Shiro viu seus dentes reluzirem a luz que refletia em parte de seu rosto, e ele sorria.

— Shiro! — Kenji chamou sua atenção uma vez mais.

Os dedos do menino se enrijeceram e apertaram a barra com força. Ele a levantou sobre a cabeça, fitou o rosto de Sato todo machucado e depois olhou de novo para o ser de terno, de quem recebeu um aceno com a cabeça, dando consentimento ao que o menino estava prestes fazer. Era sua vez de deixar um cortezinho na cabeça do médico youkai.

Então ele bateu.

— Mais forte! — Kenji ordenou.

E Shiro repetiu o golpe umas dez vezes, sempre com mais força e mais raiva. Ele estava furioso. Tinha perdido o Mecha-man, tinha perdido seu avô, tinha perdido quase tudo.

Após recobrar o pouco de controle que ainda tinha, largou a barra de metal sobre o tapa-olho em meio à gororoba amarelada de carne que sobrava da cabeça de Sato, depois levou a mão à própria cabeça. O médico dissera que ele não veria mais seus amigos depois que retirassem o tumor. Mas ali, diante de si e atrás dos irmãos, a figura sombria de terno continuava sorrindo. E Shiro, ciente de que daquela vez fora ele que salvara os irmãos, sorriu de volta.

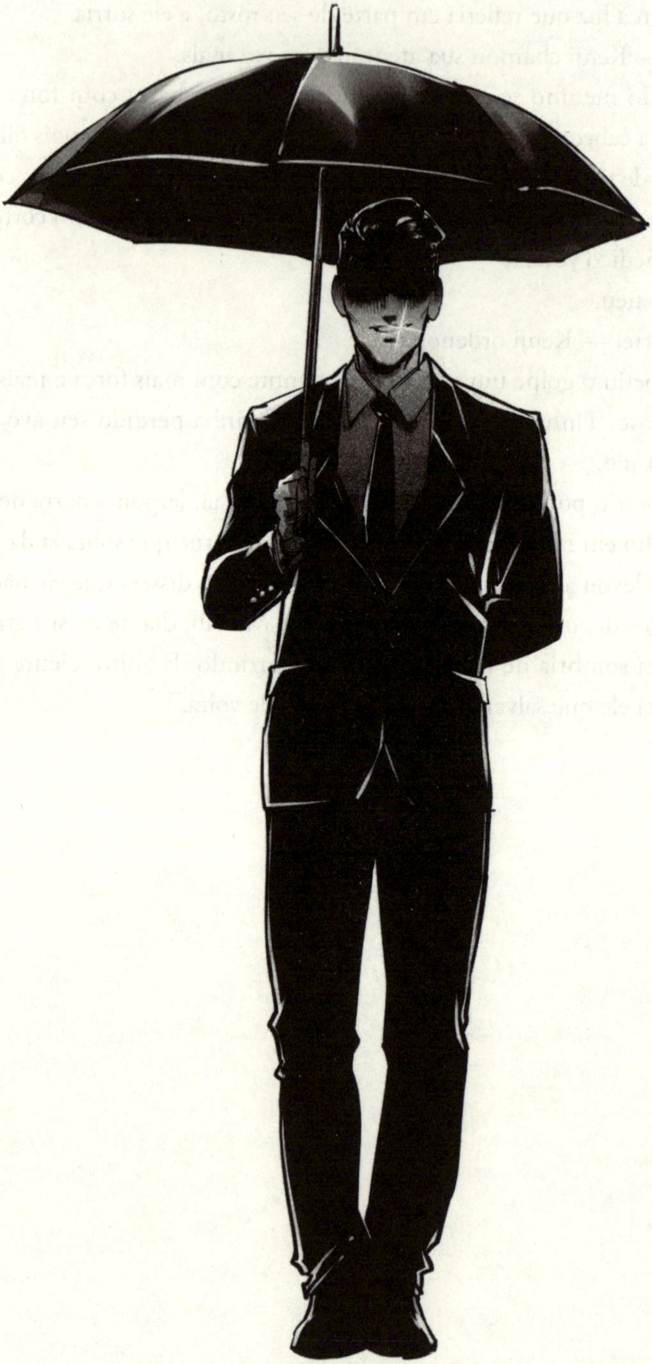

13
Cura

A tarde esfriava, e Michiko continuava quente, ardendo em febre. Kenji colocou um pano úmido em sua testa, igual a mãe deles costumava fazer quando alguém ficava doente, mas a menina não respondia bem. Entre um calafrio e outro, Michiko soltava palavras sem sentido, como quem sofria com delírios.

— Onde está Kazuo? — Kenji perguntou a si mesmo, já sem paciência.

E a situação dos irmãos não era muito melhor do que a de Michiko. Shiro já havia reclamado três vezes de que sua cabeça doía bem no lugar do curativo, e Kenji chegou a vomitar sangue novamente antes de acharem o lugar onde decidiram passar a noite.

Estavam perto da loja do pai, no entanto, não podiam seguir no estado em que estavam. Precisavam de descanso. Foi a própria Michiko que avistou um prédio que ainda detinha parte da cobertura e pediu aos irmãos que parassem um pouco. Assim que se sentou e fechou os olhos, ela não se levantou mais.

A menina queria continuar a jornada para acharem os pais, mas, naquele momento, ela precisava enfrentar outro desafio que acontecia em seu próprio corpo. A razão de sua enfermidade era irrelevante, podia ser os resquícios do veneno dos youkais ou simplesmente o cansaço daquela jornada. A verdade era que ela estava definhando. Seus cabelos já haviam caído quase por completo e sua pele agora restava malhada com manchas escuras que variavam de uma tonalidade marrom ao azul-escuro. Sua mãe jamais deixaria que chegasse a esse estado. E, por um momento, Michiko chegou a pensar que encontrá-la seria a melhor forma de melhorar, porque ela saberia como cuidar da filha. Contudo, as últimas horas tinham começado a mostrar à garota que talvez ela não tivesse tempo disponível para isso.

***

De todas as vezes em que teve filhos, a gravidez de Michiko foi a mais difícil para a senhora Kurumoto. Ela passou semanas de cama com sério risco de perder o bebê e quase morreu no parto. Se não fossem os médicos caros que o marido pôde pagar na época, talvez aquela família teria se resumido a um pai e aos dois filhos mais velhos. Mas o destino não quis assim. Michiko nasceu prematura e permaneceu no hospital por quase dois meses enquanto a mãe também se recuperava. Pequenina e desnutrida, a bebê lutou para sobreviver e sua mãe sobreviveu para continuar lutando.

Lutou para educar os filhos dentro das regras do marido, lutou para agradá-lo, para ser uma boa esposa e boa mãe, tudo o que a sociedade exigia dela. A senhora Kurumoto aprendeu a sobreviver assim. Aos poucos, foi fechando suas próprias vontades em uma crisálida, esperançosa de que um dia a lagarta se transformaria em borboleta e poderia voar livre, o que nunca aconteceu.

A cada filho que nascia, mais presa a senhora Kurumoto estava ao seu casamento infeliz. Mesmo assim, ela nunca encarou os filhos como a causa de seus problemas. Eles eram a consequência, o resultado de um casamento arranjado. Se havia alguma coisa em sua vida que ela amava e que a mantinha de pé e lutando eram os seus quatro filhos.

Michiko sempre deteve a maior parte da atenção da mãe. À primeira vista, imaginava-se que era pelo fato de ser a única menina, mas logo se via que o motivo era a saúde mais frágil da filha. Dentro da família, aquilo não era segredo. O próprio avô Hayato cansou de contar às visitas como quase perdeu a filha e a neta, mas ele adorava transformar o fato em uma de suas histórias assustadoras para as crianças. "Sua mãe quase virou uma Ubume", dizia aos netos.

Ubume era o fantasma amaldiçoado de uma mãe que vagava em busca dos filhos perdidos. Nas fábulas, ela surgia após a mulher se separar tragicamente dos filhos. Podia ter morrido no parto ou se sacrificado para que os filhos sobrevivessem. Em outras versões, ela morria de tristeza após perder suas crianças. No final, tornava-se um youkai andarilho que buscava nas crianças vivas qualquer sinal do que foram um dia seus próprios filhos.

Se a mãe de Michiko quase virara uma Ubume quando a menina nasceu, o que seria das milhares de mães de Hiroshima que enfrentaram de perto a calamidade da bomba? Quantas estavam separadas de seus filhos? Quantas os buscavam incessantemente? Quantas ubumes aquela tragédia havia criado?

Em sua jornada do internato até onde estava, Michiko passou por várias. Ouviu o lamento de mães angustiadas e sentiu a dor das crianças desaparecidas. Elas eram muitas e choravam tão alto que, mesmo desacordada, Michiko as ouvia. Principalmente ali, no centro de tudo, onde a destruição havia sido incomparável.

Naquela noite, enquanto Kenji finalmente dormia depois de ficar horas em vigília, Michiko acordou com um chamado ecoando em seus ouvidos:

— Princesa — entoava a voz, o som se misturando ao vento que passava pela janela quebrada.

Ela abriu os olhos lentamente. Tinha fraqueza nos braços, mas, mesmo assim, se virou de bruços no tatame e se apoiou de joelhos para se levantar. Tentou apanhar os óculos surrados ao lado do travesseiro, mas suas mãos os atravessaram. Quando olhou para o colchão improvisado, encontrou a si mesma ainda dormindo. Seu corpo suava tanto que uma mancha úmida marcava o lençol abaixo da menina. Era até difícil para que ela se reconhecesse ali. Estava enfraquecida. Estava feia. Estava morrendo.

Diferentemente de seu corpo, a projeção mágica que Michiko criara de si mesma era radiante, como das outras vezes em que conseguiu atravessar do mundo real ao mundo dos espíritos. Seus cabelos longos flutuavam leves no ar, e sua pele, apesar de um pouco transparente, tinha um aspecto muito mais saudável do que sua versão que ainda dormia. E, em vez de suas roupas rasgadas e sujas, usava o belo quimono florido de antes.

Michiko chegou a se questionar como era possível estar em sua forma espectral se o espelho mágico havia sido danificado na luta contra Akane. Mas as perguntas foram deixadas ali, deitadas com seu corpo assim que ouviu aquele chamado outra vez. "Princesa", dizia. Vinha pela janela, lá de fora. A voz se repetiu.

Antes de sair do sobrado destruído, Michiko notou Shiro dormindo aninhado a Kenji de uma forma que jamais havia visto. O irmão mais velho não tinha muita paciência com o caçula, entretanto, parecia que aqueles dias juntos tinham aproximado os dois. Ela achou fofo e sorriu, depois simplesmente atravessou a parede para averiguar quem insistia em chamá-la.

Àquela altura, Michiko tinha certeza de que não se tratava de nada vivo. Era sua habilidade a colocando em contato com algum espírito sofrível que via nela uma forma de se comunicar com o mundo real. Como de costume, ela se viu obrigada a ajudar a pobre alma.

A névoa densa que pairava do lado de fora indicava uma temperatura bastante baixa. Mas, em seu estado de espectro, Michiko já não tremia e os calafrios haviam passado, assim como a febre.

Observando sobre a neblina, ela encontrou a silhueta de uma mulher próxima a uma árvore seca, bem aos fundos do terreno. A menina se aproximou.

— Princesa... — a voz feminina se fez ouvir. — Vamos, princesa, você precisa se alimentar.

Michiko, de fato, tinha fome. Estava sem comer há alguns dias. Inclusive, esperava ansiosa pelo retorno de Kazuo, que havia ido em busca de alimentos, conforme Kenji lhe contara. Porém, ao se aproximar mais, a garota percebeu que a mulher não falava exatamente para ela.

Com uma aparência fantasmagórica, a moça ostentava cabelos compridos e negros e a pele clara como a lua. Da cintura para baixo, vestia os restos de um quimono branco e volumoso, o tecido oscilando próximo ao chão, misturado à névoa densa. Ela parecia flutuar. Da cintura para cima, não vestia nada. Com seios à mostra, segurava no colo um bebê enrolado em um pano sujo de sangue e tentava alimentá-lo.

— Vamos, querida, mame, por favor!

A criança mal se mexia. Quando Michiko olhou mais de perto, percebeu que seria impossível que a pequena menina obedecesse à mãe. A pele apresentava dezenas de manchas escuras e, na cabecinha frágil, feridas chegavam a deixar o crânio pequenino visível. Como poderia mamar se estava morta? Mesmo assim, a mãe a segurava em um dos braços, forçando-a contra o peito.

— Por favor! — implorava aos prantos.

Michiko parou ao lado da mulher e a puxou pelo quimono.

— Senhora Ubume? — perguntou.

O fantasma virou o rosto para baixo e passou a observá-la com curiosidade, depois voltou os olhos para o bebê. Alternou entre uma menina e a outra. Ubume levantou o bracinho da criança em seu colo e analisou as manchas escuras em sua pele, depois agarrou o braço de Michiko.

— Seu corpo está doente também — afirmou. Era como se, por meio do espírito da garota, a Ubume pudesse ver o estado real dela.

Michiko acenou com a cabeça, lembrando-se de como deixou a si mesma deitada no tatame.

— Sua filha também foi envenenada? — perguntou.

— Envenenada, sim — a fantasma respondeu.

A Ubume se abaixou e colocou a bebê com cuidado no chão, segurando seu pescoço e cabeça com a mão. Quando retirou o braço do pano sujo, Michiko se assustou. O braço da mulher, que até então estava escondido embaixo do bebê, terminava em um ferimento horroroso, com os ossos quebrados visíveis. Depois deles, não havia mais nada. Faltava-lhe a mão.

— Sinto muito — Michiko disse. Estava triste e enjoada diante daquela cena.

E a Ubume também ficou ainda mais triste assim que notou o estado de seu antebraço; parecia não saber ao certo como aquilo havia acontecido.

— Tenho que procurar meus outros filhos — ela disse. — Também estão doentes e precisam do antídoto.

Ao escutar aquela palavra, Michiko arregalou os olhos. Seria possível haver um antídoto para todo o mal que ela vinha sofrendo?

— Você o tem? — perguntou.

— Infelizmente não, mas conheço a pessoa que sabe formulá-lo. Talvez você possa convencê-lo a nos dar um pouco.

De repente, o rumo das coisas parecia melhorar. Se Michiko conseguisse o antídoto, ela se livraria da terrível doença que a consumia de dentro para fora e ainda poderia dá-lo aos irmãos, impedindo que também adoecessem. Era uma chance que não poderia desperdiçar.

— Vou buscar Kenji — ela falou. Sabia que se tivesse o irmão mais velho consigo, seria mais fácil obter sucesso.

Só que o fantasma Ubume deu as costas e se afastou.

— Espere!

— Não há tempo, criança — respondeu sem olhar para trás.

Com medo de perder a mulher de vista, Michiko a seguiu e deixou seus irmãos e seu próprio corpo dormindo no sobrado.

***

Não era apenas na medicina que a senhora Kurumoto depositava suas fichas. Michiko cansou de visitar templos e santuários, curandeiros e monges. Tentava-se o que estava ao alcance para que a menina crescesse saudável. Entre remédios caros, rituais de cura e garrafadas medicinais, Michiko experimentou de tudo.

O curioso era que Ubume guiara a garota justamente a um templo onde monges costumavam oferecer rituais aos moradores de Hiroshima. Claro que a situação do lugar era a mesma que a do resto da cidade. Inclusive Michiko teve que levitar por cima de dois corpos dilacerados para chegar ao recinto.

Um portão torii demarcava o início do solo sagrado. E foi diante dele que a Ubume parou.

— O que foi? — perguntou Michiko.

— Não posso passar daqui — disse, com certo medo na voz.

— Por quê?

A resposta não veio da mulher fantasma. Ela saiu forte e grave, ecoada pelas árvores secas do pequeno bosque que servia de jardim para a entrada do santuário:

— Espíritos malditos não são bem-vindos!

Michiko olhou para cima e viu, sobre o torii, um youkai guardião agarrado na madeira. Repleto de pelos longos e escuros, apenas duas coisas eram visíveis para fora da pelagem: suas patas com garras compridas, que se fincavam no portão, e a parte debaixo da cara, onde um nariz largo e com narinas redondas apareciam logo acima de uma boca tão grande que, mesmo sem falar, ficava aberta e babando. Dela, duas presas longas desciam feitas de marfim, como nos elefantes. Os olhos estavam completamente cobertos pela franja que caía rebelde diante do rosto.

— Quem é o senhor? — Michiko perguntou.

Mesmo sendo corpulento e pesado, o monstro desceu um dos pilares do torii com a agilidade de uma lagartixa. Deu a volta na madeira e parou com a cara bem na frente do rosto de Michiko. A boca maior do que o corpo inteiro da menina.

ドドドド

ガーン

— Sou Otoroshi, o protetor deste santuário — disse e soprou as franjas para cima, revelando os olhos pequenos e amarelos, que encararam Michiko por poucos segundos antes de os cabelos os cobrirem de novo.

— É ele que tem o antídoto? — Michiko se virou para Ubume com a pergunta.

— Não. É o monge lá de dentro que ele protege. Se pudesse entrar, já o teria comigo.

O Otoroshi continuava diante das duas, em posição de guarda.

— Senhor guardião — Michiko iniciou —, posso eu passar?

Em reposta, o youkai deu duas fortes fungadas em Michiko, como se avaliasse seu espírito com o olfato.

— Seu coração é bom, pequenina — falou. — Mas isso não basta para entrar em solo sagrado. Este lugar já sofreu demais.

— Eu imagino como seu trabalho se tornou difícil, senhor Otoroshi. Com tudo o que vi em Hiroshima nos últimos dias, a quantidade de espíritos que vem aqui deve ter aumentado bastante, não é mesmo?

O monstro suspirou em concordância.

— Nem me fale.

— Talvez o senhor só precise de um pouco de descanso — Michiko concluiu.

— Sim, talvez tirar férias. Sempre quis conhecer Hokaido — ele considerou após mostrar um sorriso.

— Que ótima ideia. Meu pai disse que é um lugar lindíssimo.

A boca soprou os cabelos e deixou com que Michiko observasse os olhos desconfiados da criatura mais uma vez. Suas sobrancelhas peludas traziam uma expressão séria que logo foi acompanhada pela boca.

— Está querendo me enganar, garota? — ele perguntou, irritado, abandonando a expressão amigável de pouco tempo antes. — Quer que eu saia daqui, assim você e essa fantasma maldita poderão entrar para importunar o monge, não é mesmo? Minhas garras destroem espíritos. Bastaria um arranhão para aniquilar vocês duas — disse, enrijecendo as patas.

Michiko sorriu sem graça diante da astúcia do youkai. Sua tentativa havia sido boa, mas precisaria de mais do que isso para enganá-lo. Decidiu então dizer a verdade. Quem sabe não seria capaz de comovê-lo.

— Estou doente — ela falou. — Eu e meus três irmãos fomos envenenados. Por algum motivo, em mim as coisas evoluíram mais rápido.

— Doente? — Otoroshi parecia surpreso. Ele afastou os cabelos da frente dos olhos para que pudesse olhar Michiko com mais cuidado. — Achei que estivesse morta, assim como sua amiga Ubume.

— Não estou morta, ainda não — ela ponderou.

— Se ainda está viva, onde está seu corpo?

Michiko apontou para a estrada, na direção onde o sobrado havia ficado. Ela sabia que seu tempo estava se acabando.

— O monge tem o antídoto — disse.

— Sabe quantas almas já vieram aqui em busca desse antídoto?

— Não, senhor.

Ubume deu um passo à frente e ficou entre Otoroshi e Michiko. Ela falou:

— Todos os que vieram aqui já estavam mortos, guardião. Você finalmente tem a chance de salvar a vida de alguém. De uma criança. Se eu pudesse, salvaria meus filhos, mas não sei onde eles estão.

O youkai entortou a cabeça encarando a Ubume, depois fez o mesmo gesto para Michiko. Ele se enrolou no pilar de madeira e subiu até o topo do torii outra vez. De lá, voltou a olhar para a garota e fez um sinal com a pata, permitindo que entrasse.

— Obrigada, senhora Ubume. — Michiko fez uma reverência à mulher antes de atravessar o portão.

A Ubume ameaçou segui-la, mas o rugido do Otoroshi a fez se afastar na direção oposta.

Michiko olhou para trás visando agradecer ao Otoroshi, porém não encontrou mais o guardião do santuário. Viu apenas o torii em meio à escuridão, envolto na névoa branca.

Cuidadosamente, ela adentrou o templo. O piso estava bastante sujo e uma parte considerável da parede lateral havia caído. As velas há muito tinham se apagado, e nem mesmo o cheiro de incenso estava presente, como era comum em lugares assim. Em seu estado espectral, Michiko sentia apenas o aroma da morte.

Aos fundos, sobre o altar, ela finalmente viu o monge, mas não era bem o que esperava. Parou diante de uma múmia centenária que continuava intacta dentro de uma redoma. Michiko nunca havia visto algo como aquilo, mas se lembrou da história dos monges ao norte do país que praticavam um ritual de purificação no final da vida. Eles entravam em uma dieta de chás e óleos que os envenenava aos poucos, depois se fechavam para meditar em uma tumba pequena até a morte.

As bebidas serviam para manter o corpo em um bom estado de preservação. Se, depois de alguns anos da morte, o monge era encontrado mumificado, ele passava a ser considerado e cultuado como um buda vivo.

Achou estranho que sua vida dependesse justamente de um homem que escolheu morrer envenenado. Talvez esse fosse o seu segredo. Conhecia muito a respeito dos venenos e saberia uma forma de livrá-la daquele que a infestava.

Vestindo uma túnica alaranjada e um chapéu cônico, a múmia jazia na posição de lótus. Tinha um rosário enrolado em umas das mãos, a outra repousava sobre um pequeno sino.

"Onde estaria o antídoto?", pensou ela. "Dentro da túnica?"

Michiko se debruçou sobre o vidro e tentou atravessá-lo, como fazia com qualquer outro objeto sólido, mas, ali, seu poder espiritual falhou. Não conseguia passar para dentro da redoma. E, se o monge realmente tinha o antídoto, como ela faria para pegá-lo?

Frustrada, a menina respirou fundo e se sentou diante da múmia. Enquanto ruminava os próprios pensamentos, uma badalada aguda ecoou pelo santuário. Dentro da redoma, a mão cadavérica do monge havia levantado a sineta e, no momento, a tocava pela segunda vez.

O espectro de Michiko se arrastou para trás em um susto. Aquele monge ainda estava vivo. Como era possível?

Quando o sino bateu pela terceira vez, os olhos da múmia se abriram e foram tomados por uma luz dourada.

— O que busca aqui, pequeno espírito? — perguntou a múmia, com uma voz fraca, quase como uma prece.

A aparência do monge era tão frágil que ficava nítida sua dificuldade de realizar os mais simples dos movimentos, como manter o sininho levantado ou mesmo mover a boca e falar. Michiko não queria incomodá-lo. Parecia tê-lo acordado de um sono tão profundo, tão sereno. Mesmo a cura de sua doença não parecia justificar tamanho atrevimento de sua parte. Ela não respondeu.

— Você ainda não está morta... — o monge disse, perspicaz. — Está apenas viajando pelos planos. Foi assim que achou esse lugar, não é mesmo? — ele pausou. — Não é algo que pessoas comuns podem fazer.

— Estou em busca de um antídoto — ela criou coragem para dizer seus motivos. — Nossa cidade foi invadida por milhares de youkais. Eu e meus irmãos fomos envenenados.

— Sua energia está enfraquecendo, posso sentir. Logo, seu espectro não poderá mais voltar ao corpo.

— Por isso preciso do antídoto.

— Muito bem.

A aura dourada ao redor do monge se intensificou. Embebido em um poder quase divino, o corpo decadente levitou dentro da redoma e desapareceu em um lampejo. Ainda na posição de lótus, a múmia surgiu bem diante de Michiko, fazendo-a levar a mão à boca para tapar o grito de espanto.

Sua mão direita, que antes segurava o sino, agora pairava estendida, oferecendo a Michiko um frasco estreito com líquido amarelado e brilhoso. Olhando de perto, era possível ver pequenas partículas douradas flutuando na solução viscosa e que pareciam estrelas em um céu de fogo.

— Era isso o que procurava? — ele perguntou.

Michiko fez que sim com a cabeça e agradeceu com uma reverência. Em seguida, tentou aceitar a oferta do monge, mas suas mãos atravessaram o frasco. Não podia carregá-lo naquele estado espectral.

— Você ainda não está pronta para levá-lo — ele falou.

A menina se afastou da múmia e se sentou no chão outra vez. Seu tempo estava acabando. Ela podia sentir o próprio corpo ainda no sobrado, tentando com dificuldade os últimos suspiros. Ela sentiu a presença de Shiro e Kenji ao seu lado. O mais novo segurava sua mão.

— Neesan, aguente — ouviu a voz dele, distante.

E também sentiu a presença de Kazuo. Ele finalmente os havia encontrado.

— Veja, imouto-san, trouxe comida — disse. — Agora você poderá ficar mais forte.

Michiko queria responder, queria falar com eles, mas não estava no controle do próprio corpo. Era como se os visse e os ouvisse, mas sem estar lá. Sua alma permanecia diante do monge e, pelo jeito, talvez ficasse ali para sempre.

— Meus irmãos estão me esperando, senhor monge — O espectro da garota se ajoelhou diante da múmia dourada. — Por favor, me ajude a voltar com o antídoto. É nossa única esperança.

— Eu posso ajudá-la a voltar, contudo, este é o único frasco que eu tenho — disse ao olhar para o antídoto brilhante em sua mão.

— Vou dividir com meus irmãos — ela falou.

E o monge balançou lentamente a cabeça.

— Se dividirem, morrerão todos — disse. — A dose é para uma pessoa, apenas.

Naquele momento, Michiko entendeu. Ela teria que escolher quem ganharia o antídoto. E o monge só a ajudaria depois que a escolha fosse feita. Pensou que a melhor opção fosse tomar ela mesma, já que era quem estava com o estado mais avançado da doença. Talvez, com sorte, pudessem achar outra forma de curar Kazuo, Kenji e Shiro mais tarde. Pensou também em guardar o frasco para Kazuo ou Kenji, que, sendo os mais velhos, poderiam proteger melhor os demais caso estivessem saudáveis. Ela tentava, em sua cabeça, montar uma equação que fosse a melhor para todos. Só que era uma tarefa impossível.

— Já decidiu? — o monge demandou.

Michiko levou mais alguns minutos antes de assentir com a cabeça.

Diante da certeza da garota, o monge estendeu a mão, e sua aura dourada engoliu o espectro de Michiko, enviando-a de volta ao seu corpo como em um raio. Quando se deu conta, estava deitada no tatame daquele sobrado destruído e tinha seus três irmãos ao seu redor. Shiro estava com lágrimas nos olhos, Kenji e Kazuo tentavam reanimá-la.

— Michiko-san — Kenji exclamou ao ver a irmã abrir os olhos.

Kazuo retirou uma garrafa de água da sacola e tentou dar de beber à garota, mas ela não tinha vigor nem para engolir. Sentia o veneno correr por cada artéria do corpo. Tudo anestesiado, já nem doía mais.

Ela olhou para o alto e viu o céu por um dos buracos no telhado destruído. A chuva havia limpado um pouco das nuvens escuras que antes a impediam de ver as estrelas. Então se lembrou do antídoto e apertou sua mão, sentindo que o segurava. Com o pouco de força que lhe restava, Michiko puxou Kazuo para perto e lhe disse algo em seus ouvidos. Enquanto segurava sua mão, confiou a ele o frasco dourado e sorriu.

Kazuo se afastou com uma expressão séria, ficando em pé diante da irmã. Fez uma longa reverência agradecendo por tudo, depois se virou de costas. Kenji percebeu o que estava acontecendo e tocou a mão da irmã com um gesto gentil, quase um carinho. Ele trocou um último olhar com ela, acenou com a cabeça antes de se levantar e se afastou.

Em sua vez, Shiro se debruçou sobre o abdômen de Michiko e caiu aos prantos. Ela conseguiu apenas fazer um suave cafuné no irmão mais novo, imitando a forma como sua mãe acariciava seus cabelos.

O rosto da garota caiu para o lado e, para sua surpresa, havia mais uma pessoa no sobrado. Ela sentiu Shiro levantar a cabeça ainda soluçando e o viu olhar para a porta, onde um homem de terno preto os observava de pé.

— Você também consegue vê-lo? — ele perguntou. As frases se formando com mais naturalidade.

Michiko já não conseguiu responder. Ela continuou olhando para o estranho homem que segurava um guarda-chuva. Os dentes brancos brilhavam na escuridão do sobrado.

— Ele vai cuidar de você agora, neesan — Shiro falou com tristeza.

Ela ofereceu aos dois um sorriso tímido e voltou a olhar para o céu, serena. Contou uma dezena de estrelas, depois, satisfeita, dormiu.

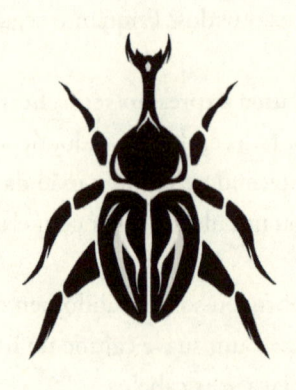

14
Kamikaze

Ali, em frente à loja da família, Super-Kenji permanecia imóvel, com os punhos cerrados, espremendo os próprios dedos. Ver aquele lugar trazia-lhe tantas lembranças que sua mente levou alguns minutos para processar tamanha informação. Kazuo e Shiro continuavam do lado de dentro, procurando nos escombros por algum vestígio do pai. Já Kenji não teve coragem de entrar. Não queria encontrá-lo. Tinha medo, vergonha de vê-lo outra vez. Vergonha do que havia feito.

Do sobrado onde Michiko havia ficado até a loja, foram poucas horas. Com Kazuo novamente no comando, o caminho ficara mais claro. Porém, Hiroshima se tornava a cada minuto uma cidade mais perigosa, principalmente na região central, próximo ao epicentro da tragédia. Não eram apenas os youkais que vagavam atraídos pela quantidade de mortos; as próprias vítimas também se transformavam em criaturas decadentes, cujos corpos ainda perambulavam pelas ruas em busca de salvação. Michiko havia alertado sobre isso, e agora, sem a irmã e seus poderes espirituais, era impossível manter aquelas almas longe. Algumas apenas lamentavam seu estado decrépito, mas outras já tentavam se vingar nos vivos do destino funesto a que foram confiadas.

Se não fosse pela espada de Kazuo, agora consertada, e pelo amuleto de Kenji, recarregado após o dia de descanso, eles não conseguiriam ter passado pelos amaldiçoados encontrados no caminho. E por isso tinham pressa. Uma nova horda de malditos poderia alcançá-los a qualquer momento.

— Kenji-san — Kazuo chamou, tirando o guerreiro-besouro do transe no qual se encontrava.

O samurai permanecia diante de algumas vigas e não podia levantá-las sozinho. Ao lado dele, o pequeno Shiro observava. Havia algo embaixo da madeira pesada.

Kenji engoliu a saliva presa na boca e entrou. Os passos curtos e amedrontados, muito diferentes das pisadas firmes e cheias de confiança costumeiramente demonstradas quando vestia sua armadura. Após vacilar por mais alguns segundos, ele levantou parte dos escombros com apenas uma das mãos, revelando a pasta marrom usada para carregar os documentos do senhor Kurumoto.

— Ele esteve aqui — Kazuo falou. A voz trazia esperança.

Diante do objeto que pertencia a seu pai, Kenji deu dois passos para trás. As mãos voltando a se apertar. Viu seu rosto juvenil refletido na parte interna do visor do capacete do guerreiro-besouro e, em um estalar de dedos, a loja não estava mais destruída.

Os móveis em perfeito estado continuavam dispostos onde sempre estiveram, a porta de vidro continha plaquinhas que anunciavam as promoções e, atrás do balcão, estava o senhor Kurumoto, a camisa azul-escura, os suspensórios e a pasta marrom aberta sobre o tampo de madeira.

— Kenji, veja se há correspondência no escaninho, por favor.

O menino foi até a entrada da loja e recolheu dois papéis. Deixou-os diante do pai, no balcão da loja.

— Conta para pagar — ele separou a primeira. — E, veja, uma carta do seu tio — disse, ao balançar a segunda.

Kenji não tinha notícias do tio e dos primos havia muitos meses. Sabia que moravam ao sul, na província de Fukuoda, e faziam visitas anuais a Hiroshima. Mas viajar naquele período era difícil e muito mais caro. A guerra os havia afastado.

O irmão do senhor Kurumoto tinha dois filhos homens, ambos mais velhos do que Kazuo. E Kenji sabia que Hiroki, o primogênito, tinha se alistado no exército.

Da última vez que receberam uma carta, o tio contou como as coisas caminhavam por lá, queixava-se da falta de alimentos e do bloqueio marítimo dos detestáveis americanos. Por outro lado, escrevia com ares de pompa como sua família contribuía ao sucesso do Império Japonês. Tinha orgulho do filho mais velho, que treinava para se tornar um piloto na guerra. Ao ver o pai lendo as folhas de papel, Kenji pensou que a nova mensagem traria algo de teor semelhante. Talvez algum feito do primo, contando com detalhes como ele havia abatido um avião inimigo.

— Hiroki morreu, Kenji — o senhor Kurumoto disse ao terminar de ler a carta.

Definitivamente não era o que o menino esperava ouvir.

— Morreu? — ele perguntou assustado. — Nós vamos ao velório?

— Não haverá velório, Kenji-kun. — O pai colocava a carta dentro do envelope. — Seu primo morreu na guerra. Eles já fizeram uma cerimônia em sua homenagem.

Kenji não conseguiu esconder a tristeza. Por mais que não tivesse contato recente com os tios, ele imaginou a dor que aquela família sentia ao perder um dos filhos. Imaginou ainda como seu pai e sua mãe reagiriam em situação semelhante. Certamente ficariam arrasados.

— O que foi, moleque? — o pai perguntou, vendo a expressão desalentada de Kenji. — Hiroki é um herói. Você tem que ficar feliz por ele e por seu tio.

A reação do senhor Kurumoto arrancou uma expressão confusa do garoto. Para não desagradar ao pai, forçou um sorriso. "Talvez ele não ficasse assim tão arrasado caso um dos filhos morresse na guerra", Kenji pensou.

— Quem sabe um dia você não consegue me dar orgulho assim — falou e deu as costas, deixando o envelope dentro da pasta aberta.

Enquanto o pai se dirigia aos fundos da loja, o sorriso no rosto de Kenji murchou como um balão furado. Seus olhos se perderam, observaram as prateleiras, o chão, depois o teto. A mente virou de ponta-cabeça. Naquele momento, Kenji descobria que não havia nada que pudesse fazer. Era realmente impossível agradar ao pai. Nem mesmo morrer seria o suficiente, a não ser que colocasse o nome da família em algum memorial aos heróis da guerra.

Kenji até havia pensado em ser piloto, já que gostava de aviões, mas ele não sabia que o destino dos pilotos japoneses não era tão glorioso assim. Principalmente naquele ano, em que, devido à escassez cada vez maior de armamentos e combustível, tornou-se mais barato para o exército do Japão colocar alguém sem experiência pilotando um avião com explosivos dentro e encher o tanque o suficiente apenas para uma viagem de ida.

Tomados pelo patriotismo que lobotomizava a mente do jovem, eles jogavam as aeronaves contra os navios americanos, em um último ato em nome do imperador. Diversas embarcações acabaram no fundo do oceano, e muitos mais aviões japoneses foram derrubados antes mesmo de passarem perto de seus alvos.

Se Hiroki foi realmente um herói de guerra, era difícil saber. Talvez nem tivesse tido tempo de lançar seu avião contra um barco e morreu sem levar consigo um único americano. Era difícil saber, mas essa era a opção mais provável.

***

O guerreiro-besouro teve sua atenção retomada quando Shiro puxou sua mão. Ao seu redor, os restos da loja da família continuavam ali, paredes queimadas, móveis em cinzas. A pasta marrom do pai jogada no chão, com o couro marcado pelo calor do fogo.

Kazuo, aos fundos da loja, levantava outras partes caídas. Kenji não queria continuar.

— É perda de tempo — falou. — Papai não está aqui.

— Como você sabe? — Kazuo indagou ao voltar para a frente da loja.

— Se ele realmente quisesse encontrar a gente, ele já teria feito isso.

Kazuo saiu de onde estava com a agilidade do samurai que era. Em menos de um mero segundo, estava parado diante do irmão, encarando-o com fúria nos olhos.

— Jamais repita isso, Kenji-san — disse. Depois continuou com a voz mais baixa: — Não na frente dele.

Shiro permanecia ao lado dos dois, com os olhos assustados.

Kenji pensou em não contestar, em respeitar o irmão mais velho, mas já estava farto. Ali, naquela forma, ele se equiparava a Kazuo, tinham até o mesmo tamanho. De um lado, o honrado e habilidoso samurai, o punho firme agarrado à catana ainda na bainha. Do outro, o guerreiro-besouro e a armadura alienígena que dava a ele poderes sobre-humanos. Eram igualmente fortes. Kenji pensou em enfrentar Kazuo, mas não na frente de Shiro.

Após desviar o olhar do irmão mais velho, o guerreiro de armadura abaixou-se para falar aos ouvidos do caçula:

— Você pode esperar dois minutos lá fora, fedelho?

Em resposta, recebeu um aceno. Shiro encarou Kazuo buscando sua aprovação e obteve um suspiro em resposta, como se o samurai não pudesse evitar a conversa que teria com Kenji. Shiro saiu.

— Não entendo essa sua obsessão em encontrá-los. — Kenji foi direto ao assunto. Era algo que ele queria falar há dias, mas tantas coisas tinham acontecido... Kenji teve que salvar os irmãos diversas vezes. Sempre se perguntava se não seria mais fácil simplesmente deixá-los para trás e seguir com sua vida. No fundo, ele pensava que todos os quatro podiam fazer isso.

— Estamos livres, Kazuo-san — continuou. Suas mãos seguraram o quimono do samurai. — Entenda isso. Não precisamos voltar para eles.

Kazuo se desvencilhou dos punhos do irmão e o empurrou.

— Não seja egoísta — disse, os dentes cerrados. — Eu e você talvez não precisemos do papai e da mamãe. Somos mais velhos, somos mais fortes. Mas Michiko precisava. Shiro precisa.

Era difícil se manter encarando Kazuo. Principalmente quando tinha que dar razão ao irmão mais velho, ao irmão perfeito. Ele nunca errava. Tudo o que fazia era pelo bem dos outros. Tão altruísta, tão honrado. Tão chato! Kazuo podia muito bem estar errado, ao menos uma vez.

Só que não estava. Se realmente tivessem os pais ali, Michiko ainda estaria com eles. Até mesmo Kenji, o preterido, teria mais chances se os pais estivessem ali para cuidar deles.

Contudo, ao contrário de Kazuo, Kenji sabia que era praticamente impossível encontrá-los. Tinha certeza de que, pelo menos, não veriam o pai de novo.

— Eu acho que eu já cheguei longe demais — Kenji falou, a cabeça permanecia baixa, os olhos evitando o rosto sério do irmão mais velho. — Você pode continuar com ele. Leve Shiro, proteja-o.

— Você não entendeu nada, meu irmão — A fala de Kazuo foi seguida pela sua mão, que tocou um dos ombros do guerreiro-besouro. — Se eu pudesse fazer isso sozinho, eu faria — respirou fundo. — Eu preciso de você. Me ajude, por favor.

Era a primeira vez que Kazuo pedia ajuda. E aquelas palavras viraram a mente de Kenji do avesso. Talvez o irmão não fosse tão perfeito assim. E talvez Kenji não fosse tão inferior quanto o pai sempre fez questão de destacar.

— Me prometa que vai me ajudar a achá-los — Kazuo falou, os olhos perfurando o visor do guerreiro-besouro. — Depois disso, faça o que bem entender.

Se não quiser continuar com a gente, vá embora. Só me prometa que não deixará Shiro desassistido. Me prometa que vai me ajudar a cumprir a promessa que eu fiz a ele.

Diante da súplica, Kenji desfazia a imagem perfeita do irmão que fora construída ao longo dos anos. O samurai diante do guerreiro-besouro passava a deixar à mostra os males que também o acometeram. O rosto queimado, protegido por ataduras imundas; o corpo mais magro do que o de costume; a pele repleta de manchas, como as que Michiko tinha. Ele também estava doente. Uma realidade que insistia em se fazer presente. O veneno que debilitava, o cancro que crescia alimentado por suas entranhas.

Ao ver o irmão assim, a realidade se impôs também sobre Kenji. Uma tosse involuntária o atingiu, um punhado de sangue cuspido pelo lado de dentro do capacete. O estômago se contorcia, a cabeça latejava.

— Por que não toma o antídoto, Kazuo-san? — Kenji perguntou. Seu dedo apontava para a faixa na cintura do samurai, onde o frasco com líquido dourado permanecia preso.

Kazuo apenas balançou a cabeça.

— Se tomar, vai poder proteger Shiro, vai poder levá-lo em segurança.

— O veneno já fez muito estrago em mim. Tenho medo de não funcionar, de desperdiçá-lo. Talvez a mamãe ou o papai precisem dele também. Temos que encontrá-los antes de decidir quem vai tomar isso.

— E se não conseguirmos fazer isso a tempo? Deixaria que o esforço de Michiko fosse em vão?

Kazuo retirou o frasco da cintura e o colocou diante do nariz de Kenji. A cabeça baixa demonstrava reverência, retidão. Era mais uma parte de seu pedido desesperado de ajuda.

— Pois tome você, meu irmão — disse. — Terá mais chances de sobreviver.

O passo para trás foi involuntário, muito mais forte do que a vontade que Kenji tinha de agarrar aquele tubo e enviar o antídoto pela garganta, tendo a certeza de que aquele mal-estar passaria. Mas ele não era digno daquela chance, não depois do que havia feito.

— Guarde isso, Kazuo-san — falou ao virar o rosto. — Tire isso da minha frente!

Kazuo se ajoelhou, visivelmente exausto. Era como se tudo que tinha acontecido nos últimos dias tivesse caído em cima dele de uma vez só. Aquela jornada tomara deles quase tudo. O pouco de vida que ainda lhes restava era usado para seguir em frente, já sem muitas perspectivas de aonde iriam chegar. Mas não podiam desistir. Kenji não podia desistir. Afinal, ele concordava com o irmão. Precisavam proteger Shiro. E fora exatamente o grito do caçula que rompeu a inércia dos dois irmãos mais velhos. Alerta, Kazuo correu para fora como um raio, e Kenji o seguiu logo atrás.

Shiro se encontrava acuado, sentado no chão, com as costas apoiadas nos restos de um muro carcomido pelo fogo. Diante dele, uma dúzia de amaldiçoados caminhavam lentamente. Aquelas criaturas estavam por todo o lugar, e a presença dos irmãos nas ruínas da cidade acabou atraindo mais delas.

Um movimento certeiro da Kazenone abriu a barriga do homem que estava prestes a agarrar Shiro. Em vez de esticar as mãos até o caçula, ele precisou segurar as próprias tripas que caíram para fora. Ainda assim, não deixou de avançar quando Kazuo colocou o menino nas costas e saltou para longe dos mortos.

Na entrada da loja, Kenji foi obrigado a se defender de uma mulher cujo rosto queimado deixava à mostra os ossos do malar e o buraco do nariz. Ela tentou mordê-lo e teve sua boca impedida por um murro que terminou de arrancar seu maxilar. Por cima dela, outra criatura continuou atacando. Kenji arrancou a viga de madeira que o maldito tinha trespassado em seu tórax e a usou para acertá-lo. Em seguida, golpeou um terceiro morto usando o mesmo pedaço de pau.

Provocadas pela briga, mais criaturas foram surgindo das ruas e vielas ao redor da loja. O cheiro pútrido, uma mistura de carne queimada e peixe velho, começou a incomodar.

— Por aqui! — Kazuo indicou uma rota aparentemente livre.

Para alcançá-lo, Kenji teve que derrubar mais um monstro e acertar um segundo com um murro no peito, seu punho penetrando a caixa toráxica putrefata, e mais sangue derramado em sua armadura. Quando puxou a mão, teve que sacudir os restos de carne apodrecida e as larvas que rastejavam por entre seus dedos.

— Como eu odeio essas coisas — praguejou.

Kazuo continuou correndo pela avenida, a espada em riste decepando os malditos que apareciam no caminho. Ele seguia para o leste, na direção do bairro onde os Kurumoto moravam. Esse era o plano desde o início, e, agora que não haviam encontrado nada relevante na loja, a casa deles era a última parada.

Com passos largos e rápidos, Kenji alcançou os irmãos e se juntou ao esforço de Kazuo para manter os amaldiçoados longe. Porém, quanto mais adentravam as vielas do bairro residencial, mais mortos os perseguiam. Tornava-se impossível evitá-los. Estavam por todas as partes, largados nas esquinas, arrastando-se na frente das casas, caídos entre os escombros. Foi ao passar diante de um deles que Kenji travou de novo.

— Kenji-san — Kazuo voltou ao perceber o irmão ficar para trás.

Shiro estava assustado, ainda agarrado ao pescoço do samurai, pendurado como um macaquinho em suas costas. Já Kenji olhava hipnotizado aos restos de um homem embaixo de vigas retorcidas de ferro e madeira.

Ali era uma espécie de armazém, lugar onde mercadorias eram guardadas, principalmente aquelas que não cabiam nas lojas da região. O pai de Kenji tinha algumas coisas em um lugar parecido, que ficava perto da loja e que agora estava irreconhecível depois da destruição do fogo. Nesse momento, Kenji não conseguiu impedir a avalanche de memórias que ele tinha tentado reprimir até então.

O pai havia o chamado para fora da loja logo após ter lido a carta sobre Hiroki. O senhor Kurumoto queria mostrar ao menino como deveria receber os entregadores da mercadoria.

Eles caminharam alguns metros até o galpão na rua paralela, e o pai adentrou o lugar deixando Kenji do lado de fora. Algumas pessoas mencionaram algo no céu. O menino teve os olhos ofuscados quando virou o rosto para cima. Foi jogado ao chão após um tremor forte e sentiu o mundo se revirar em meros segundos. Assim que se levantou, correu até o senhor Kurumoto dentro do galpão. Já havia fogo, muitos gritavam por socorro, queimando vivos ou soterrados. Escutou a voz doída do pai:

— Meu filho — chamou — aqui. Busque ajuda, por favor.

Kenji viu uma quantidade enorme de metal e blocos de concreto caídos sobre o pai. Uma das mãos estava estendida para fora, tentando alcançar o filho. O garoto deu um passo para frente, depois deu dois para trás. O que ele poderia fazer ali? Talvez se usasse toda a sua força, seria capaz de levantar uma das vigas. Ou talvez se corresse para fora podia trazer mais pessoas para tirá-lo dali. Só que Kenji não fez nenhuma das duas coisas. Ele apenas observou.

— Kenji... — suplicou, a voz quase inaudível.

O calor ficou insuportável. O fogo lambeu o concreto e a madeira, enrubesceu o metal. A fumaça subia, os minutos se passavam. Diante de Kenji, o senhor Kurumoto se retorcia. Não conseguia mais falar ou pedir ajuda. Faltava-lhe ar, provavelmente devido à fumaça que inalava ou ao peso do concreto pressionando seus pulmões. De toda forma, ver o pai queimar era uma mistura de horror e alívio. Os olhos do menino ardiam, lágrimas descendo abundantes. Se pela fuligem ou pela tristeza, ele não sabia.

O choro voltou a correr por dentro do visor do guerreiro-besouro, em um misto de ódio e culpa. Como poderia ter sido tão covarde? Como podia assistir ao pai morrer daquela forma e não fazer absolutamente nada? Que tipo de filho era aquele? Que tipo de irmão?

Kenji caiu sentado diante do homem que morrera da mesma forma que seu pai. Ao redor dele, os malditos se acumulavam. Urravam, gemiam. Com as mãos apontadas na direção do guerreiro, eles o condenavam.

Com Shiro ainda em suas costas, Kazuo golpeou duas criaturas que se aproximaram de Kenji. Porém, para proteger o caçula, ele se afastou, deixando que a horda de amaldiçoados ficasse entre ele e o guerreiro-besouro. Enquanto o samurai se defendia dos mortos que o encurralavam nos escombros do armazém, outra dúzia deles avançou sobre Kenji.

— Covarde — ouvia o lamento de um deles ganhar mais nitidez aos seus ouvidos.

— Monstro — outra voz sibilou por cima de seus ombros.

Eles sabiam o que Kenji havia feito. Estavam ali para puni-lo e, diante daquela situação, o guerreiro aceitou seu destino. Sentia-se tão culpado e indigno que não reagiu.

Uma mão fria tocou suas costas, deixando a temperatura passar pela proteção alienígena ao ponto de gelar sua espinha. Kenji sentiu partes de sua armadura serem arrancadas. A ombreira partiu-se ao meio, cravada por garras. O peitoral caiu depois de uma forte dentada. Uma das luvas foi destroçada, e o visor do capacete acabou pisoteado após cair no chão.

Sem a proteção, o corpo do menino não apenas estava exposto aos ataques daquelas criaturas atormentadas como também expunha os danos que acumulara ao longo dos últimos dias. A pele repleta de manchas escuras, cabelos falhos, olhos amarelados e sangue escorrendo pela boca. Kenji sentia a ruína por dentro e por fora. Cada arranhão que perfurava sua carne era igualmente compensado pelo veneno abocanhando um de seus órgãos.

Por entre as criaturas que se amontoavam sobre si, Kenji viu Shiro acuado em meio aos escombros, e Kazuo, agora sozinho, cortava mais mortos que tentavam alcançá-los. A quantidade de monstros não parava de crescer.

Kenji pensou no pedido de ajuda do irmão mais velho, pensou em como, de certa forma, ele também era responsável por tudo o que acontecera. Se tivesse falado desde o início que vira o pai morrer, se tivesse encarado o fato de que o deixara queimar, talvez os irmãos não tivessem persistido naquela aventura insana. Tinha que corrigir seu erro.

Com o que lhe restava de sua superforça, Kenji se ergueu, esticou os braços e lançou pelos ares os corpos dos mortos. Enquanto eles caíam sobre o chão, Kenji correu até Kazuo e acertou outros monstros que o cercavam. Sem o visor, ele olhou o irmão mais velho nos olhos e começou a chorar.

— O papai morreu, Kazuo — disse, devastado.

Kazuo afastou mais dois malditos antes de abraçar o irmão mais novo.

— Eu sei — ele respondeu, também com os olhos molhados.

— A culpa foi minha.

O rosto de Kazuo não trazia julgamento algum, pelo contrário. Kenji sentiu acolhimento no olhar do irmão, como se finalmente ele o compreendesse. Ambos poderiam ter tido uma conversa longa e verdadeira, na qual Kenji diria o quanto se sentia preterido, o quanto invejava e admirava o irmão mais velho. E Kazuo talvez pedisse desculpas por tudo que, de alguma forma, ele fazia o irmão mais novo passar. Teria sido uma linda conversa entre dois irmãos que realmente se respeitavam e se amavam. Sim, Kenji estava disposto a admitir isso. Ele amava os irmãos, apesar de tudo. Mas era tarde demais, não houve tempo para isso.

Com a quantidade de malditos que se acercava, Kenji tomou a frente e mandou Kazuo sair dali com o irmão caçula. Em resposta, recebeu do samurai um longo gesto de reverência com a cabeça, como quem agradecia por toda a sua lealdade.

O guerreiro agarrou seu amuleto alienígena espremendo-o entre os dedos. Rogava para que aquele item lhe desse toda a força, para que o ajudasse a proteger os irmãos em um último gesto heroico.

Diante de si, a horda de monstros se acumulava. Já não tinha como alcançar Kazuo e Shiro, que passaram por cima dos escombros do armazém e observavam, com certa distância, ao irmão impedir que os mortos avançassem.

Ao apertar o amuleto, Kenji teve seu corpo envolto em uma energia descomunal emanada do objeto. Raios ricochetearam no chão e no concreto caído ao seu lado, desintegrando alguns dos monstros.

Ele observou uma última vez na direção dos irmãos e viu os olhos tristes de Shiro. De um lado, Kazuo tocava seu ombro, tentando transmitir parte de sua determinação ao caçula. Do outro, Kenji se surpreendeu ao notar um homem jovem e alto, vestido com terno preto bem-cortado, sapatos brilhosos e um guarda-chuva na mão. Os olhos estavam escurecidos pela sombra de suas franjas e a boca trazia um sorriso doce, complacente com tudo o que Kenji sentia. Só de olhar para aquele ser, Kenji teve seu coração aquecido. A dor e a culpa passaram instantaneamente, e ele sorriu de alívio.

Não sabia exatamente quem era. Ficou mais tranquilo quando notou Shiro virar o rosto para o lado e dar uma das mãos para o homem, como se já o conhecesse de longa data. Não tinha certeza se Kazuo também podia vê-lo, mas se Shiro confiava nele, Kenji também confiaria.

Ele fechou os olhos e relaxou assim que os irmãos deram as costas e foram embora. Então apertou o amuleto com mais força, drenando todo o poder do item. Em sua mão, a pedra alienígena se rachou e emitiu uma faísca que correu pelo braço do guerreiro, depois por seu peito, se espalhando pela cintura e pernas e subindo até sua cabeça. Quando abriu os olhos, eles brilhavam em uma cor vermelha intensa, assim como todo o seu corpo, envolto em energia pura, pronta para ser liberada, pronta para ser livre.

Era a sensação mais tranquila que Kenji já tivera. Estava finalmente liberto de suas amarras, de seus medos. Estava livre da culpa e da obrigação de ser quem jamais seria. Via-se livre da própria família. Não porque os queria mal, longe disso. Era apenas o entendimento de que seu destino e suas escolhas não precisavam atender a expectativas que não as suas próprias. Ali, quando o amuleto finalmente se estilhaçou, as correntes que aprisionavam Kenji como o segundo filho dos Kurumoto também desapareceram.

"Cuide bem do fedelho, Kazuo-kun", ele pensou.

Em um grito cheio de convicção, deixou a energia fluir e levar consigo praticamente tudo à sua volta. Os malditos sumiram, os restos de concreto e escombros evaporaram. Sobrou apenas uma cratera, um buraco enorme no chão de uma cidade já devastada. E, no fundo dele, pequenos pedaços do amuleto repousando junto a cinzas, agora livres e ao sabor da brisa fria que soprava no final daquela tarde em Hiroshima.

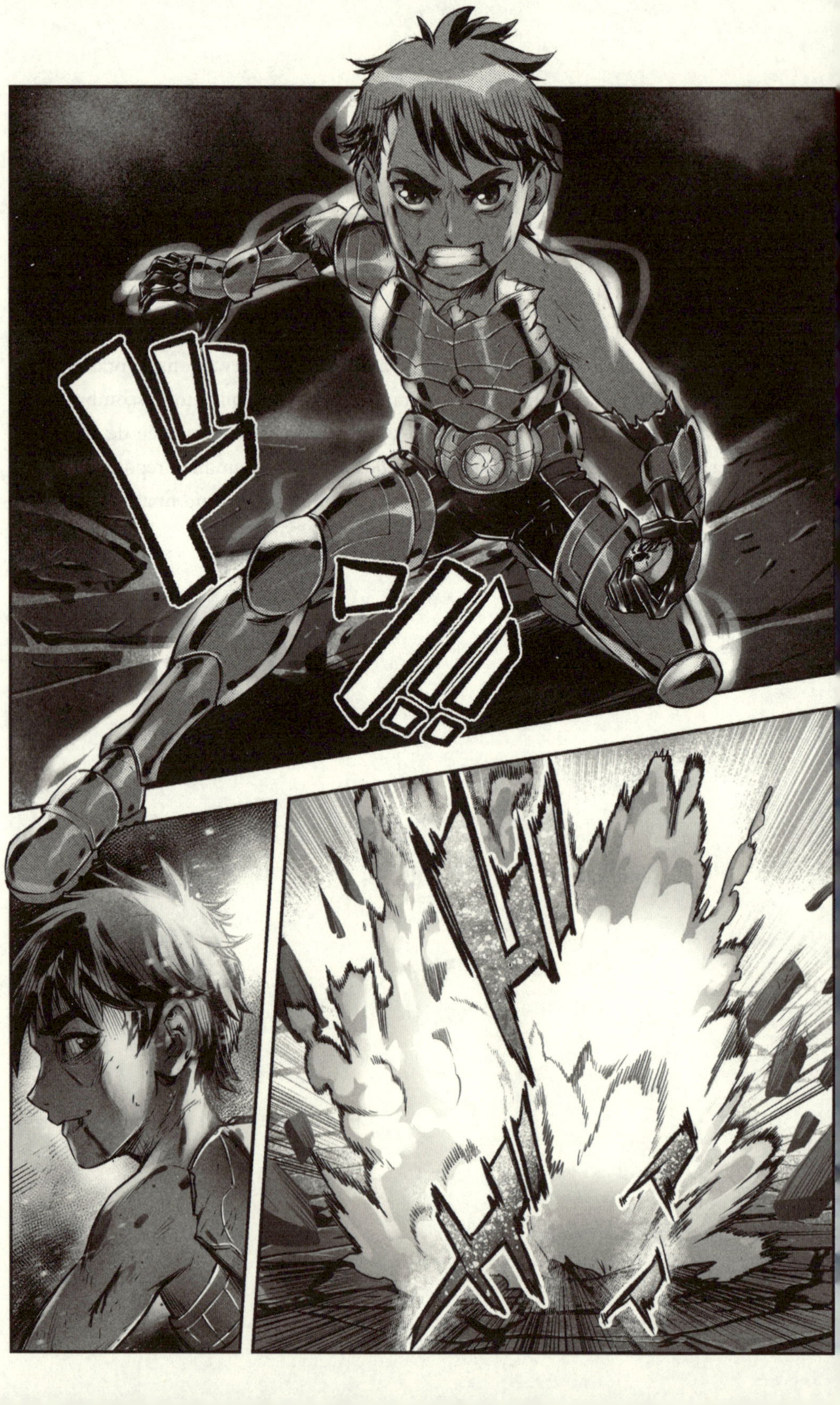

15
Nossa casa

Os passos de Kazuo eram desajeitados. Com a mão sobre o rosto ferido, ele cambaleava por entre centenas de pessoas em estado semelhante ou infinitamente pior que o seu. Elas esbarravam umas nas outras, se arrastavam. Algumas tinham a pele totalmente derretida, a outras, faltavam membros. Havia até um rapaz segurando o próprio intestino nos braços, que escapava por um corte feio em sua barriga. Kazuo nunca havia visto nada como aquilo.

O estado de choque e seu instinto natural de sobrevivência eram as duas únicas coisas que moviam o garoto. Ele seguia com a esperança de, pelo menos, reencontrar os irmãos. Não sabia onde estavam, nem o pai, nem o avô. Até mesmo sua mãe, que há pouco estivera com ele, havia sumido. Em sua cintura, a pequena espada de bambu continuava presa e, de tempos em tempos, ele a segurava, buscando a força do objeto que, para ele, tinha tanto poder.

Kazuo não se lembrava de quase nada. Eram apenas lampejos, imagens soltas que se misturavam dentro de sua mente em um turbilhão de informações.

Lembranças vagas daquela luz forte, do calor insuportável, dos gritos de desespero. Podia sentir ainda o toque das mãos de sua mãe enquanto seguia a multidão que se afastava do fogo.

— Mamãe — ele falava de tempos em tempos, as palavras perdidas entre milhares de outras, tão desalentadas e desiludidas quanto as suas.

Era impossível dizer por quanto tempo ele perambulou pela cidade. Uma semana talvez. Primeiro tentou voltar para casa, tarefa impossível devido ao fogo que ainda ardia. Depois encontrou a loja da família em frangalhos, só que não teve como procurar por Kenji ou pelo pai. Mudou de direção e subiu ao norte, para onde a maioria dos sobreviventes seguia. Dormiu ao relento, recebeu um pouco de comida de pessoas que tinham dó da criança sozinha, e teve o ferimento cuidado por uma senhora bondosa que cobriu seu rosto com gaze e faixas. Não sabia exatamente qual era seu destino, pelo menos não até escutar de um guarda sobre o internato que recebia crianças afligidas pela guerra.

— Vão cuidar de você lá — o homem de farda disse.

Mas o garoto não estava preocupado consigo mesmo. Apenas pensava que, se o internato recebia crianças, talvez seus irmãos estivessem lá. Precisava ter certeza.

Kazuo foi colocado em um caminhão com outra dezena de moleques e meninas maltrapilhos, depois foi deixado diante do casarão mais ao norte, na região de Ushitô. Acabou recebido pelos monitores e encaminhado para um tipo de entrevista com a diretora Akane e o doutor Sato, os responsáveis pelo lugar. Estava agitado, violento. Precisou ser sedado antes de ser colocado de volta com as outras crianças.

No dia seguinte, quando acordou, já vestia um avental branco e fora orientado a sempre cobrir o nariz e a boca com máscaras de tecido, como as usadas em hospitais. O protocolo durou alguns dias, e mais e mais meninos e meninas chegavam ao lugar.

Por incrível que pareça, Kazuo foi o primeiro dos Kurumoto a alcançar o local. Michiko e Shiro vieram dois dias depois, com uma leva de crianças encontradas na área residencial próxima de onde moravam.

— E o vovô? — Kazuo perguntou após dar um abraço forte em Michiko.

Ela apenas balançou a cabeça, as lágrimas escorrendo pelas bochechas, que Kazuo não sabia se eram de felicidade em reencontrá-lo, ou tristeza em terem largado tanta coisa para trás. Por sua vez, Shiro estava abatido, os olhos dispersos.

Parecia ainda não ter assimilado tudo o que acontecia. A situação de Kazuo não era muito diferente, porém, como irmão mais velho, precisava retirar forças de onde já não tinha.

Naquela noite, a senhora Akane permitiu que os três dormissem no mesmo quarto, e Kazuo prometeu que iria proteger os irmãos mais novos até acharem os pais. Quando perguntaram sobre o paradeiro da mãe, que estava com ele no dia em que tudo aconteceu, Kazuo disse que haviam se separado, mas que sabia que ela ainda estava viva, esperando por eles.

Kenji apareceu ainda naquela semana, trazido entre as crianças perdidas no centro comercial. Não sabia do paradeiro do pai e se recusava a dar detalhes do que havia acontecido. Também não queria voltar para Hiroshima, mas foi convencido por Kazuo quando descobriram a verdade sobre o internato. Começaram então o plano para fugir daquele covil infestado por youkais.

***

Já no bairro devastado onde os Kurumoto viviam, Kazuo guiava Shiro pelas ruas abandonadas, entre carcaças de veículos e montes de entulho.

— Tome. Beba isso, otouto-san — o samurai ofereceu uma garrafa com água ao caçula.

Shiro deu um bom gole antes de devolvê-la para o irmão. Kazuo então bebeu o restinho que ainda ficara na garrafa.

— Estamos quase chegando — disse. — Está empolgado para ver nossa casa outra vez?

A resposta de Shiro era meio incerta; ele deu um sorriso como se quisesse fazer o esforço do irmão valer a pena, mas, no fundo, ele não estava tão feliz assim. Kazuo percebeu.

— O que foi?

— É que... — ele começou — faltam o mano Kenji e a mana Michiko.

O samurai parou de andar e se virou para o pequeno, ajoelhou-se e disse olhando-o nos olhos:

— Eles nos ajudaram a chegar até aqui, otouto-san. Kenji nos protegeu dos amaldiçoados e Michiko conseguiu isso aqui. — Apontou para o antídoto preso na faixa de sua cintura. — Sem eles, não teríamos conseguido. Por isso que, sim, eles estão conosco. Nos acompanham em pensamento. — Shiro acenava com a cabeça. — E quer saber de uma coisa? Tenho certeza de que já estarão nos esperando em nossa casa.

Shiro arregalou os olhos. Talvez não acreditasse que aquilo fosse possível, mas tanta coisa maluca tinha acontecido desde a explosão que parecia não fazer mal ter um pouco de esperança.

Diante da mudança de postura do irmão mais novo, Kazuo apoiou o peso nos joelhos para se levantar e sentiu uma fisgada na perna. Transpareceu dor na expressão.

— O que foi, niisan?

— Só estou um pouco cansado — disse, ao finalmente se levantar.

Não era verdade. Kazuo já trazia tantas máculas em seu corpo que era impossível quantificá-las. Ferimentos de batalha somados às complicações do veneno youkai. As manchas pelo corpo, as queimaduras, as hemorragias internas. Ele podia mentir o quanto fosse, seria impossível convencer Shiro de que estava bem.

— E não vai tomar o antídoto? — Shiro se esforçou para fazer pergunta.

— Não é preciso.

— Mas o veneno, niisan, por favor — ele pediu, choroso. — Não quero ficar sozinho.

Kazuo colocou a mão no ombro do caçula e o encarou com firmeza.

— Nada vai acontecer comigo, eu te prometo. Vamos ficar juntos até o fim.

Com o polegar, Kazuo secou a lágrima que começava a brotar em Shiro e se virou para continuar o caminho.

— Vamos, otouto-san, a mamãe já deve estar com a mesa posta para o jantar.

***

Na manhã de 6 de agosto de 1945, Kazuo e sua mãe tinham ido ao mercado conforme combinaram com o senhor Kurumoto durante a madrugada. O menino vestia seu terninho de uniforme da escola e a mãe usava um quimono leve, com estampa listrada. Ainda era bem cedo e, se tudo desse certo, Kazuo poderia ir para a escola depois que voltassem para casa.

Fazer compras era uma tarefa razoavelmente fácil. A variedade de produtos era tão pequena durante a guerra que as sacolas só tinham a opção de voltar cheias de mantimentos básicos, como arroz, farinha de trigo e poucos tipos de vegetais. Porém, a senhora Kurumoto parecia ter acordado com sorte. Além de duas sacas grandes de arroz, tinha conseguido também uma dúzia de sardinhas bem frescas.

— Hoje comeremos bem! — ela disse, feliz. Na verdade, aquela comida deixaria a família bem alimentada a semana toda.

No caminho de volta, Kazuo e a senhora Kurumoto andavam de mãos dadas, cada um segurando uma das sacolas de compras com a outra mão. Eles passavam por uma das avenidas mais largas da cidade quando a sirene de alerta soou pela segunda vez no mesmo dia. Assustado, Kazuo olhou para a mãe, que não parecia tão aflita.

— Vamos, querido. Acho que dá tempo de chegarmos em casa.

Mas a insistência da sirene começou a deixar as pessoas na rua agitadas. O volume de gente ainda era pequeno devido ao horário, mesmo assim, não demorou até que mãe e filho se vissem correndo para encontrar proteção de um suposto ataque. Eles iam em direção a um abrigo antiaéreo que ficava no mercado quando uma mulher esbarrou em Kazuo, fazendo-o derrubar a sacola. Interessado na comida, ele largou a mão da senhora Kurumoto e se abaixou para recolher as compras. Alguns nabos rolaram pelo chão até pararem perto de um bonde estacionado. Kazuo os alcançou.

— Deixe isso ai! — a mãe dele disse ao agarrá-lo no braço. Ela já havia largado a outra sacola, preocupada apenas com o filho. — Vamos — disse puxando-o pela mão.

Kazuo deixou os legumes de lado e se levantou a tempo de ver no céu, por cima do bonde, o sol ser ofuscado por outra luz maior e mais potente. O bafo quente soprou. Ele apertou os dedos da mãe com força e com medo. Viu a carcaça de metal do bonde ficar rubra como brasa e se retorcer. Seu rosto e braço ardiam. Em um reflexo, puxou a mão da senhora Kurumoto e caiu, protegido pelo enorme veículo da cidade. Seus olhos se fecharam instintivamente quando uma nuvem de poeira passou em sua frente. Ele tossiu, gemeu de dor. Ainda de olhos fechados, tateou os dedos da senhora Kurumoto.

— Mamãe? — chamou com a voz ressequida pela garganta obstruída por poeira.

— Mamãe! — insistiu, sem resposta.

Uma das pálpebras do garoto estava completamente colada na queimadura de seu rosto, e a outra, seca, subiu arranhando o olho. Ainda havia vestígios da luminosidade em sua córnea. Era uma mancha vermelha que o impedia de enxergar. Chamou sua mãe de novo. Ele apertava os dedos dela, mas não sentia firmeza alguma. Além do mais, a mão estava leve, muito mais do que o normal.

Quando o mínimo necessário da visão voltou, Kazuo se jogou para trás, largando a mão da senhora Kurumoto, a única parte dela que restara ali.

Ele se arrastou sentado para longe, negando que aquilo fosse de fato a mão de sua mãe. O resto havia desaparecido, evaporado. Sobrara apenas a mão e o filho, protegidos pelo massivo bonde de metal e pelo fortuito destino. Afinal, a senhora Kurumoto havia acordado com sorte naquele dia.

***

Foi diante da casa em ruínas que Kazuo finalmente se lembrou de tudo. As coisas passavam a fazer cada vez mais sentido. Não tinha como os pais estarem vivos. Kenji havia dado todos os indícios de que ele sabia da morte do pai, assim como Kazuo sempre soube que a mãe também não havia conseguido sobreviver. Mas ele precisou ouvir a confissão de Kenji. Precisou presenciar a destruição da cidade para que as lembranças se confirmassem. Aquela jornada acabava ali, diante do jardim cheio de plantas mortas e grama seca. O jardim onde eles brincavam, onde o avô se sentava para contar suas histórias.

Shiro observava tudo com pesar e, ao notar a tristeza do caçula, o samurai pensou em seu último truque. De posse da espada Kazenone, ele fechou o olho e balançou a lâmina, fazendo-a vibrar em sintonia com a realidade em volta dos dois.

— Lembra que a espada da nossa família tem o poder de revelar a verdade, não lembra, maninho?

Shiro assentiu.

— Ela que revelou os youkais, não foi?

— Isso — Kazuo sorriu. — Ela também ajudou a despertar a força interior de todos nós. E tem ainda uma coisa que ela pode fazer.

Kazuo sentiu o véu fino que separava o mundo no qual estava de outra realidade, tão possível e real quanto a sua. Com um golpe rápido, ele cortou o ar à sua frente, partindo aquele tecido ao meio. Enquanto a imagem da destruição de Hiroshima caía, ficava cada vez mais nítida atrás de si a casa perfeita dos Kurumoto. A grama verdinha, as flores coloridas. O cheiro da comida da mamãe saindo pela varanda.

Shiro abriu um lago sorriso ao ver o Mecha-man sentado com as costas no muro da casa, onde sempre dormia. E, lá de dentro, era possível ouvir Kenji e Michiko discutindo por algum motivo idiota.

— A comida está na mesa, crianças. — A voz da senhora Kurumoto penetrou os ouvidos de Kazuo, arrancando dele um suspiro de alívio e felicidade. Ele ainda segurava a espada da família, a arma samurai, mas seu corpo voltara a ser o do menino de doze anos, agora sem ferimentos, sem curativos, sem o veneno correndo pelas veias.

Shiro entrou depressa.

Kazuo não o seguiu porque, logo depois, seu pai apareceu na entrada do jardim, chegando de mais um dia de trabalho. Carregava simpatia no rosto e sua pasta marrom na mão direita. Ele se aproximou do filho mais velho e lhe deu um beijo na testa. Em seguida, olhou para as mãos do menino.

— Melhor não ficar brincando com isso, Kazuo-kun — falou em tom ameno e retirou a espada do filho. O senhor Kurumoto deixou a pasta no balcão de entrada da casa e se abaixou para recolher a bainha da Kazenone caída no chão. Sorrindo, ele entrou.

Kazuo acompanhou o pai e o viu abrir a cristaleira da sala, onde guardou a espada nos pedestais da última prateleira. Depois foram até a cozinha. O senhor Kurumoto fez um longo carinho na cabeça de Shiro e recebeu Michiko e Kenji com abraços. Deu um beijo apaixonado na mãe de Kazuo e se sentou no tatame diante da mesa. O avô Hayato desceu logo depois, faminto, e começou a se servir enquanto contava um de seus causos diários.

Kazuo e Shiro comeram, riram e se sentiram amados. Viveram uma noite cheia de boas lembranças, incrível, perfeita... como nas fantasias mais ousadas.

A família inteira subiu aos quartos, deixando apenas Shiro e Kazuo na sala. Eles estavam contentes, aproveitavam uma sensação de felicidade que há muito não sentiam. Se olhavam, sorriam. Shiro estava grato ao irmão mais velho por proporcionar a eles alguns bons momentos, mesmo que durassem pouco.

Palmas duras e lentas invadiram o lugar que Kazuo criara. Era o ser misterioso que desde o começo os acompanhara, mas que o filho mais velho dos Kurumoto só conseguia ver agora.

— Quem é você? — ele perguntou com surpresa ao homem de terno e cabelo negros, cujas franjas lhe cobriam parcialmente os olhos. Sentava-se na poltrona do avô Hayato, as pernas cruzadas, o sapato bem lustrado. O guarda-chuva apoiado no braço do assento. Tinha um sorriso estranho no rosto. Kazuo não conseguia identificar se era amigável ou maldoso. Mas a reação de Shiro ao ver o mesmo homem o deixou ainda mais perplexo.

— Amigo! — disse indo de encontro ao ser de terno. — Você também está aqui... — falou contente. — Viu? Conseguimos chegar. Kazuo estava certo. Agora podemos voltar a ser felizes.

As perguntas que inundavam a mente de Kazuo eram tantas que o menino ficou alguns segundos em choque. Como Shiro conhecia aquele sujeito?

O homem de terno se levantou lentamente e olhou para Shiro com ternura, de certo apreciando a inocência que continha em tudo o que ele dizia. Ele tocou o caçula na cabeça com dois tapinhas condescendentes antes de estalar os dedos.

— Esse não é seu real destino, Shiro-kun — falou.

O estalo do homem abalou mais uma vez o véu da realidade, e o mundo dos mortos e dos vivos voltou a andar em sintonia. A casa, até então em perfeito estado, manifestou a verdadeira natureza de Hiroshima. Paredes arruinadas pelo fogo, móveis destruídos, o segundo andar quase todo abaixo. A cristaleira do senhor Kurumoto estava estilhaçada no chão, e a espada da família caída entre os destroços. Não restava nada de feliz ali. Aquele era, simplesmente, o fim da linha.

— Por que fez isso? — Shiro perguntou, desolado.

— Você não tem esse direito! — Kazuo bradou. Seu corpo, assim como o do irmão mais novo, voltara a expressar fraqueza, o curativo no rosto de um e na cabeça do outro, as manchas escuras, os cortes abertos.

Kazuo não sabia como aquele homem era capaz de destruir a ilusão criada pela Kazenone, mas, se realmente se tratava de um inimigo poderoso, a única forma de enfrentá-lo seria com a espada. Tendo isso em mente, ele correu até o meio da sala e enfiou as mãos por entre os cacos de vidro, agarrando a arma. Ao sacar a lâmina da bainha, Kazuo retomava a forma de samurai. Não mais o vistoso guerreiro do começo da jornada, claro. Agora era o soldado abatido, cuja única motivação seria morrer lutando para defender sua família, mesmo que esta já praticamente não existisse mais.

— A bomba expôs muita coisa em Hiroshima, Kazuo — o homem iniciou. Ele apontava o guarda-chuva na direção do samurai, se contrapondo à espada diante de si. Ao falar, andava de um lado para outro, sem tirar os olhos do rosto do samurai. — Ela mostrou o real caráter do ser humano, expulsou para fora os monstros que muitos escondiam dentro de si.

Kazuo permanecia atento aos movimentos do inimigo. Ele fez um sinal para que Shiro se afastasse, e o caçula acatou de imediato, indo para o canto da sala, de onde passou a observar.

— Mas também evidenciou as virtudes de alguns — o homem continuou. — Honra, coragem, empatia, pureza. Virtudes capazes de proteger até mesmo crianças tão pequenas em um mundo tão perverso. — O homem abaixou a cabeça, transmitindo uma compaixão melancólica para os dois.

Kazuo não pôde deixar de pensar nos irmãos e em si mesmo enquanto o homem pronunciava aquela frase. Era como se dissesse o nome deles ao mencionar tais virtudes. Quem seria mais puro do que Shiro? E quem era capaz de sentir mais empatia do que Michiko, que se colocava no lugar até dos youkais? Quem conseguia ser mais corajoso do que Kenji? E, por fim, quem poderia ter feito tanto quanto Kazuo para cumprir uma promessa impossível?

— Eu tive muito trabalho nos últimos dias — ele falou, trazendo uma voz mais triste. — Foram tantas pessoas para guiar, atravessar para o outro lado. Mesmo assim, confesso que fiz questão de acompanhar você e seus irmãos mais de perto.

— Ainda não me disse quem é você — Kazuo insistiu, segurando a catana com as duas mãos em uma pose de ameaça.

— Eu tenho muitos nomes, Kazuo-kun — ele disse. — Sou Yama para os hindus, Tânatos para os gregos. Azrael na tradição judaico-cristã ou Malak al-Maut no islã. Alguns se referem a mim como o Anjo Negro, outros como o Ceifador. Aqui no Japão — ele falou ao balançar o guarda-chuva —, você pode me chamar de Shinigami.

O movimento do Shinigami fez o cabo do guarda-chuva se alongar — a cobertura de tecido caiu e as hastes metálicas se retorceram, modificando-se. O objeto inteiro virou uma enorme foice afiada que o homem passou a segurar apoiando o cabo em um dos ombros.

Tudo aquilo arrancou um calafrio da espinha de Kazuo. Ele estava diante da morte em pessoa, entidade que os acompanhara de perto nos últimos dias, como ela mesmo havia dito. Agora, era chegada a hora de finalmente acertar as contas com ela.

Kazuo afastou Shiro com o braço, pedindo que ele ficasse mais distante. Em seguida, se preparou para enfrentar o inimigo. Ele não se entregaria assim tão fácil. Já havia escapado da morte tantas vezes nos últimos dias que o Shinigami teria que levá-lo arrastado se realmente fizesse questão.

— Você tem certeza disso? — o homem de terno perguntou, a foice brilhando com um feixe de luz do sol que passava pelo telhado arrebentado.

O samurai não respondeu com palavras. Um corte preciso da catana parou bem diante da face do Shinigami, sendo impedido pela lâmina da foice colocada entre os dois de forma tão rápida que nem mesmo os olhos treinados de Kazuo puderam acompanhar.

— Não é o primeiro que tenta lutar contra a morte — o Shinigami disse, com certa tristeza na voz. Kazuo tinha a impressão de que ele não estava feliz ao enfrentá-lo, mesmo assim, parecia disposto a seguir com sua missão de levar os irmãos Kurumoto para o outro lado.

Espada e foice se rebateram mais três vezes antes do Shinigami acertar o samurai com o cabo de sua arma, jogando-o para trás. Uma nova leva de estalidos metálicos ecoou quando Kazuo investiu pela segunda vez. Não estava combatendo um adversário comum. O Shinigami era rápido e se defendia com facilidade de todos os ataques da catana.

Nas tentativas de encaixar algum golpe, Kazuo imaginava se realmente seria possível vencer a morte naquele estado. O veneno, os ferimentos, o cansaço. Tudo o deixava mais vulnerável a ela. Pensou então que a melhor forma de enfrentá-la seria bebendo o líquido dourado do frasco que Michiko conseguiu a tantas custas. Agora que tinha certeza de que seus pais não estavam mais naquele mundo, havia apenas duas pessoas que poderiam se beneficiar daquela cura: Shiro ou ele mesmo.

Kazuo não pensou mais. Sua única chance estava no antídoto. Ele olhou para Shiro mais uma vez e, em sua mente, pediu desculpas pelo que estava prestes a fazer. Era uma aposta. Se tomasse o líquido, teria chances de vencer a morte, mas não sabia se o irmão caçula teria a mesma força. Se não tomasse, ele certamente perderia para o Shinigami e deixaria que a morte levasse os dois irmãos consigo ao final.

A mão do samurai foi rápida e arrancou o frasco preso à faixa na própria cintura. Ele encarou a morte nos olhos e levou o líquido dourado até a boca. Porém, seu movimento foi impedido no meio do caminho quando a foice do Shinigami, em um golpe infinitamente mais rápido do que a mão de Kazuo, amputou os dedos do samurai, fazendo-o derrubar o frasco com o antídoto no chão.

Alguns respingos de sangue salpicaram o rosto de Kazuo e o terno do Shinigami. O grito do samurai foi involuntário assim que ele notou sua mão mutilada. Ao seu lado, o frasco do antídoto rolou por entre o entulho, parando aos pés de Shiro.

— Niisan! — o caçula chamou, a voz repleta de desespero.

No outro lado, o Shinigami abaixava a foice.

— Não posso deixar que tomem isso — disse.

Kazuo mordeu os lábios e engoliu a dor. Com a ajuda da boca, rasgou um pedaço do quimono e improvisou um curativo enrolado na mão ferida. Enquanto o tecido se empapava com sangue, o Shinigami se aproximou de Shiro e do frasco caído no chão. Foi vendo o irmão arregalar os olhos diante da morte que Kazuo segurou mais firme sua espada, agora com apenas uma das mãos, e se colocou entre o caçula e o inimigo.

— Vamos, Kazuo-kun. — O homem insistiu. — Isso tudo não é mais necessário. Você pode descansar agora. — Então se virou para Shiro — E você, pequeno, me dê esse frasco.

O samurai permanecia de costas para o irmão, encarando o homem de terno. Ele falava e Kazuo balançava a cabeça. Negava que aquele momento tinha, enfim, chegado. Na verdade, ele até já havia aceitado seu destino há alguns dias, mas não podia deixar que o mesmo acontecesse com Shiro.

— Otouto-san — Kazuo falou com toda a autoridade do irmão mais velho —, beba o antídoto.

Naquela posição, ele não podia ver os olhos de Shiro se encherem de lágrimas, apenas ouviu a negativa vinda dele. O caçula jamais tomaria o antídoto se isso o fizesse abandonar o irmão. E Kazuo sabia disso, por isso insistiu.

— Shiro-kun, beba o antídoto. Isso é uma ordem.

O Shinigami deu um passo na direção de Shiro e seu caminho foi interpelado pela Kazenone. Dois golpes rápidos fizeram o homem de terno levantar sua foice novamente a fim de se defender de Kazuo.

Por cima dos ombros, Kazuo viu Shiro agarrar o frasco do chão e correr para longe, o que o deixou aliviado. Agora só tinha que se concentrar e usar suas últimas forças para atrasar o Shinigami.

— Se é o que você quer, Kazuo, acabaremos logo com isso.

O samurai avançou, e o Shinigami desapareceu diante dele como se fosse tragado pela própria sombra no piso de madeira queimado. A lâmina de Kazuo parou cravada no chão, bem no momento em que o homem de terno voltou a se materializar atrás do samurai, desferindo um corte em suas costas.

Em um novo assalto, Kazuo se virou, mais uma vez encontrando apenas o ar. O Shinigami reapareceu e o acertou na perna, a ponta da foice trespassando a coxa do samurai. O primogênito dos Kurumoto gemeu e apertou os olhos. Tentou não gritar, mas o Shinigami torceu a lâmina e desenterrou o berro guardado na garganta de Kazuo.

Com a perna dilacerada, o jovem samurai se tornou um alvo ainda mais fácil para os ataques da morte. Ela voltava a sumir e reaparecer, atingindo-o em lugares diferentes. Kazuo já lutava com as sandálias mergulhadas no próprio sangue que se unia em uma poça escura aos seus pés.

A ponta da Kazenone parou fincada no chão de madeira, e na outra extremidade da espada estava o corpo moribundo do samurai se apoiando. A respiração ficava cada vez mais pesada, a vista se escurecia. O próximo golpe da foice seria mais do que o suficiente para ceifar o que lhe restava de vida.

De repente, todo o ódio que Kazuo guardava dentro de si passou a ter um alvo. A maldita morte. Por que ela tinha que chegar tão repentina, tão devastadora? Quantas pessoas já não havia levado nos últimos dias? Quantas famílias não havia despedaçado? Quantos pais e mães separados dos filhos? Por que ela insistia tanto em ter ele e seus irmãos também? Não estava satisfeita?

A guerra, a bomba, o fogo... Eles não eram o real problema. Independentemente das coisas terríveis que, por um infortúnio, afetaram Hiroshima, a morte sempre viria. Muitas vezes aparecia disfarçada, bem-vestida, cabelos arrumados e o sorriso doce no rosto. Não era um monstro ameaçador como os outros youkais. Assumia a forma dos próprios humanos para que sua presença não fosse estranha. Ela estava ali o tempo todo. Bastava um único deslize para que mostrasse sua foice.

Kazuo se ergueu como pôde. Afastou os pés em uma nova postura de luta e colocou a espada diante do rosto. Estava pronto. Seria sua última tentativa. Já que ia morrer, pelo menos levaria a morte consigo, assim ninguém mais teria que passar por aquilo. Se pudesse deixar algo de bom para seu irmão e para o mundo, essa seria sua escolha. Kazuo livraria as pessoas da dor, da decadência. Ele libertaria todos da morte.

— Você realmente é muito determinado, Kazuo-kun. Não é à toa que chegou tão longe.

O Shinigami ergueu a foice, e Kazuo fechou os olhos. A Kazenone vibrou, emitindo seu poder uma última vez. Ela era a espada que cortava o véu entre o mundo dos vivos e o dos mortos, uma arma poderosa. Seria ela que selaria a passagem entre esses dois mundos de uma vez por todas, levando o Shinigami consigo.

O samurai sentiu o movimento do inimigo. Ouviu o passo leve da morte sobre a poça com seu sangue. Percebeu o ar lhe aquecer o rosto e teve a foice atravessada em seu peito. Nem tentou usar a espada para se defender. Em vez disso, aproveitou o ataque do Shinigami para também lhe cravar a catana.

O homem de terno abaixou a cabeça e viu sua camisa branca se empapar com um líquido negro. A espada de Kazuo encontrava-se presa bem na altura

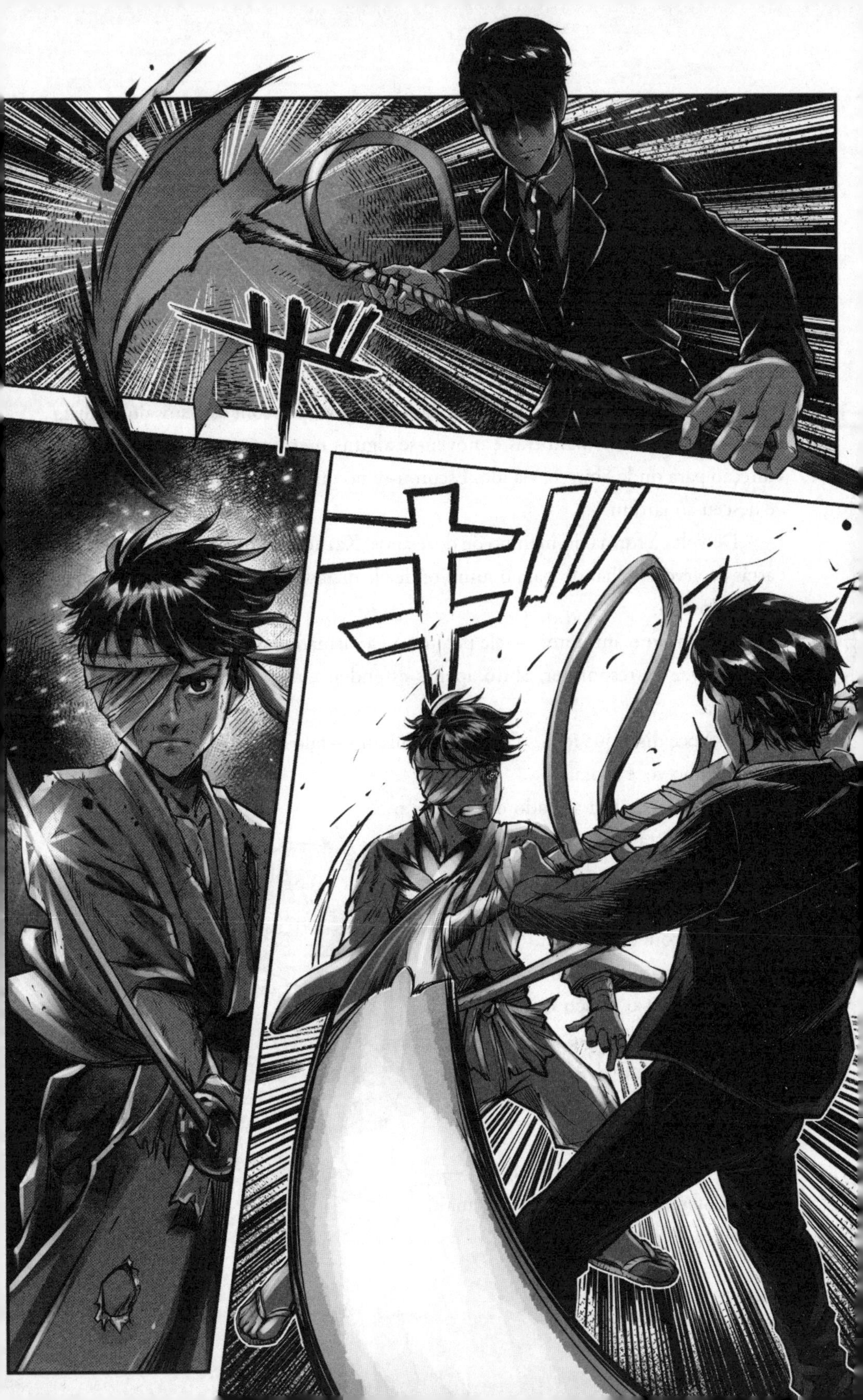

ザ
ギ

do coração. "Será que ele tem um coração?", Kazuo se perguntava. Mas já ficou satisfeito ao ver que o ferimento arrancara angústia do rosto sempre tão calmo do Shinigami. Ainda assim, o youkai encarou Kazuo e sorriu. A lâmina entrou mais fundo, fazendo o sangue escuro brotar pela boca do homem de terno, em contraste com seus belos dentes brancos. Catana e foice foram arrancadas ao mesmo tempo e os dois corpos caíram, cada um para um lado.

Kazuo respirava com dificuldades, olhava para o teto destruído de sua casa quando o corpo do Shinigami despareceu em cinzas, turvando sua visão com partículas de fuligem.

Ele se arrastou em meio à poça de sangue, agora suja com os restos do youkai. Deixou a Kazenone para trás e moveu-se alguns metros até a saída da casa, na direção para onde Shiro havia ido. Escorou-se no que sobrara da grade da varanda e desceu ao jardim.

De volta à forma do menino de doze anos, Kazuo encontrou o caçula sentado atrás da árvore, olhando para o muro onde ele dizia ser o lugar em que o Mecha--man dormia.

— Tomou o antídoto? — ele perguntou ao irmão mais novo.

Em vez de responder, Shiro apenas estendeu a mão. O frasco cheio ainda estava lá.

— Você disse que íamos ficar juntos, niisan — falou. — Eu só tenho você agora.

Kazuo se sentou ao lado de Shiro e o abraçou. Restava pouco o que pudesse fazer. Tinha se livrado do Shinigami, portanto, o caçula não precisaria se preocupar com a morte ali.

— Nós vamos, maninho.

Ele pegou o frasco das mãos de Shiro e deixou o irmão aninhar a cabeça em seu ombro. Alguns minutos se passaram sem que nenhum dos dois dissesse nada.

— Quer um pouco de água? — Kazuo ofereceu a garrafa uma vez mais.

Shiro bebeu.

— Você não quer? — ele perguntou, devolvendo-a.

— Não estou com sede, otouto-san, pode beber tudo, só tem um restinho.

E Shiro bebeu.

Mais alguns minutos correram. Kazuo já não conseguia manter o pescoço firme. Ele abraçou Shiro e esperou.

— Você ouviu isso, niisan? — Shiro perguntou em alerta após outros minutos em silêncio.

A própria voz do caçula parecia distante, mesmo ele estando aos pés do ouvido de Kazuo. Contudo, sua cabeça foi inundada com outros ruídos, outras vozes.

— Tem alguém vivo! — ouviu um homem gritar.

O som de passos.

Abriu os olhos devagar, e a figura de um soldado com a farda do exército imperial japonês surgiu diante de si. Ele vestia uma máscara de tecido cobrindo boca e nariz. Estava, de alguma forma, examinando Kazuo.

— Como vieram parar aqui? — ele perguntou, espantando. — Essa região está isolada.

— Nossa casa — foi a única frase que Kazuo conseguiu proferir.

— Não dá para fazer muito por esse aqui — o soldado que avaliava Kazuo disse.

Outro chegou e tomou Shiro nos braços.

— Não! — Ele se debateu. — Niisan!

Kazuo viu o irmão ser carregado por um dos homens e estendeu a mão com o pouco de força que lhe restava. Não para impedir que Shiro fosse levado. Seu gesto, na verdade, era como um adeus. Um último aceno, como se pudesse jogar com ele toda a sorte que aquela criança tão pequena precisaria para seguir a partir dali. E, da palma de sua mão estendida, caiu o frasco do antídoto, agora vazio.

— Niisan! Você prometeu que íamos ficar juntos! — foi a última coisa que Kazuo ouviu.

O filho mais velho dos Kurumoto fechou os olhos em uma mistura de remorso e satisfação. Na verdade, não sabia exatamente o que vivenciava naqueles que eram seus últimos momentos de vida. Estava aliviado em ter voltado para casa. Ainda assim, lamentou por ter mentido aos irmãos sobre a mãe e sobre a possibilidade de encontrar a família com vida. Sentiu-se frustrado por, no final, não ter cumprido a promessa que defenderia sua honra. Mas seu coração estava em paz, afinal, mesmo dentro daquela enorme tragédia, Kazuo havia proporcionado para seus irmãos uma última e fantástica aventura.

16
Memórias

Uma menina pequena com cabelos cacheados e olhos amendoados desceu depressa do Corolla cinza assim que sua mãe abriu a porta do banco de trás. Ela vestia o uniforme da escola: camiseta branca com listras cor-de-vinho, mesma cor das calças de tactel. Tinha também uma dezena de tsurus[13] coloridos em uma das mãos. Ela vinha fazendo aquelas dobraduras há semanas.

— Julia, espera! — a mãe chamou quando a menina já corria para o saguão do hospital.

— Estamos atrasadas, mamãe — ela rebateu sem paciência enquanto esperava a mãe pegar o ticket do estacionamento. — O tempo pra visitar o bisô já tá acabando e ele não terminou de me contar a história ontem.

---

13. O *tsuru* é uma ave sagrada no Japão, ligada a longevidade, sorte e paz. É também uma das formas de origami mais conhecidas.

Julia acabava de sair do colégio e o trânsito na região da Avenida Paulista atrapalhou um pouco os planos da menina. Tinha combinado com a mãe de que passariam o final da tarde com o bisavô, porém, o horário de visitas do hospital se encerrava às 18h em ponto. Eram 17h45.

— Quarto 352, por favor — a mãe disse à recepcionista, depois observou de soslaio a filha que revirava os olhos e batia um dos pés no chão, afoita. — Paciente Luís — informou.

— Qual é o grau de parentesco, senhora?

— Sou a neta dele.

Julia saiu do elevador, deu "oi" para a enfermeira responsável pelo andar e entrou de supetão no quarto. Encontrou a avó sentada em uma poltrona ao lado da cama do hospital, já vestida de camisola. O biso Luís permanecia deitado, a cânula de oxigênio no nariz e os olhos fixos na televisão, alheio a tudo ao seu redor.

— Oi, minha querida — a avó disse, dando um abraço em Julia.

— Olá, mamãe, como ele está hoje? — a mãe de Julia entrou em seguida, cumprimentando a senhora de camisola.

— Ah, minha filha, ele não tá muito bem, não. Come cada vez menos. Tá muito fraquinho. O médico já veio aqui hoje dar uma bronca nele. Disse que se ele não comer, não vai mais deixar a Julia vir visitá-lo.

— Eu acabo com esse médico se isso acontecer — Julia falou enquanto adicionava os tsurus de papel a um ramo de origamis pregados à parede do quarto.

— Faltam poucos — a avó de Julia comentou ao observar as dobraduras. Já eram mais de novecentos pássaros de papel, presos uns nos outros, formando uma cascata colorida.

Julia acreditava que, ao fazer mil daqueles pássaros, ela teria um desejo realizado. Quando completasse a tarefa, pediria que o bisavô melhorasse.

A relação da bisneta com o paciente Luís já era conhecida no andar, principalmente porque, no último mês, ela vinha todos os dias depois da escola para que ele continuasse contando a tal história sobre Hiroshima.

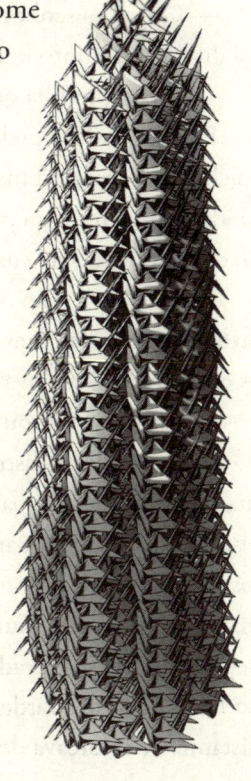

Por conta do aniversário de oitenta anos da tragédia, a escola de Julia tinha pedido que os alunos fizessem um trabalho sobre a Guerra do Pacífico.

"Por que não perguntamos ao biso?", a mãe de Julia disse quando ela pediu ajuda para iniciar a tarefa. Afinal, ele imigrara do Japão para o Brasil no final da década de 1950 e tinha vivido durante a Segunda Guerra Mundial naquele país.

O problema era que Luís tinha Alzheimer e sua memória já não era a mesma. Na maior parte do tempo, ele ficava disperso, olhando para o nada. Esquecia o nome das pessoas, inclusive o nome dos próprios filhos e netos. Porém, nos últimos dias, ele sempre perguntava por Julia.

— Papai — a avó chamou ao tocá-lo delicadamente nos ombros. — Olha quem tá aqui.

Luís sempre teve os olhos estreitos e pequenos, mas, naquela idade, eles permaneciam praticamente fechados o tempo todo. Após a avó de Julia chamá-lo mais duas vezes, ele se virou lentamente e abriu um sorriso banguela ao ver a bisneta ao lado da cama.

— Oi, meu amor — falou, com dificuldade.

— Ontem o senhor não me disse o que aconteceu com o Shiro, biso — Julia foi direto ao assunto e segurou a mão do velhinho.

— Pera aí, minha querida — a avó interveio. — Deixa eu sentar ele.

Pressionando o pedal embaixo da cama, a avó de Julia mudou a posição do colchão, colocando Luís sentado para que ele conversasse melhor com a bisneta. O idoso fez força para puxar o oxigênio que subia pela estreita cânula de silicone, do cilindro verde até suas narinas. Mesmo assim, sorriu.

Julia sentiu a mão ossuda e as articulações duras e inchadas dos dedos do bisavô. Eles tremiam, mas devolviam à garota um aperto carinhoso e doce enquanto os olhinhos se esforçavam para focar o rosto da menina.

— Como terminou a história de Hiroshima? — a garota insistiu.

Luís pareceu se distrair. Era como se buscasse nos cantos mais longínquos de sua mente a resposta para aquela pergunta. Ao mesmo tempo que olhava para a bisneta, ele fez força para respirar mais duas vezes, visivelmente cansado, depois tossiu. Julia esperava com paciência que o velhinho voltasse a contar sobre Hiroshima, sobre os irmãos Kurumuto. Ela tinha que saber o que acontecera com Shiro depois que ele foi levado do irmão mais velho. Contudo, algo estava diferente no bisavô naquela tarde. Estava mais cansado do que o normal, sua mente mais distante. Se esforçava demais para buscar aquela história tão antiga.

Uma das enfermeiras entrou no quarto em seguida, informando que o horário de visitas tinha acabado. Julia apertou a mão do bisavô com mais força, não queria sair dali de jeito nenhum. De repente, teve um pressentimento ruim, sentiu um arrepio atrás do pescoço como se alguém soprasse sua nuca. Ela olhou para Luís por mais alguns segundos e começou a chorar.

— O que foi, querida? — A mãe se aproximou. — Amanhã voltamos mais cedo, eu te prometo.

Mas Julia não estava triste porque não tinha conseguido sua resposta. Tudo o que ela queria era que o biso Luís se recuperasse para que pudesse contar mais e mais de suas histórias. Algo que, ao que tudo indicava, talvez não fosse acontecer. Ainda chorando, a bisneta deu um beijo terno na testa do bisavô e se despediu.

— Biso, descanse. Fica com Deus.

Após dar um longo abraço na avó e secar as lágrimas, Julia saiu do quarto com a mãe, seguiram pelo corredor e chamaram o elevador. Quando a porta se abriu, ela deu espaço para que um homem de terno e sapatos bonitos saísse. Ele ofereceu um sorriso doce a Julia e passou pelo corredor segurando um guarda-chuvas molhado.

A menina entrou no elevador e continuou observando o homem de costas até as portas metálicas de fecharem. Já dentro do carro, a mãe de Julia perguntou:

— Tá tudo bem, meu amor? — Ela dirigia o Corolla e Julia seguia no banco de trás, a cabeça encostada na janela, a mente dispersa. Observava a chuva.

— Está sim, mamãe — respondeu sem olhar para frente. — Está sim.

Julia jamais ouviria o que acontecera com Shiro da boca do bisavô. E, na madrugada do dia seguinte, ela soube disso com a ligação da avó. Luís faleceu após uma parada respiratória.

Mesmo assim, o ramo com mil tsurus foi completado e fez parte do trabalho que Júlia apresentou na escola sobre Hiroshima. Não sendo mais possível pedir a saúde do biso, ela desejou que nunca mais uma bomba atômica fosse usada no mundo.

***

Mas a história de Shiro realmente não acabou quando ele foi tomado dos braços do irmão nos destroços de sua casa em Hiroshima. Por sorte ou por um antídoto milagroso misturado na água de uma garrafinha, ele se recuperou da doença depois de mais alguns dias em um novo internato. Depois, foi enviado para Fukuoda, onde morou com os tios até a fase adulta.

Com a crise do trabalho nas fábricas japonesas nos anos 1950, decidiu deixar o país e se aventurar nas Américas. Escolheu o Brasil. Foram mais de seis semanas em um navio até desembarcar em Santos em março de 1959. De lá, foi trabalhar nas lavouras de café no interior do estado de São Paulo. Shiro se apaixonou por uma filha de imigrantes, Kiyoko, e, para se casar, teve que ser batizado na igreja católica. Seus documentos brasileiros então incluíram um nome ocidental de sua escolha. Escolheu Luís.

Mudou-se para a capital no final da década de 1960, com a esposa e os dois primeiros filhos. Trabalhou em fábricas de automóveis e outras metalúrgicas até se aposentar em 1998 devido à sua doença nos pulmões.

Abriu um pequeno ateliê no bairro da liberdade em 1999, para, finalmente, dedicar seu tempo aos desenhos que tanto amara desde criança. Continuou produzindo até os oitenta, quando suas condições de saúde se agravaram. Portador de Alzheimer e de um insistente câncer que começou na cabeça e depois se alojou nos pulmões, Luís Shiro Kurumoto morreu aos oitenta e seis anos, na cidade de São Paulo. Deixou sua mulher, os três filhos, oito netos e cinco bisnetos. Deixou também sua paixão pela vida, pela família e pela arte, que serviram de exemplo e inspiração para que sua história, e a de muitos outros sobreviventes de Hiroshima, fosse contada.

***

Durante a madrugada, a filha de Shiro saiu do quarto do hospital para buscar um pouco de água com os enfermeiros. Como já estava há semanas hospedada ali, ela conhecia todos pelo nome. E os que mais gostava eram os do turno da madrugada. Como tinha insônia, eram eles que lhe faziam companhia enquanto o pai dormia, ajudando a passar o tempo e a deixar aqueles dias um pouco mais leves.

Shiro ficou sozinho por uns quinze minutos. Do lado de fora, no balcão da recepção do terceiro andar, sua filha conversava com o enfermeiro de plantão. Nenhum deles notou um homem de terno passar pelo corredor e adentrar o quarto 352.

— Olá, Shiro-kun — ele falou, a voz firme, como quem ainda tentava manter a juventude demonstrada há quase oitenta anos.

Confuso, o idoso olhou para o lado e estreitou ainda mais os olhos. Não demorou a reconhecer o homem misterioso.

— Achei que você tivesse se esquecido de mim — disse, a voz baixa, quase inaudível.

— Isso jamais aconteceria, meu amigo. Vamos? — O Shinigami estendeu a mão para Shiro.

Um aceno imperceptível com a cabeça e um sorriso foram as respostas do velhinho. Não era a primeira vez que ficava perto daquele homem, mas fazia oito décadas que não o via. Esse fora o tempo que ganhara depois de tudo o que aconteceu em Hiroshima, depois da cirurgia no internato e do antídoto. Era engraçado estar na presença do ser que o acompanhara de tão perto até os seus seis anos de idade. Shiro ainda se lembrava do calor da mão do Shinigami, só que agora, a sensação do toque era outra. A proporção era outra. Na década de 1940, a mão firme e forte da morte guiou as mãos pequenas de Shiro, cuja doença já o afetava em silêncio antes mesmo do veneno da bomba. Agora, a morte voltava por outros motivos. A mão de Shiro estava mudada, os dedos compridos, as articulações doloridas. Elas eram maiores do que as do Shinigami. O caçula dos Kurumoto havia se tornado outra pessoa, e a morte também era outra. Parecia cansada, mesmo assim, continuava preparada para fazer seu trabalho.

Shiro observou o rosto doce de seu amigo e alargou o sorriso, depois desceu os olhos até o peito dele, onde uma mancha amarelada ainda marcava a camisa branca, como se tivesse sido insistentemente lavada. A bomba tinha afetado a vida de Shiro, deixou marcas que, mesmo depois de oitenta anos, ainda eram sentidas e lembradas. Só que o que aconteceu em Hiroshima foi tão terrível que acabou marcando até a morte.

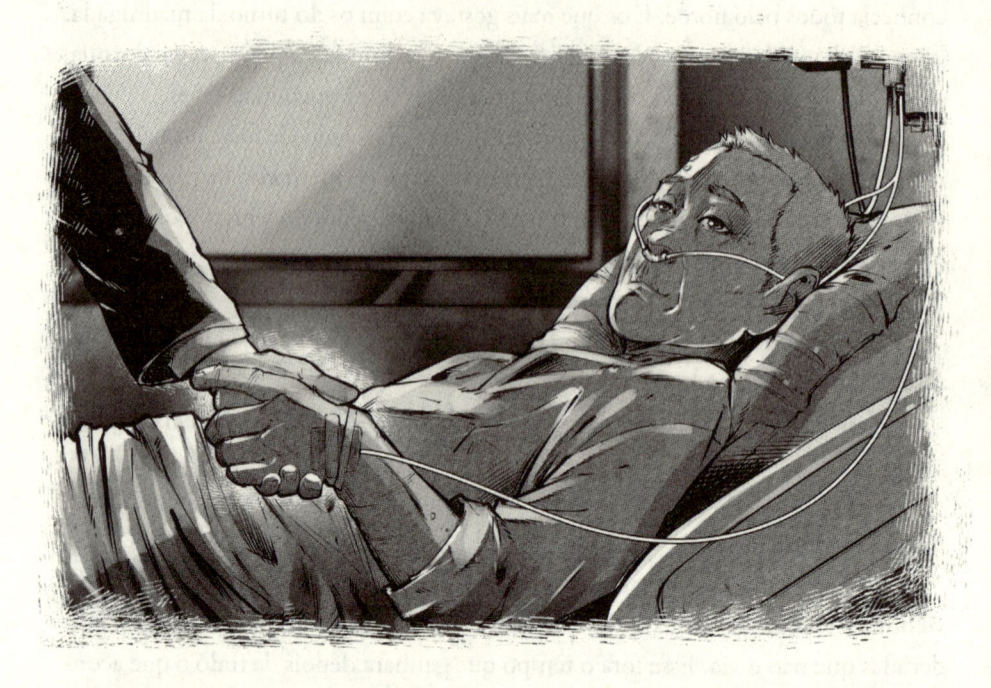

Uma tragédia como aquela não afetava apenas os que estavam lá no dia em que tudo aconteceu. Shiro viu a bomba atômica impactar o mundo todo, estremecendo a humanidade e carimbando os livros de história. Ele assistiu às consequências daquele dia mudarem a estrutura de poder global e a forma como os homens se relacionam. Durante décadas, sentiu o medo de que tudo aquilo ainda pudesse se repetir. Pensava em quantas outras famílias ainda seriam destroçadas, assim como a sua. Imaginava quantos outros destinos seriam desfigurados para sempre.

Sua conclusão foi a de que existem pouquíssimos homens no mundo com o poder de precificar a vida de bilhões. Afinal, qual era o valor dos duzentos mil japoneses que morreram depois da decisão de alguns líderes americanos? E qual é o valor da vida das quase oito bilhões de pessoas que vivem pelo mundo hoje e que morrem aos montes em outras guerras sem sentido?

Foram essas perguntas que atormentaram a cabeça de Shiro ao longo de sua vida; ele, inclusive, ensaiou ter uma conversa sobre isso com o Shinigami sempre que imaginava poder reencontrá-lo. Contudo, quando seu amigo finalmente voltou, tais respostas já não eram importantes, pelo menos não mais para ele.

Mas elas virão um dia, bastará um homem poderoso apertar um mero botão. E então nós, que ainda estamos aqui, saberemos.

FIM

NOTA DO AUTOR

O poder da bomba atômica

Imagine uma explosão que atingiu mais de quatro mil graus centígrados, colocando em combustão instantânea quase todo material próximo ao seu epicentro. As pessoas que estavam a menos de quinhentos metros de onde a bomba caiu foram evaporadas, deixaram apenas uma marca de cinzas no lugar onde seus corpos caíram. As que estavam a até cinco quilômetros do epicentro tiveram uma morte um pouco mais dolorosa. O calor gerado pela explosão queimou instantaneamente partes do corpo ou simplesmente toda a pele de algumas delas. Muitas ainda conseguiram sobreviver por alguns minutos, andando como mortos-vivos, mas 50% das pessoas que sobreviveram à explosão a essa distância acabou falecendo nos dias seguintes.

Prédios a até nove quilômetros do epicentro ruíram com a onda de choque, soterrando milhares de japoneses. Os que foram até as janelas observar o clarão, acabaram surpreendidos pelo subsequente golpe de ar que estilhaçou vidraças e lançou cacos de vidro e entulho sobre os moradores. Depois, a radiação térmica ainda se espalhou por quase onze quilômetros, causando queimaduras de terceiro grau a boa parte da população. Não sendo o suficiente, a chuva radioativa com as cinzas de tudo o que queimou foi carregada por até dezenove quilômetros, afetando, inclusive, dezenas de outras cidades.

A bomba de Hiroshima matou 80 mil japoneses instantaneamente, e as vítimas foram aumentando com o passar dos dias devido aos ferimentos e à radiação. Pessoas ficaram extremamente doentes, sofreram com vômitos e diarreia, perderam os cabelos e tiveram manchas aparecendo pelo corpo. Muitas desenvolveram câncer e morreram meses ou até alguns anos depois. Hoje, em decorrência do ataque, estima-se o terrível número de mais de 200 mil vidas perdidas, o equivalente a 57% da população que vivia na cidade na época.

Algumas estruturas que permaneceram em pé após a explosão continuam em Hiroshima como monumentos em homenagem à paz – por exemplo, a Cúpula Genbaku, que fica a alguns metros de onde a bomba caiu e que ilustra a quarta capa deste livro. Ela serve para lembrar ao mundo o que foi a tragédia da bomba atômica. E tomara que seja lembrada apenas nos livros de história e nos museus.

DESTRUIÇÃO QUASE TOTAL

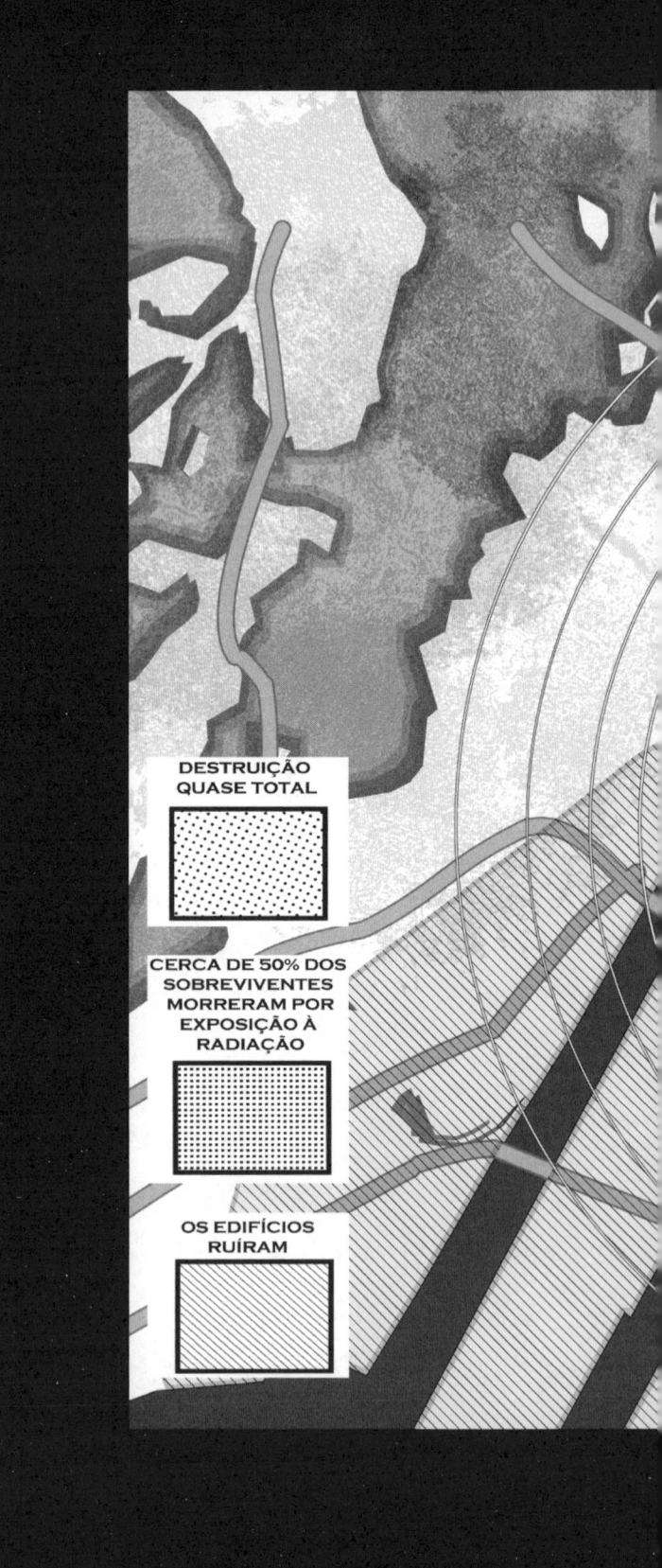

CERCA DE 50% DOS SOBREVIVENTES MORRERAM POR EXPOSIÇÃO À RADIAÇÃO

OS EDIFÍCIOS RUÍRAM

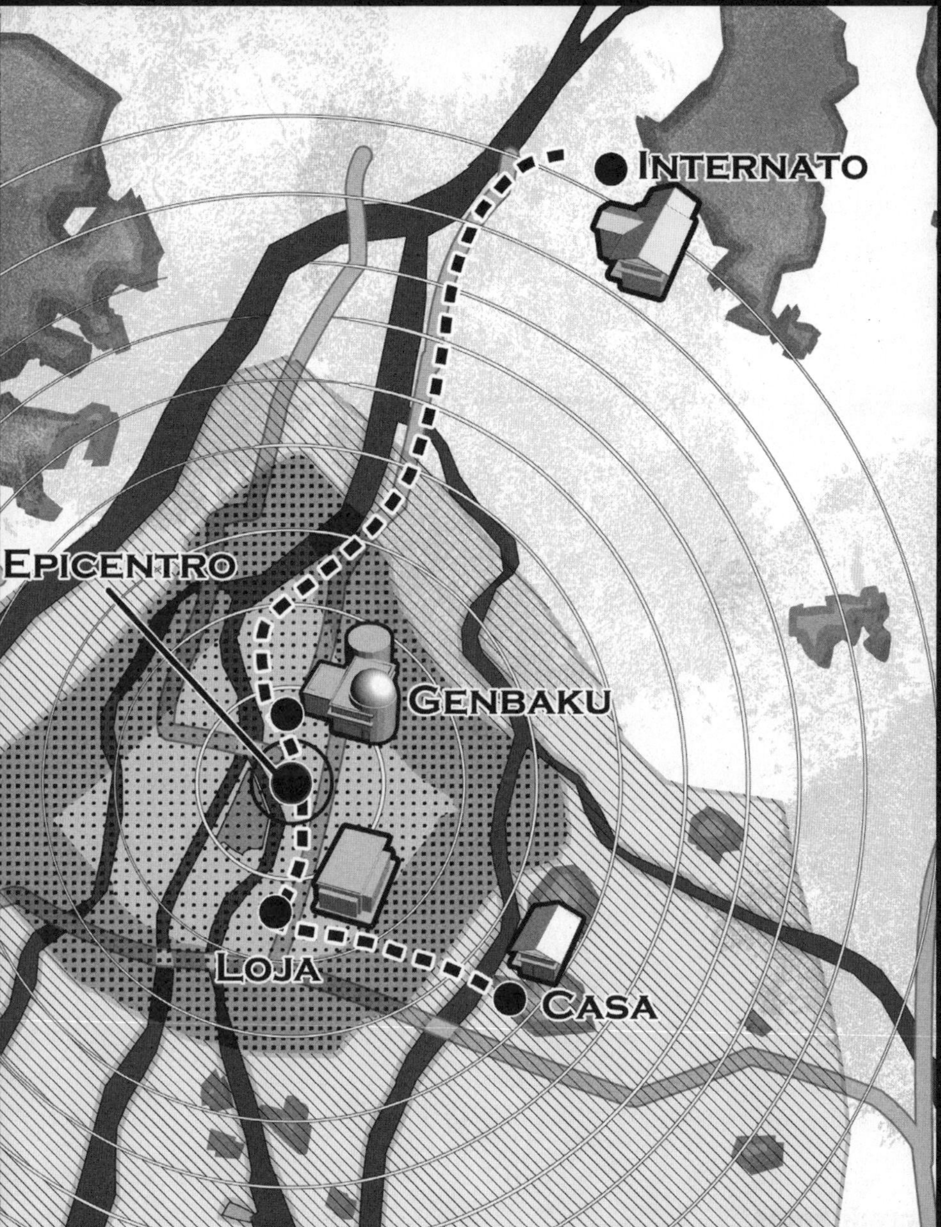
Internato
Epicentro
Genbaku
Loja
Casa

**Acreditamos
nos livros**

Este livro foi composto em Adobe Garamond Pro e
Roc Grotesk e impresso pela Lis Gráfica para a Editora
Planeta do Brasil em julho de 2024.